밤의 피크닉

YORU NO PIKUNIKKU by Riku Onda
Copyright © 2004 by Riku Onda
All rights reserved. Original Japanese edition published by Shinchosa Co. Korean translation rights arranged with Shinchosa Co. through
Japan Foreign-Rights Centre / Imprima Korea Agency

이 책의 한국어판 저작권은 Japan Foreign-Rights Centre/Imprima Korea Agency를 통한 新潮社와의 독점계약으로 (주)미래엔(북폴리오)에 있습니다. 저작권법에 의해 한국 내에서 보호를 받는 저작물이므로 무단전재와 무단복제를 금합니다.

밤의 피크닉

초판 1쇄 발행 2005년 9월 5일 | 초판 31쇄 발행 2025년 11월 20일

지은이 온다 리쿠 | 옮긴이 권남희

펴낸이 신광수
출판사업본부장 강윤구 | 출판개발실장 위귀영
단행본팀 오유미, 김혜연, 조기준, 조문채, 정혜리
출판디자인팀 최진아, 당승근 | 출판기획팀 정승재, 김마이, 박재영, 이아람, 전지현
출판사업팀 이용복, 민현기, 우광일, 김선영, 이강원, 정유, 정슬기, 허성배, 정재욱, 박세화, 김종민, 정영묵
출판지원파트 이형배, 이주연, 전효정, 이우성, 장현우

펴낸곳 (주)미래엔 | 등록 1950년 11월 1일(제16-67호)
주소 137-905 서울시 서초구 신반포로 321
미래엔 고객센터 1800-8890
팩스 (02)541-8248 | 이메일 bookfolio@mirae-n.com
홈페이지 www.mirae-n.com/

ISBN 978-89-378-3089-1   03830

* 북폴리오는 (주)미래엔의 성인단행본 브랜드입니다.
* 책값은 뒤표지에 있습니다.
* 파본은 구입처에서 교환해 드리며, 관련 법령에 따라 환불해 드립니다.
  단, 제품 훼손시 환불이 불가능합니다.

북폴리오는 참신한 시각, 독창적인 아이디어를 환영합니다.
기획 취지와 개요, 연락처를 bookfolio@mirae-n.com 으로 보내주십시오.
북폴리오와 함께 새로운 문화를 창조할 여러분의 많은 투고를 기다립니다.

밤의 피크닉

온다 리쿠 지음
권남희 옮김

B 북폴리오

맑은 날씨라는 것은 참 희한해, 하고 학교 언덕길을 오르면서 니시와키 도오루는 생각했다.

이렇게 아침부터 구름 한 점 없이 맑은 날씨일 때는 처음부터 그런 것을 당연하게 생각하여 이내 그 고마움을 잊어버린다. 하지만 만약 지금 날씨가 흐릿하고 구름 낀 하늘이었다면 어땠을까. 또는 빗방울이라도 뚝뚝 떨어졌다면. 한술 더 떠서 마구 퍼붓기라도 한다면?

그는 그런 날씨 속에서 언덕을 오르는 자신의 모습을 상상해 본다. 우산을 쓰고 신발과 바지 자락이 흠뻑 젖어 투덜거리면서 이곳을 걸어가고 있는 자신.

그랬더라면 마음속에는 오로지 날씨에 대한 생각뿐이었을 것이다. 하필이면 오늘 이런 날씨일 게 뭐야. 부탁이니 제발 비라도 그쳐줘. 어째서 이렇게 재수가 없는 거냐고, 하면서 지금쯤 하늘 위의 누군가에게 욕을 퍼붓거나 기도하고 있었을 것이다.

그러나 오늘은 이렇게도 멋지게 맑게 갠 날씨다. 바람도 한 점 없고 가을날 하루를 바깥에서 보내기에 안성맞춤인 맑은 날씨. 아마 나는 금세 날씨에 대해 잊어버릴 것이다. 그 행운을 당연한 거라 믿으면서 만약 지금 뒤에서 친구가 말을 건다면, 눈 깜짝할 사이 날씨에 대한 화제 따위는 잊어버릴 게 틀림없다.

"도오루!"

누군가의 손이 뒤에서 힘껏 어깨를 잡자 갑작스런 아픔에 짐짓 화를 내며 돌아본 도오루는, 지금 막 자신이 예상했던 대로 날씨에 대해서는 깡그리 잊어버렸다.

"아얏!"

"좋은 아침."

뒤에서 온 도다 시노부가 어깨를 잡은 뒤에 무릎을 차려고 하는 기미를 눈치 채고, 도오루는 황급히 도망갔다.

"하지 마, 무릎은 하지 말라구. 아직 상처가 덜 나았단 말이야."

"어, 그랬어?"

"부탁이야, 지금부터 만 하루를 걸어야 하니까."

"도오루가 버스를 타면 어떨까."

"불길한 소리 하지 마라."

"슬플 거야, 버스에 실려 가야 한다면."

"그것만큼은 절대 사양이다."

버스라는 단어가 이렇게 불길한 단어로 속삭여지는 곳은, 세상이 아무리 넓다 해도 오늘과 내일의 북고(北高)뿐일 것이다.

1학년 때의 야간보행이 생각난다. 아직 그렇게 늦은 시간은 아니었다. 단체보행의 3분의 2가 끝났을 즈음이었을까.

복통을 호소하며 갓길에서 움직이지 못하고 있는 3학년 남학생이 있었다. 교사들이 뒤에 오는 구급버스를 타라고 계속 설득하고 있었다. 하지만 아무리 보아도 중증인 그는 완고하게 고개를 가로저었다. 걸을 겁니다, 모두와 같이 걸을 겁니다, 하고 식은땀을 흘리면서 필사적으로 일어나 또 비틀비틀 걷기 시작하지만, 몇 미터

가지 못해 너무 고통스러운 나머지 쓰러져버리는 것이었다. 친구들에게 부축받으며 다시 일어섰을 때, 그는 울고 있었다.

그때는 그까짓 일로 우냐 싶었는데, 지금 생각해 보면 그의 마음을 잘 알 것 같다. 고교생활 마지막 이벤트를 도중에 혼자만 그만둬버리다니, 생각만 해도 끔찍하지 않은가. 그것도 입학했을 때부터 몹시 힘들다는 엄포를 귀가 따갑도록 들어오다, 실제 참가해 보고는 무슨 업보로 이런 행사에 참여해야 하는 건지 욕을 퍼붓다가, 세 번째 참가하는 지금에야 졸업생들이 이 보행제를 그리워하는 이유를 겨우 알 것 같은데, 이 하루를 마지막까지 경험하지 못하고 끝낸다는 것은, 정말로 끔찍한 일이다.

"너, 역시 내일 달리지 않을 거야?"

"실은 아직 정하지 못했어."

옆에서 나란히 걷기 시작한 시노부의 물음에 도오루는 애매하게 대답했다.

교문으로 향하는 언덕은 륙색(rucksack, 배낭의 일종)이나 냅색(knapsack, 간이 배낭), 혹은 평소의 데이팩(day pack, 당일치기 여행용 소형 배낭)을 짊어지고 등교하는 하얀 체육복 차림의 학생들로 가득하다. 북고의 체육복은 아래위 흰색으로 정해져 있다. 때가 잘 타고 운동을 하고 있어도 어딘가 얼빠진 느낌이 들며 팽창색이라(그래서 여자들이 싫어했다), 그다지 좋은 점은 찾을 수 없다. 하지만 이 모든 것은 한 해에 한 번인 오늘과 내일의 행사 때문이다. 야간에 걸어도 눈에 잘 띄게 하려면 감색이나 쥐색은 안 된다. 전교생이 이동하고 있는 것을 세상에 알리기 위해서는, 역시 흰색이 아니고서야.

시노부는 올해 처음으로 같은 반이 되었지만 아주 죽이 잘 맞는 놈이었다. 고등학교 생활의 대부분은 테니스부 동료들을 중심으로 움직여왔지만, 고등학교 3학년이 되어 시노부와 친구가 된 것은 행운이었다고 생각한다. 테니스부 동료들은 그룹 전체가 친구라는 가족적인 분위기였던 것에 비해, 시노부는 정말로 간지러운 말이지만 일 대 일의 친구라는 느낌이 드는 것이다.

"테니스부 아이들과 함께 걷고 싶으면 그렇게 해. 무릎이 다 낫지 않았다면 더욱 그래야지. 어느 쪽이든 나는 달릴 거니까."

시노부는 도오루를 배려하여 시원스럽게 말했다.

"다리 상태를 모르니까 오늘밤 걸어보고 정할 거야"

"그렇구나. 그게 좋겠다."

아침 여덟 시부터 다음날 여덟 시까지 걷는 이 행사는, 밤중의 몇 시간짜리 선잠을 포함하여 전반은 단체보행, 후반은 자유보행으로 정해져 있었다. 전반은 문자 그대로 반별 이열종대로 걷지만, 자유보행은 전교생이 일제히 출발하여 모교의 골인지점을 향한다. 그리고 전교생 중 몇 번째로 골인지점에 도착했는지 순위가 매겨진다. 물론 순위에 목숨 거는 것은 상위를 노리는 운동부 학생들뿐으로, 대부분의 학생들은 친한 친구끼리 이야기하면서 고등학교 시절의 추억 만들기에 신경 쓰는 것이 통례다. 누구와 함께 걷는가는 대개 사전에 정해 놓고 있었다. 단, 자유보행이라고 해도 시간제한이 있기 때문에, 처음에 어느 정도 달려서 거리를 벌어두지 않으면 제시간에 맞추지 못한다. 게다가 이미 하룻밤 걸으면서 지칠 대로 지쳐 있는 탓에 추억을 만들 겨를이 없는 학생도 많다.

도오루는 테니스부 3학년생들로부터 유혹을 받고 있었다. 다섯 명 정도의 멤버로 함께 걷자는 것이다. 물론 고등학교 생활의 태반을 함께 보내온 동료인 그들과 이벤트를 매듭짓는 것도 나쁘지는 않다.

하지만 도오루는 이번에는 시노부와 함께 둘이서 골인하고 싶었다. 어쩐지 시노부 쪽도 그렇게 생각하고 있는 것 같다. 그러나 시노부는 도오루가 테니스부 동료들로부터 유혹을 받고 있다는 것을 알고 있기 때문에 사양하고 있다. 수영부 소속인 그는 매년 혼자 달려서 제법 순위권에 들어 있었다.

그래도 올해 북고 단련보행제가 가까워지자 시노부가 "달릴 거야? 안 달릴 거야?" 하고 물어왔다. '달린다'는 시노부와 둘이서 자유보행을 하는 것이며, '안 달릴 거야'는 테니스부 동료들과 걷는다는 의미. 그리고 오늘 아침이 되어서도 도오루는 아직 망설이고 있었던 것이다.

"어, 고다와 유사네."

시노부가 전방을 보며 얼굴을 들었다.

"저 두 사람이 친하다니, 정말 불가사의한 일이야."

그렇게 말하며, 시노부가 흘끗 도오루를 보는 것을 느낀다.

이 녀석, 의심하고 있군. 도오루는 그의 시선을 모르는 척하면서 그렇게 생각했다.

역시 자외선 차단제를 가져올걸 그랬다.

화창하게 갠 가을 아침을 음미하면서도, 고다 다카코는 집의 세

면실에서 마지막까지 가져갈까 어쩔까 갈등했던 자외선 차단제의 빨간 통을 떠올리고 있었다.

가슴이 확 트이는 푸른 하늘이란 바로 이런 것이겠지. 기쁘긴 하지만, 이것이 몇 시간 후에는 노그라질 듯한 더위가 될 것도 예상할 수 있다.

체력에 자신이 없는 것은 아니지만, 선천적으로 온건한 문과계임을 자인(自認)하는 다카코에게 가장 견디기 힘든 것이 더위다.

"안녕, 다카코."

"안녕, 미와링."

이미 지친 듯한 얼굴로 돌아보는 다카코를, 유사 미와코의 상냥한 얼굴이 맞이한다.

"너는 늘 아침부터 기분 좋구나, 미와링."

"날씨가 이렇게 좋은걸. 기쁘잖아."

미와코는 어딘가 초식동물을 닮은, 목이 길고 갸름한 얼굴로 빙그레 웃는다.

이렇게 제대로 '성실한' 여자아이를 보고 있으면, 인간이란 선천적으로 타고나는 것이 각기 다르구나, 하는 생각이 든다. 미와코는 전통 화과자점의 딸로 오늘날 사어(死語)가 되어가고 있는 요조숙녀. 다도, 꽃꽂이는 말할 것도 없고 일본무용은 특히 뛰어남. 자세며 몸짓에도 가정교육의 훌륭함이 배어나 같은 여자면서도 반하게 된다.

저질스러운 단어는 사용하지 않으며, 피부가 희고 몸매는 날씬, 웃는 얼굴이 아름다운 동양적인 미인이다. 그러나 이 규수는 검도

유단자로, 스키도 상당한 실력이라고 들었다(다카코는 추운 설산에서 구르는 게 딱 질색이어서, 학교에서 참가희망자를 모집하는 스키캠프에 간 적이 없었기 때문에 친구에게 들은 이야기다). 게다가 성적도 우수하여 진학 고교인 우리 학교의 국립이과반에서도 항상 상위. 장래는 농학계 학부에 가서 생명공학을 연구하고 싶다고 한다.

고로 국립문과반인 다카코와는 1, 2학년 때 같은 반이었지만 3학년이 되면서 다른 반이 되어버렸다. 다카코는 이미 사립문과계로 '전향'하기로 스스로 일찌감치 결정해 버렸기 때문에, 미와코가 받고 있는 수업 수와의 차이는 계속 벌어지고 있다. 귀찮은 것과 몸을 움직이는 것을 싫어하는 지각대장에다 절대 성실하다고는 하기 힘든 다카코와 미와코가 죽이 맞는 것이 희한하다. 그러나 인간이란 자신에게 없는 것에 끌리는 것은 영원한 섭리여서, 학년이 올라갈수록 더욱 친해진 두 사람은 내일 자유보행을 둘이서 걷기로 약속하고 있었다.

"다카코, 휴식 때는 놀러와."

"응, 갈게, 갈게."

미와코는 바스락바스락 조그만 꾸러미를 꺼냈다.

"우리 가게에서 쑥떡을 가져왔어. 다카코 취향에 맞게 팥은 조금만 넣어 달라고 했어. 오늘은 기온이 많이 올라갈 것 같으니까 일찌감치 먹어."

"우와, 고마워, 미와링."

다카코는 미와코네 집의 쑥떡을 아주 좋아했다. 이렇게 바쁜 아침에도 친구의 기호에 맞추어 떡을 준비해 주는 것이 미와코다운 세심함이다.

"아, 저기 봐, 도다랑 니시와키야. 악, 손을 흔들어 주었어. 좋아라."

미와코가 신나서 손을 흔들었다.

고개를 돌려 보니, 교문 옆에 있는 도다 시노부와 니시와키 도오루가 살갑게 손을 흔들고 있다.

"좋겠다, 다카코네 반에는 멋있는 애들이 많아서."

미와코는 두 사람을 지켜보며 한숨을 쉰다. 그렇다. 이 규수는 잘 생긴 남자들을 좋아하는 것이다.

"너한테는 시가가 있잖아."

"그것과는 별도."

그것과는 별도, 라고. 다카코는 마음속으로 되뇌고 있었다.

방금 본, 이제는 완전히 익숙해진 니시와키 도오루의 찌르는 듯한 시선을 떠올리면서.

교실에서 출석만 체크한 학생들은 줄줄이 밖으로 나가, 학교 건물을 둘러싼 언덕을 내려가 교정으로 걸어간다. 넓디넓은 교정은 환한 가을 햇살을 받아 눈부시게 빛나고 있었다. 전교생이 새하얀 체육복 차림으로 여기저기에 깃발을 들고 모여 있는 모습이 장관이다.

반별로 깃발을 세우는 습관이 언제부터 시작되었는지는 모르지만 확실히 좋은 생각이기는 하다―어쨌든 길이 좁은 곳에서는 1천 2백 명이 일렬로 서야 하니 말이다. 수 킬로미터에 걸친 행렬이 되었을 때, 어디쯤에 몇 반이 있는지 멀리서도 알아볼 수 있다는 것은 상당히 유효하다. 넓은 휴식장소에서 자기 반을 찾을 때도 도움이 된다.

하얀 깃발에는 제일 위에 반을 가리키는 두 자리 숫자가 쓰여 있다. 1학년 1반이라면 11, 3학년 9반이라면 39. 그리고 아래 부분에는 각 반에서 정한 슬로건이 쓰여 있다. 슬로건이라고 해서 대단한 것은 아니고, 그 당시 유행하는 가요의 제목을 패러디한 것이나 담임의 말버릇을 비꼰 것 등 별 의미 없는 문장이 쓰여 있는 정도다.

참고로 다카코네 3학년 7반 슬로건은 「현재 유산(乳酸) 대량제조 중!」. 이것 역시 의미를 잘 모르는 것이었다. 깃발은 반의 선두에서 남학생들이 교대로 들고 걷는다.

벌써 교정은 볕이 반사되어 기온이 오르고 있었다.

교장선생님의 훈화를 들으면서, 다카코는 벌써 맥이 풀렸다.

응원단장의 "북고, 교가, 시작!" 하는 기합소리를 신호로 교가를 무반주 제창한다. 북고의 교가는 쇼와(昭和)시대 초기에 제정된 것이어서 가사도 진부하지만 곡도 행진곡 풍으로, 전의는 확실히 고양시켰다.

"플레이이이, 플레이이이, 부, 욱, 고."

"플레이, 플레이, 북고, 플레이, 플레이, 북고."

학생들이 주먹을 치켜올리며 구호를 마치고 실행위원장이 "그럼 다녀오겠습니다!" 하고 외치자, 드디어 선두인 1학년 1반 학생들이 이열종대로 걷기 시작했다. 하긴 엄밀히 말하자면 선두와 후미에는 교사와 무전기를 든 실행위원이 붙는다. 실행위원은 야광도료를 칠한 오렌지색 조끼를 입고 있어서 쉽게 구분할 수 있다. 그들은 학생들 유도하기와 도중에 들르는 휴게소에서의 도우미, 임시 화장실 청소까지 잡무라면 무슨 일이든 완수한다. 그 운동량은 일반 학생들에 비할 바가 아니다.

"매번 느끼는 거지만, 보행제 실행위원 하는 애들 정말 훌륭해."

다카코는 출발을 기다리면서, 고토 리카에게 말을 걸었다. 리카는 끄덕인다.

"응. 대체로 실행위원은 운동부 애들이 하잖아? 그래서 자기 후배들에게 권하는 거래. 보행제 실행위원들은 몇 년째 하는 애들이 많잖아."

"거의 세습이구나. 하지만 성취감은 있을 것 같아."

뒤에 있던 키다리 가지타니 치아키가 태평스럽게 중얼거렸다.

이 세 사람은 반에서도 사립문과계로 '전향할' 것임을 자각하고 있어서, 자연히 뭉치는 경우가 많았다. 리카는 비판적인 독설녀로 와세다대에 가서 연극을 하겠다고 마음먹고 있다. 그것도 연출·각본을 배우고 싶다고 한다. 초연하고 종잡을 수 없는 성격의 치아키는 입학 때부터 게이오대 문학부가 제1지망으로, 그 외의 대학은 염두에 없다. 일단 부모의 바람대로 국립문과반에 들어왔지만 본인은 은근히 사립문과계로 진로를 좁혀 준비를 추진하고 있다.

3학년 7반쯤 되면 끝에서 세 번째 반으로, 좀처럼 출발시간이 오지 않는다.

아직 멀었다고 생각하고 잡담을 하다 문득 고개를 들어보니, 어느 틈엔가 교정이 텅 비고, 자기 반을 포함한 백수십 명만이 구석에 남겨져 있다. 이윽고 앞의 학생에 이어 황급히 걸어가게 되면, 드디어 올해도 보행제가 시작되었다는 것을 실감하는 것이다.

이 날을 맞이할 때까지는 제대로 마지막까지 걸을 수 있을지 긴장하기도 하고 불안해하기도 하지만, 막상 시작하면 여하튼 눈앞의 길을 걸을 수밖에 없다. 출발할 때는 지금부터 어쨌든 80킬로미터를 걷는다는 것이 어떤 것인지 아직 실감나지 않아서(라고나 할까, 기억나지 않는다), 처음에는 단순한 소풍 기분이다.

아까 올라온 통학로를 다시 내려간다. 벌써 학생들의 행렬은 길게 늘어져 언덕 아래에 하얀 선을 만들고 있다. 실행위원이 교문 앞에서 끊임없이 "서둘러!" 하고 소리를 지른다. 지연되는 일은 있어도 예정시간대로 중계지점에 도착하는 일은 좀처럼 없다. 하여간 뒤쳐지지 않게 하는 것이 그들의 지상명령이다.

드디어 온 건가, 이 날이.

다카코는 언덕을 내려가면서 생각했다.

고등학교의 마지막 행사.

그녀는 눈부신 듯이 하늘을 올려다본다.

그리고 내 작은 비밀의 내기를 실행하는 날.

비탈진 철길 아래를 덜컹덜컹 화물열차가 달려간다.

이미 달리기 시작했으니 뒤로 물러설 수는 없다.

다카코는 멀어지는 화물열차를 곁눈으로 지켜보았다.

"아빠 찾기?"

도오루는 엉겁결에 움찔하며 시노부를 보았다.

아빠라는 말을 들으면 옛날부터 왠지 동요하게 된다. 특히 최근 몇 년은 특히 그렇다.

"응. 어쩐지 우리 학년 녀석인 것 같아."

시노부는 도오루의 동요는 눈치 채지 못한 모습으로 끄덕였다.

그는 북고 남학생들에게도 인기가 많은 이웃 여고 2학년생이 최근 낙태를 했다고 하는 소문에 대해 이야기하고 있었다.

"그런데 정말이냐, 낙태했다는 이야기는."

"아마도. 어머니와 산부인과에서 나오는 것을 본 녀석이 있대."

"그런 건 꼭 누군가가 보게 되더라."

"좁은 동네잖아. 본인은 상대의 이름을 죽어도 말하지 않는대. 간신히 들은 것은 우리 학교 3학년이라는 것뿐."

"정말일까. 그렇지만 그녀와 사귀는 녀석이 있었다면 대충 알 텐데."

"그렇지? 그러니까 이상하지. 그녀는 눈에 잘 띄고 인기도 많으니까, 누군가와 거리를 걷거나 커피숍에 들어가거나 하면 어김없이 누군가에게 들켰을 텐데. 하지만 우리 학교 학생들과 함께 있었다는 이야긴, 들은 적도 없어."

"숨긴 거 아닐까."

"왜 숨겨야 돼?"

"질투를 받으니까."

"그건 그럴지도 모르겠지만—그래, 지금, 은근히 그 녀석이 아닐까 하고 나오는 이름이."

"누구야?"

두 사람은 엉겁결에 소리를 낮추며 얼굴을 마주 댔다.

"8반의 혼마."

"혼마! 거짓말. 그 도련님이? 말도 안 돼."

"쉿. 그렇지만 그 녀석네 집은 병원과 자택이 나란히 있고, 그 녀석은 별채에 방을 두 개 따로 가지고 있어. 그곳에서 그녀와 만났다면 누구의 눈에도 띄지 않았던 이유가 설명이 되지. 녀석이 숨긴 이유도."

"엄격할 텐데? 그 녀석네 집."

"음. 의대에 붙을 때까지 여자 따위 절대 못 사귀게 되어 있지."

"그렇지."

듣고 보면 그럴듯한 생각이 드니 희한한 일이다. 잠시만 냉정하게 생각하면 아무런 근거도 없는 억측에 지나지 않는 것이, 그럴듯한 설명이 붙으면 이렇게 점점 과장되어 간다. 무엇보다 산부인과에 다녀온 것만으로 낙태를 했다고 단정할 수는 없다. 고교생이라면 어머니가 따라가는 것도 당연할 것이다.

"그래, 누가 아빠 찾기를 하고 있는 거야?"

도오루는 시노부의 아까 대사를 떠올리며 물었다.

"우리 반 후루카와."

"어째서 그 녀석이?"

"어, 몰랐어? 그 녀석 사촌동생이잖아, 그 여자아이가."

"거짓말. 전혀 안 닮았는데?"

"자세히 보면 기본은 닮았어. 눈 큰 거며, 광대뼈 나온 거며."

"흐음. 기본이 닮아도 전개가 그렇게 달라지면 같은 여자라고 생각할 수 없지. 그쪽은 그렇게 귀여운데."

"어릴 때부터 사이좋게 지냈대. 본인을 대신해서 복수심에 불타고 있는 것 같아."

"그래서 아빠 찾기라. 그냥 놔두는 게 좋을 텐데."

외골수에 정의감이 강한 후루카와 에쓰코의 얼굴을 떠올린다. 확실히, 그 녀석이라면 할 것 같았다. 조심해라, 정의감을 내세워 들이대고 다니면 모두가 상처 입는다.

도오루는 왠지 입안에 쓴맛을 느꼈다.

"그래, 후루카와는 혼마가 그렇다는 소문은 알고 있니?"

"글쎄다. 그 녀석 별로 남자와는 친하지 않고, 혼마 역시 얘기하는 상대는 오로지 남자뿐이니까 아직 모르지 않을까. 하지만 이 보행제 동안 밝혀내겠다고 서슬이 퍼렇다더군."

"고생하네."

어깨를 으쓱하면서 도오루는 문득 지금 시노부가 한 말에 뭔가가 마음을 스치는 것을 느꼈다.

이 보행제 동안에.

무엇이 걸렸던 것일까.

얼굴에 살짝 차가운 바람이 스쳤다. 가까이에 물이 있는 기운.

전방에 연녹색의 큰 철교가 보인다. 국도를 가로지르는 최초의 다리다. 금요일의 도로를 차들이 쌩쌩 달려간다. 줄줄이 걸어가는 학생들에게 의아한 시선을 보내는 운전사도 많다. 잿빛으로 쌓인 제방은 북고 학생들의 마라톤 코스다. 평소에는 운동부 학생들이 사용하지만 여름방학 이후로는 이 보행제에 대비해 체육 수업시간에 마라톤 연습을 하므로, 제방 위로 진종일 하얀 체육복 차림의 학생들이 오간다. 도오루와 시노부는 종종 마라톤에서 빠져나와 제방에서 뒹굴기도 했다.

보행제가 끝나버리면 이제 이 코스를 달리는 일도 없겠구나.

도오루는 왠지 마음이 이상해졌다. 당연한 것처럼 했던 것들이 어느 날을 경계로 당연하지 않게 된다. 이렇게 해서 두 번 다시 하지 않을 행위와 두 번 다시 발을 딛지 않을 장소가, 어느 틈엔가 자신의 뒤에 쌓여가는 것이다. 졸업이 가깝구나, 하는 것을 그는 이 순간 처음으로 실감했다.

"올해가 이 코스여서 다행이야."

시노부가 중얼거렸다.

"왜?"

"학교에서 출발해서 학교로 돌아오니까."

"아, 그렇구나."

북고 단련보행제에는 세 가지 코스가 있어서 매년 차례로 코스를 바꾼다. 3년 동안 세 가지 코스를 체험하는 것이다. 올해 코스는 북고에서 출발하여 해안을 따라 걸어서 큰 원을 그리며 다시 북고로 돌아오는 코스지만, 다른 두 코스에서는 이른 아침 산속에 학생들을 버스로 실어다 풀어놓는다. 그것도 북고가 골이 되는 것과 학교에서 떨어진 운동 공원이 골이 되는 것이 있어서, 북고 문을 나와서 북고 문으로 돌아가는 것은 올해의 이 코스뿐인 것이다.

도오루는 의외란 느낌이 들었다. 시노부가 그런 말을 하리라곤 생각지 못했던 것이다.

시노부는 언제나 담담하여 타인과 사물에 대해 별로 집착을 보이지 않는 남자다. 어느 쪽인가 하면, 그 영리한 얼굴생김과 더불어 냉정하고 쿨한 인간으로 보인다. 사귀어보면 사실은 상당히 귀엽고 외로움을 타는 면도 있지만, 북고에 대해 그런 식으로 솔직하게 애교심을 토로하는 것은 처음이었다.

철교를 다 건넌 대열은 국도를 벗어나 주택가 안으로 접어든다. 교통량이 많은 국도변을 걷는 것은 상당한 스트레스인지라, 차 소리가 들리지 않게 되자 대열의 전방이 눈에 띄게 편안해진 것이 보인다. 학생들의 대화도 웅성웅성 시끄러워져 마치 학급회의를 하는 교실 같다.

이 주변은 오래된 마을로 마을 전체가 묵직하고 검은 덩어리로 보인다. 작은 운하의 양쪽 기슭에는 최근 심은 듯한 어린 버드나무 가지가 흔들리고 있었다. 사람의 기척도 차도 없다. 아주 조금 전까지 차들이 격렬하게 오가는 국도에 있었던 것이 꿈같다.

당연한 일이지만, 길은 어디까지고 이어져 있어 언제나 끊어지는 법 없이 어딘가의 장소로 나온다. 지도에는 공백도 끝도 있지만 현실 세계는 빈틈없이 이어져 있다. 그 당연한 사실을 매년 이 보행제를 경험할 때마다 실감한다. 철이 들었을 때부터 언제나 간략화된 지도와 노선도, 도로지도로밖에 세상을 파악하지 않아서, 이런 식으로 어디에나 빠짐없이 세계가 존재하고 있다는 사실이 신기하게 생각되는 것이다.

그런 한편, 세계는 연속되어 있는 듯하면서 연속되어 있지 않은 것은 아닐까 하는 생각도 든다. 한 장의 큰 지도가 아니라 많은 지도를 조금씩 여기저기에 겹치게 붙여놓았다, 하는 것이 도오루가 걸으며 느끼는 이 세계다. 그래서 곳곳에 '이음매가 울퉁불퉁하다'고 느끼는 장소가 있으며, '연하게' 느껴지는 장소와 '짙고 중요한' 느낌이 드는 장소가 있음을 깨닫는다.

이 북고 단련보행제가 시작된 이유는 정확하지 않다.

가장 그럴듯한 것이, 예전에는 수학여행이 있었는데 관서지방에 갔을 때 그 지방의 고교생과 난투극이 일어나, 그 후 수학여행 대신 이 행사로 대체되었다는 설이다. 수학여행이라는 것은 한번 없어지면 두 번 다시 부활시킬 수 없다고 한다. 북고에는 지금도 수학여행이 없다. 단지 북고 외에도 비슷한 행사를 하는 학교는 몇 군데 있다는 걸 보니, 어쩌면 단순한 유행이었을지도 모른다. 한때 교복폐지운동이 전국의 고교에 휩쓸아쳤듯이. 북고에는 그때의 흔적으로 교복도 없다. 그래도 일단 표준복이라는 것은 있어서 남학생들 가운데는 줄기차게 그것만 입고 다니는 학생들도 있다.

드디어 끝난다, 하고 도오루는 안도에 가까운 심정을 느낀다.

시노부가 은근한 애교심을 토로한 것과는 달리 도오루의 감정은 복잡했다. 물론 고교생활은 즐거웠지만, 장래를 서두르는 그에게 이 2년 반은, 조금씩밖에 나아가지 않는 답답한 세월이었다. 빨리 대학으로. 빨리 취직하여 사회로. 빨리 독립하여 자신만의 세계로. 도오루는 언제나 장래를 선망하고 있었다. 그 이유가 어머니와 단둘인 옹색한 가정환경에 있다는 것은 스스로도 알고 있었다. 물론 어머니는 무엇보다 소중하며, 둘이서 힘을 모아 노력해 왔다는 자부심도 있다. 그러나 그렇기 때문에 빨리 독립하여 어엿한 한 사람 몫을 하는 인간이 되고 싶었고, 어머니로부터 일단 거리를 두고 싶었다. 외갓집의 원조 없이는 대학에 갈 수 없다는 것도 알고 있기 때문에, 가능한 한 빨리 세상에 대해 빚을 갚고 싶었던 것이다.

그 집과는 다르다.

도오루는 자신도 모르는 사이 그 여자의 얼굴을 떠올리고 있다.

누구에게도 기대지 않고 스스로 회사를 번창시켜 여자 혼자 몸으로 자식을 키우는 그 집과는.

"……고다가."

멍하니 있던 도오루는 갑자기 그 이름이 시노부의 입에서 나와 이번에야말로 뜨끔했다.

"엉?"

시노부의 얼굴을 보니 어딘지 모르게 탐색하는 듯한 시선으로 이쪽을 보고 있어서 내심 초조했다.

"9반의 요시오카와 사귀는 것 같아."

"정말? 언제부터?"

"최근 같던데."

"너, 그런 정보 어디서 듣고 오는 거냐?"

시노부는 그다지 친구가 많은 편은 아닌데 의외로 그런 정보에 밝았다. 하긴 시노부 같은 남자라면 누구나 안심하고 속을 털어놓거나 비밀 이야기를 하고 싶어하는지도 모른다.

"여러 곳에서."

"흐음, 요시오카라. 그런 애가 취향인가."

도오루는 장난꾸러기 분위기인 요시오카 유이치의 얼굴을 떠올렸다.

어디에 접점이 있었던 것일까. 특별활동반에서인가.

시노부가 물끄러미 자신을 보고 있어서 도오루는 의아스러운 표정을 짓는다.

"뭐야."

"괜찮냐?"

"뭐가?"

"나는 네가 분명히 고다를 좋아한다고 생각하고 있었는데 말이야. 한때 너희들이 사귄다는 소문도 있었고."

"그러니까 헛소문이라구. 나, 그 녀석과 말도 거의 해본 적 없어."

도오루는 반쯤 화를 내며 부정했다.

그렇다. 자신과 고다 다카코가 사귀고 있다는 소문을 들었을 때는 진심으로 놀랐고, 진심으로 화가 났다. 애초에 3학년이 되어 같은 반이 된 것만으로도 불쾌했는데, 그런 소문까지 난다는 것은 이만저만한 민폐가 아니다.

"정말이냐."

시노부는 진지한 얼굴로 고개를 갸웃거린다.

"정말이라니까."

"그렇지만 너희들 뭔지 모르게 독특한 분위기가 있어. 이렇게 아무 말 하지 않아도 서로에 대해 잘 알고 있다, 뭐 그런 분위기."

시노부는 중얼중얼 혼잣말처럼 웅얼거렸다.

도오루는 시노부의 관찰이 예리함에 놀란다.

"너, 느끼고 있니? 곧잘 고다를 보는 것."

"내가?"

"응. 느끼지 못할지도 모르겠는데 언제나 누군가를 보고 있구나 싶으면 꼭 고다야. 그래서 난 네가 분명 그 애를 좋아한다고 생각했는데."

도오루는 점점 놀랐다. 스스로도 전혀 의식하지 못했던 것이다.

시노부는 흘끗흘끗 도오루를 보면서 계속했다.

"그런데 고다 쪽도 때때로 몰래 너를 보고 있어. 그쪽은 조금 더 뭐랄까, 꺼림칙한 얼굴이지만 말이야. 그래서 오호, 두 사람 서로 좋아하는구나, 생각했던 거야."

으음, 시노부의 눈, 얕볼 수 없어.

도오루는 마음속으로 신음했다. 하지만 시노부뿐만 아니라 모두가 두 사람 사이의 공범자 같은 긴장감을 느끼고 있었다고 한다면…….

도오루는 쓴웃음을 지으면서 고개를 저었다.

"그만 해. 난 그렇게 답답해 보이는 애는 싫어. 어느 쪽인가 하면, 유사 같은 규수 타입 쪽이 좋아."

"흐음. 그런가."

시노부는 아직 의혹이 가시지 않은 듯 물끄러미 도오루를 보고 있다.

"뭐야."

"뭐, 됐어. 밤은 기니까. 천천히 들어보자."

도오루는 작게 한숨을 내쉬었다. 아무리 시노부라고 하지만 이야기할 수 없는 것도 있는 것이다.

"그러고 보니, 요전에 안나에게서 엽서가 왔어."

갑자기 그 사실을 떠올리며 다카코는 치아키의 얼굴을 보았다.

"어머나. 그래, 벌써 반년이 지났구나. 잘 있대?"

"응. 보행제만은 한 번 더 참가하고 싶었다고 썼더라."

"안나, 보행제가 제일 좋다고 했었지. 좋겠다, 안나는. 성적도 좋고, 영어도 잘 하고, 아이비리그에 갈 수 있겠지."

치아키는 부러운 듯이 중얼거렸다. 그녀는 유학을 가고 싶어 어쩔 줄 모른다.

사카키 안나는 2학년 때 다카코, 미와코, 치아키와 같은 반이었다. 다카코와 미와코는 안나와 친해서 한때는 항상 셋이 붙어 다녔다.

귀국자녀인 그녀는 부모가 모두 화학자로, 중3부터 고2 때까지를 일본에서 보냈지만 올봄에 부모님과 함께 다시 미국으로 돌아가버렸다. 물론 그녀는 2개 국어를 완벽히 구사하니까 대학입학자격시험 준비를 위해 예정을 앞당겨 미국으로 가버린 것이다. 하지만 그녀는 북고를 졸업하지 못함을 몹시 유감스러워했다. 특히 보행제에는 열심이어서, 여자아이들은 어째서 그런 행사를 좋아할까, 하고 희한하게 여겼었다. 난 보행제에 안 나가도 된다면 분명 그쪽을 선택할 텐데, 하고 치아키가 끊임없이 되풀이하던 것이 생각난다.

다카코는 안나의 마음을 알 것 같은 느낌이 들었다.

안나는 귀국자녀여서인지(그 외의 이유는 잘 모르겠지만) 모든 것으로부터 자유로우며, 언제나 그녀의 주위에만 다른 바람이 불고 있는 듯한 느낌이 들었다. 그녀에게는 천성적인 활달함, 환경에 단련된 강인함과 더불어 타인에 대한 관대함이 있었다. 여기저기 많은 나라를 돌아다닌 만큼 오히려 일본적인 시스템을 갖춘 고등학교의, 일종의 불합리하게조차 생각되는 인습 같은 전통에 동경을 갖고 있었던 것이다.

작년 보행제에서 함께 걸을 때도 안나는 끊임없이 재잘거리며 끊임없이 감동했다.

모두 함께 밤에 걷는다. 단지 그것뿐인데 말이야.

어째서 그것뿐인 것이, 이렇게 특별한 걸까.

안나의 목소리가 지금도 귀에 남아 있다.

바꿔 말하면, 그녀가 한 말 가운데 다카코 속에 남아 있는 것은 이 말뿐이다. 보행제에 관한 이 말. 그렇다 해도 그녀가 보낸 엽서. 그 내용은 조금 이상했다. 보행제에서 함께 걷고 싶었다는 것은 이해가 가지만, 그 마지막 문장은······.

"안나도 겉으로는 꽤나 캘리포니아풍의 아이였는데, 의외로 보수적이지. 결국 그 아이가 마지막으로 러브레터를 보낸 건 누구래?"

리카가 다카코와 치아키의 얼굴을 번갈아 보았다. 마치 두 사람이라면 알고 있을 거라고 하는 말투다.

다카코도 치아키도 고개를 가로젓는다.

"몰라, 정말. 안나는 그런 면으로는 또 엄청 수줍음을 탔거든. 미와코도 못 들었을 거라 생각해."

"나도 몰라."

"정말 보냈을까?"

"아, 보낸 건 확실해. 미국으로 떠나기 전날 우체통에 넣었대."

"그럼, 상대가 받아들이려고 해도 답장을 못하잖아."

"그런 면이 안나답지."

다카코는 고개를 크게 끄덕였다.

그렇다. 다카코는 곧잘 미와코와 안나가 함께 있는 것을 보면, 이 두 사람은 완전히 정반대구나, 하고 생각했었다. 겉보기에는 그려낸 듯한 일본 여성인 미와코와 갈색머리에 까무잡잡한 피부를 한, 영아메리칸(young american)풍의 안나. 그러나 미와코 쪽이 대담하고 새로운 것을 좋아했던 것에 비해, 안나는 의외로 사양하거나 수줍어했다.

연애에 대해서도 미와코는 적극적으로 남자들을 품평하는 데 비해, 안나는 "나쁘지 않네." 하고는 생글생글 웃으면서 그런 대화에 끼지 않았다. 마음의 방비(防備)에 뛰어났던 것이다. 결국 그녀가 누구를 좋아했는지는 미와코도 다카코도 몹시 궁금해했지만, 그녀의 입에서 들은 적은 없었다……

"우선 우리 반 머리띠만 안나에게 보냈어."

"이 촌스럽고 화려한 핑크색을?"

"응. 이걸 매고 대학입학 자격시험을 치라고."

"벌써 끝나지 않았을까?"

"아, 그런가."

"다카코답구나. 지금쯤 안나가 어이없어하고 있을걸."

세 사람이 웃고 있을 때, 멀리 강가에서 불어오는 바람이 뺨을 어루만졌다.

문득 다카코는 무의식중에 주위에서 안나의 모습을 찾고 있었다. 그녀가 웃으면서, 바로 근처에서 함께 걷고 있는 듯한 느낌이 들었던 것이다.

 휘익, 하는 호루라기 소리가 울리면 휴식이다.
 한 시간 걷고 10분 휴식, 이것이 보행제의 규칙이다.
 아직 초반이어서 더 걸을 수 있는데, 하는 불만의 빛이 엿보인다. 현재까지는 모두 여유 있는 표정이다.
 호루라기가 울리면 어쨌든 앉는다. 그리고 발을 말린다. 그것이 장시간 걷는 요령이라는 것을 상급생들은 알고 있기 때문에, 모두 제일 먼저 신발을 벗고 양말을 벗는다. 물집이 생길 기미가 없는지 꼼꼼히 자신의 발을 살핀다.
 날씨가 좋으면 이럴 때 편하다. 땅바닥에 털썩 주저앉을 수 있고 발도 말릴 수 있다.
 시간은 아홉 시 반으로 아직도 멀었다.
 풍경은 주택가에서 서서히 농촌으로 변해가고 있다. 방풍림을 가진 농가들이 늘어나, 학생들도 울타리나 짙은 방풍림의 나무그늘에 앉아 있다.
 기온이 점점 올라가고 있었다. 입고 있던 윈드브레이커며 요트파카를 벗어서 허리에 묶어, 대부분 티셔츠 차림이다. 모자를 쓴 학생들도 많다.
 아직 수분을 섭취하는 학생은 적다. 물을 들이키면 지친다는 것을 알고 있는 것이다.
 이제 겨우 시작인데, 벌써 몇 시간이나 걸은 것 같다.
 다시 호루라기가 울린다. 학생들은 양말을 신고, 신발 끈을 다시 묶는다. 그리고 짙은 그림자 속을 걷기 시작한다. 선명한 푸른 하늘에 부드러운 비단구름이 살랑살랑 떠 있다. 저 구름이 되고 싶어, 하고 다카코는 생각한다.

이렇게 바람도 없는 날, 기분 좋은 하늘에 두둥실 떠 있을 수 있다면 얼마나 좋을까.

이런 생각을 하는 것 자체가 이미 보행제에서 도피하고 있다는 증거라고 생각하자, 그녀는 지긋지긋해졌다.

그러고 보니 어젯밤 잠을 제대로 못 잤구나.

수면이라는 것은 고양이 같은 것이다. 시험 전날처럼 부르지 않을 때는 잘도 찾아와서, 잠에서 깨어나면 아연실색하게 만든다. 그러나 기다리고 있으면 죽어도 오지 않아 안절부절못하고 초조하게 한다.

어젯밤 잠을 이루지 못한 이유는 알고 있다. 오늘 자신과 한 작은 내기에 대해 자꾸 생각했던 탓이다. 내게 그것을 할 마음이 있는지 어떤지. 내가 그것을 하면 어떻게 되는지. 그런 생각을 하염없이 하는 동안, 잠이 달아나버렸다.

"……신발을 모으는 남자, 라고 있어."

리카가 치아키와 이야기를 나누고 있다.

"왜?"

"그 이유를 생각하고 있었어. 함께 생각하자."

"어째서 신발이야?"

류색을 고쳐 매며 목에 단단히 수건을 감은 후 다카코는 물었다.

리카는 수험공부를 하는 한편 어딘가의 현상공모에 응모할 희곡을 쓰고 있는 것 같다.

"그냥 괜히. 무대에 신발을 줄줄이 늘어놓으면 그림이 될까 생각했을 뿐이야."

"그건 남자 신발?"

"아니, 모든 신발. 아이 신도 있고 하이힐도 있고 스니커도 있고, 게다(일본의 나막신)도 있고. 성별도 연령대도 다양한 신을 모으는 거야. 그치, 무대에 늘어놓으면 예쁘겠지."

"예쁠까. 현실적인 문제라면 발냄새 날 것 같은데."

"냄새나, 냄새나."

"진지하게 생각해. 왜 신발을 모으는지. 남자는 어떻게 하고 싶은 건지."

"신발 디자이너가 되고 싶다, 이런 건 안 되겠지, 분명."

"더 재미있는 이유를 생각해."

난제를 친구에게 떠맡기는 주제에 리카는 거만한 태도다.

하지만 보행제 초기의 흥분이 식어 가면, 길게 가는 것은 의외로 이런 화제다. 노래를 부르거나 끝말잇기로 시간을 보내며 다리의 피로를 잊고자 하는 아이들도 있지만, 그것도 머잖아 바닥이 나버린다. 그러나 그저 묵묵히 걷기만 하는 것도 지친다. 그럴 때 기분 전환이 되는 것이 이런 수수께끼 같은 문제이기도 하다.

"신발은 새 거야, 신던 거야?"

다카코가 물었다.

"신던 거지, 역시."

리카가 끄덕였다.

"그럼 그 신발은 살아 있는 사람의 신이야, 죽은 사람의 신이야?"

치아키가 묻는다.

"으음, 어느 쪽일까. 그럼, 다카코는 살아 있는 사람의 신발, 치아키는 죽은 사람의 신발이라고 생각해 봐."

"리카는 무슨 생각을 할 건데."

"나는 연출 방법."

"어째 속는 느낌이야."

"됐으니까, 생각들이나 하셔."

세 사람은 한동안 생각에 잠겼다.

해는 높아지고 풀냄새가 주위에 그윽하다. 멀리서 새소리가 울린다.

신발을 도둑맞으면 곤란할 거야. 지금 같으면 특히. 걸을 수 없게 되잖아.

다카코는 멍하니 그런 생각을 하고 있었다.

어릴 때, 펜글씨를 배우러 다녔다. 이웃 아이들이 잔뜩 있었는데, 하여간 그 중에 유별나게 장난을 좋아하는 악동이 있어서, 집에 가려는데 신발을 숨겨놓았던 적이 있었다. 정말 곤혹스러웠다. 내 신발이 없을 때의 불안함, 슬픔은 지금도 잊을 수 없다. 마치 자기의 시간과 행동을 통째로 빼앗긴 듯한 느낌이었다.

"아, 한 가지 생각났다."

다카코는 엉겁결에 입을 열고 있었다.

"뭔데."

리카가 들어주지, 하듯이 다카코를 본다.

"그 녀석은 신발 도둑이야. 살아 있는 사람의 신발을 훔쳐. 그래서 그 녀석에게 신발을 도둑맞으면 도둑맞은 사람은 인생의 시간이 멈춰버리는 거야. 혹은 신발을 도둑맞은 동안의 시간은 전부 그 녀석의 것이 되어버리는 거야."

"흐음. 그러면 어떻게 돼?"

"그러니까 말이야, 그 녀석이 신발을 훔치면 상대의 시간이 멈춰버리니까 그 동안 여러 가지 잔꾀를 부릴 수 있잖아. 만나게 하고 싶지 않은 사람과 딱 마주칠 것 같으면, 한쪽 신발을 훔치면 되는 거야."

"그거, 말하자면 코미디 쪽 소재네."

"나도 생각했어."

치아키가 태연하게 끼어들었다.

"죽은 사람의 신발 버전?"

"응, 그러니까 그 남자에게는 특수한 재능이 있는 거야."

치아키는 마이페이스로 이야기를 시작했다.

"그 남자가 죽은 사람의 신발을 신으면, 그 신발 주인이 생각하고 있던 것을 알게 되는 거야."

"사이코메트라네."

"뭐야, 그건."

다카코가 끼어들자 리카가 대답했다.

"유류품(遺留品, 죽은 뒤에 남겨둔 물품)으로부터 그 소유자가 사는 곳을 알아내는 사람을 말해."

"흐음."

"그래서 말이야."

치아키가 계속한다.

"뺑소니 사건으로 죽은 아이의 신발과, 누군가에게 살해된 사람의 신발을 모두 그 사람에게 가져오는 거야. 마지막으로 이 사람이 본 것을 가르쳐주세요, 하고."

"응, 응. 괜찮네. 미스터리구나."

"괜찮지?"

"응. 그 신발을 가져온 사람이 범인이기도 하고. 마지막에는 그 남자의 목숨이 위험해지는 거지. 음. 쓸만하다, 쓸만해."

리카는 끊임없이 고개를 끄덕인다.

"그래, 그 남자가 처음으로 자신의 재능을 깨달은 것은 이런 소풍 때였다고 하는 거야. 실수로 친구의 신발을 신게 되었다가, 친한 친구라고 생각했던 그 아이가 사실은 자기를 싫어한다는 걸 알게 되는 거야. 음, 그건 충격이지."

생각하고 있던 것을 친구에게 들킨다. 확실히 그것은 충격이다. 아무리 친구여도 알고 싶지 않은 것이 있는 법.

다카코는 그런 생각을 했다.

어떨까, 미와코도 그런 게 있을까?

그 생글생글 웃는 해맑은 얼굴을 떠올린다.

"그럼, 어째서 그 남자는 신발을 모으는 거야? 사이코메트라의 기념품?"

다카코는 문득 생각나서 물어보았다.

"글쎄. 모으는 게 아니라 다들 그 남자네 집에 두고 가는 게 아닐까. 남자가 그 신발을 신어주면, 가져온 사람에게는 필요하지 않게 될 거야, 분명."

치아키가 생각하면서 천천히 대답했다. 그녀는 그 자리를 대충 넘기기 위한 말은 하지 않는다. 언제나 마이페이스로 자신의 생각을 확실히 말하는 점을 다카코는 늘 부러워했다. 반대로 리카는 일견 독설처럼 보이지만, 모두의 표정과 분위기를 재빨리 읽을 줄 알아 그 자리를 수습하는 말을 잘 찾는 경향이 있다. 의외로 주위를 세심하게 배려하는 아이다.

길은 조금씩 전원지대로 들어선다.

추수가 끝난 논 안쪽에 전신주가 늘어서 있다.

논두렁길을 가는 학생들의 대열은 멀리서 보아도 끝나질 않는다. 원래는 과수원이었는지 허리 높이의 그루터기가 줄줄이 늘어선 공터의 풍경이 특이하다. 아직 단풍이 들기에는 이른 계절이지만, 논두렁길에는 억새풀이 흔들리고 있다.

"가을이구나."

"그러게."

"그러고 보니 니시와키, 내일이 생일이라지."

다카코는 뜬금없이 그 이름이 치아키의 입에서 나오자 깜짝 놀랐다.

"오, 그렇구나. 잘 됐네. 모두에게 축하받을 수 있어서. 보행제 때 생일을 맞이하다니 행운이구나."

"우치보리가 생일선물 준비해 왔다고 그랬어."

"이야! 기특하네. 오전 영 시가 됨과 동시에 달려가는 건가."

3반의 우치보리 료코가 그에게 마음을 두고 있다는 것은 다카코도 알고 있었다. 그것을 숨기지 않는다는 사실이 부럽다. 다카코는 그런 일은 죽어도 못 한다.

　니시와키 도오루가 의외로 여자들에게 인기가 많다는 것은 알고 있었다. 다부진 체격에 얼굴도 못생기지 않고 남자다운 느낌이 들기 때문일 것이다. 하지만 다카코에게는, 같은 반이 된 후부터라고는 하지만 그 메마른 시선이 항상 몸 어딘가를 가시처럼 찌르고 있어 견디기 힘든 심정이다. 같은 반만 아니라면 서로 무시한 채 졸업했을 텐데, 왜 하필이면 올해 같은 반이 되어버린 건지.

　몇 번이나 생각했던 푸념을 다카코는 지금 또 되뇌고 있었다.

　"니시와키는 여자친구 없나."

　"그런 것 같지."

　"여자한테 흥미 없다는 느낌이야."

　두 사람은 나직하게 그 대화를 계속하고 있다. 보기에는 그녀들도 도오루가 마음에 드는 것 같다. 확실히 여자가 보아 마음에 들어 할 만한 남자라는 것은 안다.

　그러나 그 시선은 그만두었으면 좋겠다. 마치 내가 나쁜 짓이라도 한 것 같잖아.

　다카코는 몰래 한숨을 내쉬었다. 그의 마음을 모르는 것도 아니지만, 나로서는 어쩔 수 없는 일인 것이다.

　"있잖아, 있잖아, 나, 전부터 생각했었는데 말이야."

　치아키가 갑자기 생각났다는 듯 다카코의 얼굴을 보았다.

　"뭐?"

"다카코랑 니시와키, 닮지 않았니? 눈매가 어딘지 모르게 말이야."

다카코는 숨이 막혀오는 것 같았다.

"나랑 개가? 안 닮았어, 전혀."

"그런가. 난 어딘가 닮았다고 생각했는데. 리카, 그렇게 생각하지 않니?"

"글쎄. 닮았나. 확 와닿는 것은 없는데."

리카는 찬찬히 다카코의 얼굴을 본다.

"안 닮았어."

다카코는 쓴웃음 지으며 얼굴 앞에서 손을 내저었다. 자기도 모르게 두 사람의 시선을 피해 버린다.

"으음, 나만 그렇게 생각했나."

치아키는 고개를 갸웃거린다.

고맙게도 두 사람 다 이내 다른 화제로 옮겨가 주어서 동요했다는 걸 들키지는 않았지만, 여전히 다카코는 빠르게 뛰는 심장을 필사적으로 진정시키고 있었다.

아아, 깜짝 놀랐다. 이제 와서 이런 말을 듣다니. 치아키는 엉뚱한 데서 예리함을 보이네. 그렇지만 닮았다는 말을 듣는 것은 처음이다.

다카코는 자신도 모르게 도오루의 얼굴을 떠올리고 있었다.

니시와키 도오루와 고다 다카코가 이복남매라는 것을 알고 있는 사람은 거의 없다. 선생님도 모르고 친척들 중에도 모르는 사람이 있을 정도다.

고다는 어머니의 성이다. 다카코의 어머니 고다 사토코는 20대 전반에 결혼한 남편과 공동 경영하던 회사를 이혼과 함께 인수받아 그럭저럭 성공하고 있다.

쉽게 말하자면 다카코는 니시와키 도오루의 아버지, 니시와키 와타루가 사토코와 바람을 피워 생긴 아이다. 사토코는 이른바 싱글마더라는 것이 되었지만, 이혼을 했으므로 주위에서는 헤어진 남편의 자식으로 생각하는 것이다.

니시와키 와타루의 아내는 사토코와 다카코에 대해 알고 있는 듯했지만, 아무 말도 건넨 적은 없었다. 사토코는 와타루에게 양육비를 요구하지 않았고, 다카코를 낳는 대신 그와는 일체 관계를 끊었기 때문이다. 다카코는 아버지를 만난 적이 없다.

사토코는 매우 열린 사람이어서 다카코는 어릴 때부터 그런 사정에 대해 조금씩 설명을 듣고 있었다. 그래서 특별히 자신의 처지에 대해 열등감을 느끼거나 충격을 받았던 기억은 없다. 오히려 사토코와 다카코의 존재에 계속 연연하고 있는 것은 니시와키 가(家) 쪽이었던 것 같다. 다카코가 그것을 알게 된 것은 니시와키 와타루가 세상을 떠났을 때다.

고등학교에 입학하기 전의 일이었다. 사인(死因)은 위암이었다고 한다.

장례식에서 무서운 눈으로 이쪽을 노려보던 소년의 얼굴은 지금도 다카코의 뇌리에 새겨져 있다. 그의 어머니는 줄곧 두 사람을 무시했다. 유족에게 머리를 숙이는 사토코에게도 모르는 척했다. 다카코는 소년에게서 뿜어져 나오는 증오에 당황하다 못해 분노조차 느꼈다. 도오루와 다카코가 같은 학년이라는 것도 그들에게는 견디기 힘든 일이었던 것 같다.

나중에 냉정히 생각해 보니 그들의 증오도 이해할 수 없는 것은 아니지만, 그래도 다카코에게는 아무런 죄도 없다. 나까지 그런 식으로 볼 이유는 없다고 자신에게 타일렀지만, 소년의 증오는 다카코의 마음속에 계속 남아 있었다.

같은 고등학교에 입학했다는 것을 알았을 때는 우울했지만, 2년 동안 다른 반이다 보니 그의 존재도 신경 쓰이지 않게 되었다. 도오루는 도오루대로 다카코를 완전히 무시하고 있었기 때문에, 두 사람의 접점은 전혀 없었던 것이다.

그런데 3학년이 되자, 둘은 같은 반이 되어버렸다.

개학식 때 벽에 붙은 반배정표를 보고 기절할 뻔했던 기억을 오늘 아침 일처럼 기억한다.

주위를 둘러보다 역시 놀라고 있는 도오루와 눈이 딱 마주쳐버린 것도.

"니시와키 도오루와 같은 반이 되었어."

어머니에게 그렇게 말하자, 그녀는 "어머나, 그러니."라는 말밖에 하지 않았다. 그 후로 그의 이야기는 하지 않는다.

다카코는 이 이야기를 미와코에게도 하지 않았다. 어머니가 싱글마더라는 것을 부끄러워해서는 아니지만, 그 주변의 사정들을 설명하여 미와코로부터 배려받는 것이 싫은 것이다.

도오루도 그 사실을 누구에게도 말하지 않은 것 같다. 그에게 고다 모녀는 아버지의 오점이며 수치일 것이다. 다카코는 그에게 그렇게 생각되고 있는 것을 슬퍼하지도, 미워하지도 않으며 조용히 받아들이고 있었다.

 말하자면 암묵적인 공범관계가 최근 반년 동안 계속되었던 셈이다. 성별 차이도 있고 다카코는 어머니를 닮았기 때문에 외모에서 들통 날 일은 없다고 생각하고 있었던 만큼, 치아키로부터 닮았다는 말을 들은 것은 충격이었다. 하지만 그런 한편, 다카코는 '닮았다'는 말을 들은 것을 어딘가 기뻐하고 있는 자신 또한 발견하고 있었다.

 다카코는 사진으로밖에 아버지의 얼굴을 본 적이 없으며, 남자 가족이란 것도 없다. 그래서 반이라도 피를 나눈 남매이니까 친해지고 싶은 마음이 어디에도 없었다고 한다면 거짓말이다. 그 장례식 때도, 남매를 만날 수 있다고 생각한 다카코는 오히려 기대하고 있었던 것이다. 그러나 도오루의 얼어붙을 듯한 시선에 그 기대는 완전히 박살나버렸고, 그녀는 그 일을 자신도 모르게 원망하고 있었을지도 모른다.

 가끔 미친 척하고 도오루에게 말을 걸고 싶어지는 순간이 있었다.
 어째서 우리가 서로 으르렁거려야만 하는 거지?
 도오루에게 그렇게 묻고 싶은 충동에 휩쓸린 적이 한두 번이 아니다. 물론 결국 실행에 옮기는 일은 없었지만.

 그러나 그녀는 망설이고 있었다. 이 보행제가 끝나면 이제 수험 모드로 돌입하며, 올해가 끝나면 더 이상 도오루와 얼굴을 마주칠 일도 없을 것이다. 도오루 쪽은 이대로 졸업할 생각인 것 같은데,

정말 그것으로 괜찮은 것일까.

그래서 그녀는 보행제에서 작은 내기를 하기로 했다. 그 내기에 이기면 도오루와 얼굴을 마주하고 자신들의 처지에 대해 이야기하자고 제안하자, 하는 그녀만의 내기다. 그러나 그녀는 그 내기에 이기고 싶은지 지고 싶은지 아직 스스로도 잘 알 수 없었다.

길은 완만한 언덕이 되었다. 구릉지대에 들어섰는지 비탈진 면에 지그재그로 난 길을 학생들이 대열을 지어 걸어간다. 곳곳에 하얀 깃발이 서 있는 곳은 복상만 무시하면 전국(戰國)시대 영화의 한 장면 같다.

구릉의 중간까지 올라간 곳에서 다음 휴식시간이 되었다.

호루라기 소리가 비탈진 언덕에 울려 퍼졌다.

모두가 도미노처럼 줄줄이 자리에 앉는다.

"아……." 하는 소리를 내며, 도오루와 시노부는 주저앉아 신발을 벗었다.

"슬슬 위험해지려나."

시노부는 왼발 엄지발가락 아래 빨개진 곳을 문지르고 있다.

"일찌감치 붙여두는 편이 좋을 거야."

"그렇겠지."

시노부는 주섬주섬 반창고를 꺼내 조심스럽게 붙였다.

도오루는 발목과 허벅지를 주물렀다. 양말을 벗어 발가락을 움직인다.

뺨에 상쾌한 바람이 닿았다.

얼굴을 들자 까마득한 저편까지 이어져 있는 긴 행렬이 보인다.

"새삼스럽지만 정말 희한한 행사야. 오로지 걷기만 할 뿐. 일부러 먼 곳까지 갔다가 그냥 돌아오고. 이상해."

"단순한 행사니까, 이만큼 계속되고 있지 않을까?"

"단순하다니, 준비는 얼마나 힘든데. 숙박할 곳 빌리느라 여기저기 머리 숙이며 다녀야 되고."

"으음."

시노부는 반창고를 반듯하게 주름이 지지 않도록 붙이느라 진지하다. 하긴 잘못 붙이면 발이 더 아파지니, 아직 전체 일정의 대부분이 남아 있는 현 시점에서는 진지해지지 않을 수 없다.

"사카키 기억 나냐?"

시노부가 반창고에 시선을 고정시킨 채 말했다.

"사카키? 아, 미국에 간 녀석."

"그 녀석이 재미있는 말을 했었어. 나, 1학년 때 같은 반이었잖아."

"뭔데?"

"야간보행 때였어. 모두 밤에 걷는다, 단지 그것뿐인데 어째서 이렇게 특별한 걸까, 하고."

"흐음."

물통에 담아온 이온음료를 마시며, 잠시 멍하니 있다.

찰랑찰랑한 갈색머리의 소녀가 어렴풋이 도오루의 뇌리에 떠올랐다.

사카키 안나. 그 존재를 까맣게 잊어버리고 있었다. 가까이 없으면, 잊혀지는구나. 잊혀진 것은 존재하지 않는 것과 마찬가지다.

반대로 가까이 있으면 그 존재는 싫어도 의식하지 않을 수 없게 된다.

저 고다 다카코처럼.

도오루는 자신도 모르게 나직하게 혀를 찼다.

또 생각해 버렸다.

자기혐오를 느낀다.

물론 그녀에게는 죄가 없다. 그런 것은 알고 있다. 그러나 도오루는 그 구김살 없는 표정이 미웠다. 나하고는 관계없는걸, 언제나 그녀가 그렇게 말하는 듯이 보여 괜히 화가 나는 것이다.

쥐 죽은 듯이 몰래 지내야 하는 것은 고다 모녀일 텐데, 언제나 꺼림칙한 듯 시선을 내리깔고 지내는 것은 도오루 모자 쪽이었다. 오히려 그녀들은 마음대로 잘 살고 있다고 보여, 도오루는 언제나 그 부조리함에 기가 막혔다. 고다 모녀의 존재를 안 순간부터 니시와키 가에서는 영원히 뭔가를 잃어버린 것이다. 뭔가가 결정적으로 바뀌어버린 후로 집안에서 느껴지던 어색함은 생각만 해도 가슴이 답답해진다. 두 번 다시 만나지 않고 돈도 주지 않겠다고 아버지가 공언한 후로는 아무도 그를 나무랄 수 없게 되었다.

차라리 적어도 양육비라도 대주었더라면, 고다 모녀와 아버지를 책망할 구실이 생겼을지도 모른다. 그러나 어디에도 불만의 배출구는 없었다. 그 탓에 니시와키 가의 세 명은 서서히 짓눌려가며 모두의 가슴속에 뭔가가 쌓여가는 것 같았다. 아버지의 위암 진행이 빨라진 것도 집안 분위기와 무관하지 않았을 거라고 도오루는 확신하고 있었다.

 아버지가 돌아가셨을 때, 차라리 도오루는 안도했던 것 같은 느낌이 든다. 이제 그 이상한 분위기 속에서 좋은 가족인 척 연기하지 않아도 되는구나, 하는 해방감조차 맛보고 있었다. 물론 그때마다 죄책감도 있었다. 그렇기 때문에 장례식 때 나타난 고다 모녀가 미웠던 것이다. 자신에게 이런 안도와 해방감, 그리고 그에 대한 꺼림칙함을 맛보게 한 그들이.

 그때 다카코의 말똥말똥하던 눈을 떠올린다. 조금만 더 미안해하는 빛이라도 보였으면 좋았을 것을, 다카코는 조금도 미안한 모습이 없었다. 오히려 흥미진진해하는 얼굴로 자기 쪽을 보고 있는 그녀에게 심한 분노를 느꼈던 것이 어제 일처럼 떠오른다.

 같은 반이 된 것을 알고 그녀와 엉겁결에 눈이 마주쳐버렸을 때의 자기혐오 역시, 지금도 선명히 기억난다.

 빨리 졸업하고 싶다. 빨리 내년이 되면 좋겠다. 수험 시즌에 돌입해 버리면 그 녀석의 얼굴을 보지 않아도 된다. 이런 식으로 그 녀석을 생각하지 않아도 된다. 그 녀석을 미워하지 않아도 된다. 도오루는 그러기를 바라고 있는 자신을 발견한다.

 호루라기 소리에 그는 퍼뜩 고개를 들었다.

 휴식시간이 끝난 것이다. 모두 일제히 일어서는 기미에 도오루도 황급히 일어났다.

 해는 중천에 높이 떠오르고, 출발한 지 세 시간이 지나자 점점 지쳐간다.

아직 대화는 계속되고 있지만 처음에 보였던 활력은 줄어든다. 가능한 한 몸을 움직이지 않고 에너지를 소모하지 않도록 이야기를 하게 되는 것이다.

다음 휴식장소는 점심을 먹는 큰 공원이란 걸 알고 있어서, 모두 거기에 힘을 얻어 묵묵히 계속 걷고 있다. 다음은 한 시간 휴식이다!

그러나 아직 보행제는 시작된 지 얼마 되지 않았다. 앞으로 세 시간 후에도, 여섯 시간 후에도, 아니, 열두 시간 후에도 계속 걷고 있을 것이다. 벌써 그런 생각을 하며 기분 나쁜 예감을 맛보는 학생도 있나. 걷기 시작한 지 세 시간이어도 이렇게 지치는데, 앞으로 대체 어떻게 되는 것일까? 1학년들은 그런 불안을 느끼고 있다.

1학년 여학생 중에 더위로 빈혈을 일으킨 학생이 있어서, 오늘 최초의 구급버스 승객이 나왔다.

그 소문은 눈 깜짝할 사이에 대열의 제일 뒤까지 전해져 갔다.

그늘에서 실행위원과 교사들의 부축을 받으며 주저앉아 있는 여자아이를 모두 조심스럽게, 그러나 흥분하면서 슬쩍 보고 지나쳐 간다. 자신도 몇 시간 후에는 이렇게 될지도 모른다고 생각하는 사람, 자신은 괜찮다고 생각하는 사람. 그 표정은 제각각이다.

"안됐네. 이렇게 빨리."

"그렇지만, 그만둘 거라면 빠른 편이 나아."

"오후에는 더 더워질 것 같은걸."

다카코 일행은 작은 소리로 소곤거리며 그 옆을 지나갔다.

"아, 이제 티셔츠랑 타월이 젖어서 축축해졌어."

"너무 싫어, 이 땀."

"배고파. 빨리 도시락 먹고 싶어."

"아, 쑥떡 괜찮으려나."

다카코는 미와코에게 받은 꾸러미를 떠올렸다.

"뭐야, 쑥떡이라니?"

"미와링네 가게 것. 오늘 아침에 받았어."

"괜찮네."

"좋겠다, 쑥떡. 세 시에 먹을 간식으로 남겨둬. 그 정도의 즐거움 없이는 오후에 걸을 수 없어."

"그렇구나. 오늘 아침에는 날씨가 좋아서 기뻤는데, 걷다 보니 조금 흐린 편이 나았을 것 같아."

"응."

원망스러운 듯이 하늘을 올려다보지만, 화창한 푸른 하늘에는 구름 한 점 없다.

공복 탓인지 더위 탓인지, 그 후 한동안 세 사람은 말없이 걷기만 했다.

비단 세 사람뿐만 아니라, 행렬 전체가 생기를 잃고 있다.

이윽고 확 트인 장소가 나오고, 멀리서부터 교가가 흘러나왔다.

먼저 간 직원과 실행위원이 교가 테이프를 틀어놓고 기다리고 있는 것이다.

"오오, 점심이다, 점심."

"야호."

지칠 대로 지쳤을 때 들려오는 교가는 왠지 모르게 기쁘다. 학생들은 화색이 돌았다.

넓은 운동 공원이 보이기 시작했다. 벽돌로 만든 휴게소와 화장실, 수많은 벤치, 잔디가 보인다. 다시 살아난 듯한 마음이 되어 학생들의 발걸음도 빨라진다.

"와, 자리 잡자."

"벤치는 모두 다 차지하고 있네."

"잔디도 괜찮아. 저쪽으로 가자."

다카코 일행은 학생들이 흩어져 있는 잔디 위를 우왕좌왕하면서 점심 먹을 장소를 찾았다. 벌써 올해 꽃피우기를 마친 코스모스 수풀 속에 신을 치기도 한다.

"아, 여기 좋네."

"피곤해."

"우와, 도시락이 따뜻해졌어."

"그럴 수밖에. 햇볕과 체온 때문에 양쪽에서 덥혀지고 있는걸."

돗자리를 깔아 마주 대고, 신발을 벗고 털썩 주저앉는다.

문득 누군가 위에서 보고 있는 듯한 느낌에 다카코는 얼굴을 들었다.

"얘들아, 여기야. 같이 먹을래? 우리도 끼워줘."

올려다보니, 도다 시노부다.

……라고 하는 것은, 함께 있는 것이?

다카코는 흘끗 뒤를 돌아보았다.

바로 그곳에 무뚝뚝한 표정의 도오루가 서 있어 다카코는 깜짝 놀랐다.

왜 하필 이런 곳에서.

서로의 눈이 그렇게 말하고 있다는 것을 알고 있다.
"좋아, 좋아. 얼른 와."
"거기, 돗자리 깔아서 연결해."
리카와 치아키는 대환영인 것 같다.
도오루는 원망스러운 듯이 시노부를 바라보고 있었지만, 시노부가 재빠르게 돗자리를 넓게 펴서 앉는 것을 보고는 포기한 듯 마지못해 자기 륙색에서 돗자리를 꺼냈다.

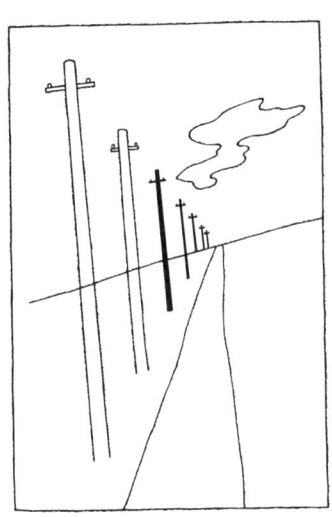

"앗, 이것 좀 봐, 문어랑 비엔나소시지랑 메추리알."
"귀여워라."

리카가 재빨리 니시와키 도오루의 도시락을 훔쳐보다 비엔나소시지와 문어와 메추리알이 꽂혀 있는 꼬치를 들자, 치아키가 쿡쿡 웃었다.

"웃지 마. 소풍 도시락이라고 하면 당연히 비엔나 꼬치잖아."

도오루는 입을 삐죽거리며 리카의 손에서 꼬치를 빼앗는다.

"그렇지만 강해 보이는 얼굴로 인기 있는 니시와키가 담담하게 비엔나 꼬치를 먹는다 생각하니."

"귀엽잖아."

리카와 치아키는 얼굴을 마주 보며 웃는다.

도오루는 의외인 듯한 표정을 지었다.

"나, 별로 강해 보이는 얼굴 아닌데."

"그럴까. 니시와키에게는 언제나 '내게 접근하지 마.' 하는 기운이 감돌고 있는걸."

리카가 은근히 비웃는 듯한 눈으로 바라보자, 도오루는 놀란 얼굴이 되었다.

얼른 옆에 앉은 도다 시노부를 본다.

"내가, 그래?"

시노부가 과장스럽게 고개를 끄덕인다.

"거짓말, 진짜?"

"늘 말했잖아. 안 듣고 다니냐, 내 말."

시노부는 불만스러운 듯이 주먹밥을 덥석 물었다.

"쇼크인걸. 그래서인가, 여자아이들이 다가오지 않는 건."

"그걸 깨닫는 데 2년 정도 늦구나, 너."

니시와키 도오루와 도다 시노부는 리카와 치아키에게 서비스하고 있구나, 하고 다카코는 생각했다. 이 두 사람은 오늘 아침 미와코에게 손을 흔들 때처럼 제법 공범자답게 호흡이 척척 맞는 빈말을 한다.

그런데 도다 시노부는 어째서 굳이 우리 그룹에 끼어들었을까. 니시와키 도오루가 찬성했을 리가 없고, 대열 내에서 가까이 걸었던 것도 아닌데.

다카코가 멍하니 도오루의 비엔나 꼬치를 보고 있는 것을 느끼자, 도오루는 뚱한 표정으로 황급히 소시지와 메추리알을 이로 빼서 한입에 먹어치웠다.

도다 시노부가 자기 도시락을 다카코 눈앞에 내밀며, 다카코의 도시락을 젓가락으로 가리킨다.

"고다, 계란말이 좀 줘. 내 브로콜리 줄게."

"도다, 너 브로콜리 싫어하지."

"들켰냐?"

"한심하구나. 몸에 좋아, 브로콜리."

"씹는 느낌이 싫어. 버석버석해서."

반찬을 바꿔 먹으면서, 애도 특이한 애구나, 하고 다카코는 생각한다.

도다 시노부는 감정이 전혀라고 해도 좋을 정도로 얼굴에 나타나지 않는다. 무표정하다고 할까 쿨하다고 할까, 언제나 조용하고 차분하다. 그렇다고 해서 힘이 없다거나 독불장군인 것도 아니고, 남자아이들에게는 의외로 인기가 많으며 존재감도 있다. 정신활동의 온도가 낮고 일정하다는 느낌이다.

"이름 탓인가."

다카코는 계란말이를 맛있게 먹는 시노부의 얼굴을 보며 무심결에 중얼거렸다.

"뭐가?"

"도다는, 온도가 낮지."

시노부는 입을 움직이면서도 목 속으로 쿡쿡 웃었다.

"'시노부(忍)'니까? 나, 참고 있는 거야?"

"응. 깊이 잠행(潛行)하고 있어."

"아하하. 웃긴다, 그거."

시노부는 재미있다는 듯이 웃었다.

"도다는 니혼가미(일본의 전통적인 여성용 올림머리)가 어울릴 것 같아."

리카가 진지한 얼굴로 말했다.

"윤곽이 뚜렷하고 피부가 깨끗해서 화장이 잘 받을 것 같아. 음, 당연히 기명(妓名)은 그냥 한자 없이 '시노부(しのぶ)'로 해야겠지."

시노부는 눈을 껌벅거렸다.

"이야기가 어째서 그렇게 흘러가는 거야?"

"그래서 말이야, 손수건 끝자락을 물고 으흑, 이러는 거야."
리카는 도시락 보자기 끝을 무는 시늉을 했다.
어안이 벙벙한 시노부와 도오루에게 치아키가 해설한다.
"얘는 대학에서 연극할 예정이잖아."
"빌어먹을. 좋겠구나, '전향할' 예정인 녀석은."
도오루가 농담 반 진심 반으로 소리쳤다.

그가 오로지 국립만 지원하고 있다는 것은 들어서 알고 있었다. 이 시기가 되면 반에서 누가 어디로 갈 예정인지 대체로 알게 된다.

어머니는 다카코가 사립문과계로 진로를 좁히고 있다는 것을 알고 있는 것 같지만, 별말은 하지 않는다. 도오루네 집의 경제상태는 어떤지 모르지만, 그가 가능한 한 집에 부담을 주지 않으려고 배려하는 것에 비해 자신은 너무 마음 편한 것 같아서 꺼림칙한 마음이 들었다.

"니시와키, 사립은 전혀 안 칠 거야?"
치아키가 물었다.
"응, 안 쳐. 수험료도 아깝고 붙어 봐야 안 갈 건데, 뭐."
"용기가 대단하구나."
"그런 건 아니지만."

순수하게 감탄하는 치아키의 얼굴을 보며 수줍은 듯한 표정을 짓는 도오루를 보았을 때, 다카코는 마음속 어딘가가 둔하게 꿈틀거리는 것을 느꼈다.

도오루와 치아키, 리카는 신나게 이야기를 나누고 있다.
뭐야, 이거. 이 개운치 못하고 기분 나쁜 느낌은.

"고다는 도오루와 같은 중학교 아니었지?"

작은 소리로 시노부가 물었다. 지금의 표정을 본 게 아닐까, 뜨끔했다.

"응. 난, 일중(一中)."

"그런가. 학군이 전혀 다르네."

"왜 그런 걸 물어?"

다카코는 조심스럽게 시노부의 얼굴을 본다.

"왠지 서로 잘 아는 것 같은 느낌이 들어서 말이야."

"어디가."

다카코는 동요를 억누르며 의아하다는 듯한 표정을 지어보였다.

치아키에 도다 시노부. 이것은 길조일까, 그렇지 않으면……

"흔히 말이야, 사람들 몰래 사귀는 녀석들은 가까이 있을 때 일부러 무관심한 척하잖아. 두 사람을 보고 있으면 그런 느낌이 들거든. 수상해, 수상해."

다카코는 쓴웃음을 지었다. 자신과 도오루가 사귀고 있다는 소문이 돈다는 것을 알았을 때에는 왠지 얄궂은 느낌이 들었다. 도오루는 더욱 곤욕스러웠을 것이다. 그러나 시노부가 하는 말을 모르는 것도 아니다. 몰래 사귀는 커플은 오히려 서로에게 일정한 거리를 두어서 부자연스러워지는 것이다. 그런 부자연스러움을 나와 그에게서 느꼈다면 모두 상당히 예리하다.

"아냐. 거의 말도 한 적 없고. 니시와키는 나를 싫어할 거라고 생각해."

시노부는 의표를 찔린 얼굴이었다.

"놀랐어."

"어째서."

"도오루도 같은 말을 했었어."

"흐음."

"역시 뭔가 있구나, 너희 두 사람."

시노부는 한껏 의심스런 표정을 지었다.

"없어, 없어, 정말 없어."

다카코는 웃으며 손을 저으면서 반격에 나섰다.

"그런 도다는 여자친구, 어때? 서고(西高) 다니는 애였던가?"

"어엇, 없다니까, 난."

"거짓말. 나 봤는걸, 서고 여자아이랑 걸어가는 것."

"언제?"

시노부는 진지한 얼굴이 되었다. 다카코는 기억을 더듬는다.

강가를 걷는 두 사람의 뒷모습이 눈에 떠올랐다. 약간 고개를 숙이고 걷던 두 사람. 시노부는 어깨쯤에 손을 얹고 오렌지색 소형 배낭을 메고 있었다. 옆을 걸어가는 가냘픈 어깨, 세일러복의 감색 칼라가 바람에 젖혀져 있었다. 목덜미의 점. 아직 하복을 입던 계절의 해질녘.

"그러니까 9월 말경. 연휴 첫날이던가."

"어디서?"

"사쿠라가와의 국도 있는 곳."

"정말이야?"

시노부는 '난감하다'는 얼굴이 되어 혀를 찼다.

다카코는 의기양양하게 턱을 내민다.

"헤헤헤, 어때, 항복이냐."

"잠깐 기다려, 그건 달라. 이야기를 들어주었을 뿐이야."

"상담에 응해주었다고? 대체로 처음에는 그렇게들 말하지."

"아냐, 큰일났군. 고다, 그거 누군가한테 이야기했어?"

"아니."

"부탁이야, 그거, 비밀로 해줘."

시노부가 비는 척을 하자 다카코는 고개를 끄덕였다.

"응, 좋아. 근데 누구야?"

"몰라도 돼. 빌어먹을, 진짜 누군가는 반드시 보고 있구나."

시노부는 한참 머리를 긁적이더니 갑자기 화난 얼굴로 다카코를 보았다.

"나, 정말 아니라니까."

"알았어. 뭔가 사연이 있겠지."

다카코도 더 이상 얘기하지 않는다. 이것저것 캐묻기에 역습한 것일 뿐, 그렇지 않았더라면 이런 화제는 꺼내지도 않았을 것이다. 둘이서 걷고 있는 것을 목격한 것조차 지금까지 잊어버리고 있었을 정도다. 이렇게 시노부가 동요하리라고는 생각지 못했다. 그러나 언제나 차분한 시노부가 이렇게 당황하는 것을 보니 괜히 궁금해진다.

쳇, 그 여자아이 얼굴, 제대로 봐둘걸.

버스 안에서 목격해서 시노부의 옆얼굴만 살짝 보였을 뿐이었다. 좀더 리얼하게 상대의 얼굴을 본 척하며 시노부가 더 털어놓게 만들걸 그랬나.

"어쨌든 비밀이야. 약속."

시노부는 또 다짐을 했다. 다카코는 한 번 더 고개를 끄덕인다.

"괜찮아. 입은 무거우니까."

"그리고 뭔가 고민이 있으면 나한테 상담해."

"그건 또 무슨 소리야."

"도오루에 대해서라거나."

"그러니까아, 아무것도 아니라니깐."

"아니어도 좋으니까."

"이상해."

"뭘 둘이서 그렇게 소곤소곤 속삭이니."

리카가 중간에 끼어들어 두 사람은 다른 세 사람에게 거짓웃음을 보이며, 얼굴을 마주 보고 서로 고개를 끄덕였다.

"아무것도 아니지."

"그러엄."

"뭐야, 그건."

"수상한걸."

도오루가 미심쩍은 얼굴로 이쪽을 보고 있는 것을 느끼고 눈을 마주치려 한 순간, 그는 얼른 시선을 돌려버렸다. 바로 그때, 다카코는 아까 가슴에서 느낀 통증의 이유를 알았다.

질투다.

스스로도 의외였다.

나는 그때 도오루가 치아키에게 수줍은 얼굴을 보인 것에 질투한 것이다. 내게는 영원히 보여줄 리 없는 그 표정을.

생각해 보면 같은 반이 된 후 줄곧 이 통증은 따끔따끔 가슴을 찔러왔다. 한 번의 상처는 가벼운 것이어도, 무수히 작은 상처가 늘어나면 그것은 불쾌한 동통(疼痛)이 된다. 하지만 자신에게 향하는 증오에 의한 아픔이, 어느 틈엔가 다른 여자아이에 대한 질투로 바뀌어가다니. 다카코는 입 안이 쓴 것을 느꼈다.

자기혐오를 떨치기 위해 기운차게 일어선다.

"나, 화장실에 다녀올래."

"아, 나도 갈래."

"저기, 너희 둘은 짐 좀 보고 있어줘."

뒤를 따라오는 리카와 치아키의 목소리를 들으면서, 다카코는 새삼스럽게 강한 햇볕에 얼굴을 찌푸렸다.

"……하여간 정말로 누군가 반드시 보고 있다니까."

점심시간이 끝나고 전교생이 자기 반의 대열을 만들기 시작했다.

태양은 가장 높은 곳에 이르려 하고 있다. 햇볕을 가려줄 것도 없는 공원은 빈틈없이 지글지글 타고 있었다. 학생들 대부분은 반팔 차림이 되어 제멋대로 모자나 타월로 머리를 덮고 있다.

줄줄이 오르막을 향해 걸어가면서 시노부가 혼잣말로 중얼거리자, 그것을 놓치지 않고 도오루가 돌아보았다.

"뭐라 그랬냐?"

"별로."

"너, 아까 뭘 그렇게 소곤소곤 속삭였냐."

"소곤소곤?"

"고다하고 말이야."

도오루는 말하기 힘든 듯한 소리를 냈다.

시노부는 심술궂게 웃는다.

"너희들 사귄다면서, 하고 물어봤다."

도오루는 깜짝 놀란 얼굴이다.

"바보. 거짓말이지."

"거짓말 아냐. 그렇지만 재미있었어. 고다, 너와 똑같은 말을 하더라."

"똑같은 말이라니?"

"거의 말한 적도 없고, 니시와키는 자기를 싫어할 거라고 생각한다나."

도오루는 차가운 손이 뺨에 닿는 듯한 느낌이 들었다.

자신을 멍하니 보고 있던 다카코의 얼굴이 뇌리를 스친다.

니시와키는 나를 싫어할 거라고 생각해.

그런가. 그렇겠지. 이렇게 계속 무시해 왔으니. 그런 건 어지간하면 알지. 도오루는 그렇게 자신에게 말했다. 당연하다. 그 녀석은 미움받을 입장에 있고, 실제로 나는 그 녀석을 미워하고 있다.

그러나 모래라도 씹은 듯한 기분 나쁜 느낌이었다.

다카코는 관대하다. 만약 내가 다카코였다면, 적의를 보이는 상대에 대해 그런 식으로는 하지 못한다. 반발하거나 신경질적으로 굴거나 심술을 부렸을 텐데. 하지만 그 녀석은 자연스러운 태도로 받아들이고 있다. 뻔뻔한 녀석이라고만 생각했는데, 어쩌면 나보다 훨씬 어른스러운 것인지도 모른다.

　니시와키는 나를 싫어할 거라고 생각해.

　마치 다카코의 목소리를 들은 듯하여 그는 그 소리를 황급히 머릿속에서 쫓아냈다.

　"혹시, 이미 헤어졌다거나?"

　시노부가 어깨에 팔을 두르며 얼굴을 들여다보았다.

　"그런가, 뭔가 트러블이 있구나. 삼각관계냐? 성격이 안 맞아?"

　"이봐."

　"상담해, 하루는 길어."

　"너, 의외로 끈질긴 성격이구나."

　"이제 알았냐."

　실행위원장이 확성기 스위치를 켜자 부웅, 하는 소리가 울려 퍼졌다.

　공원을 나오자 다시 하얀 행렬이 가늘게 늘어서서 이동을 시작했다. 한 시간의 휴식을 취한 덕분에 원기가 상당히 회복되어 있다. 아침에 걷기 시작할 때의 흥분과 불안이 사라지고, 이제야 어깨에 힘을 뺀 듯한 느낌이다. 점심을 먹기도 해서 마음과 몸의 속도가 일치하고 있다. 대열 전체가 긴장을 풀고 하나의 긴 생물처럼 아스팔트 길을 나아간다.

　간선도로를 벗어났기 때문인지 차는 거의 보이지 않는다. 이 주변에는 큰 늪과 습지가 있고, 그것을 둘러싸듯 작은 캠프장과 보트장이 늘어서 있다. 시민들이 주말에 가볍게 놀러올 만한 곳이다. 뒤집어 말하자면 평일인 오늘은 그다지 인기척이 없다.

은은하게 바람이 불어온다.

오른쪽에 큰 늪이 보였다. 바람은 물 위를 건너오는 것 같다. 빨간 어선이 해안으로 올라오는 것이 보인다. 그물을 말려놓은 것을 보니, 조금은 물고기가 잡히는 모양이다. 하얗게 굳은 수면에 삼각의 빛이 반짝반짝 흔들리고 있다. 모두들 눈을 가늘게 뜨고 늪 건너편에 떠오른 숲을 바라본다.

"예쁘다."

"의외로 넓구나, 여기. 이름은 늪인데."

"늪과 호수는 어떻게 다르지?"

"늪이란 건 아마 수심 5미터 이하가 아니었나?"

"그럼 보기보다 얕네. 깊어 보이는데."

이 정도가 되면 점점 대화의 곁가지는 떨어져나가고 말은 짧아진다. 아침에 출발하면서부터 줄곧 계속되었던 고양(高揚)의 과정이 일단락되는 것이다. 오전 중에 그렇게 들떠서 떠드는 게 아니었어, 체력을 보존해야 했어, 하고 후회하는 것도 이 무렵이다. 한참 걸어온 것 같은데, 사실은 아직 네 시간 정도밖에 걷지 않았다. 오후는 이제부터다.

다카코는 반짝거리는 수면을 멍하니 보고 있었다.

몸을 움직이는 것은 좋아하지 않지만 걷는 것은 좋아했다. 이런 식으로 차가 없고 경치가 멋진 곳을 한가로이 걷는 것은 기분 좋다. 머릿속이 텅 비어지고, 여러 가지 기억과 감정이 떠오르는 것을 붙들어두지 않고 방치하고 있었더니 마음이 해방되어 끝없이 확산되어 가는 듯한 느낌이 든다.

천 명이 넘는 대인원이 이동하면서 이렇게 제각기 다른 생각을 하고 있다고 생각하니, 신기한 느낌이 들었다.

일상생활은 의외로 세세한 스케줄로 구분되어 있어 잡념이 끼어들지 않도록 되어 있다. 벨이 울리고 이동한다. 버스를 타고 내린다. 이를 닦는다. 식사를 한다. 어느 것이나 익숙해져 버리면 깊이 생각할 것 없이 반사적으로 할 수 있다.

오히려 장시간 연속하여 사고를 계속할 기회를 의식적으로 배제하도록 되어 있을 것이다. 그러지 않으면 자신의 생활에 의문을 느끼게 되며, 일단 의문을 느끼면 사람은 앞으로 나아갈 수 없다. 그래서 시간을 촘촘히 구분하여 다양한 의식(儀式)을 채워 넣는 것이다. 그러면 의식은 언제나 자주 바뀌어가며 쓸데없는 사고가 들어갈 여지가 없어진다.

그런 의미에서도 이 보행제는 얻기 힘든 기회라고 생각한다. 아침부터 만 하루, 적어도 선잠을 잘 때까지는, 계속 걷는 한 사고가 한 줄기 강이 되어 자신의 속을 거침없이 흘러간다. 여행을 떠날 때의 느낌과도 비슷했지만, 만약 이것이 수학여행이었다면, 역시 평소 생활 이상으로 빽빽하게 스케줄이 짜여 있어 그 자리마다 의식의 전환을 강요당할 것이다.

그렇다면 이 편이 좋아, 하고 다카코는 편안하게 생각했다. 여섯 시간 후에도 같은 감상을 가지고 있을지 어떨지는 지금은 생각하지 않기로 했다.

막 출발했을 때는 누구나 침묵을 두려워하며 수다를 떨었으나,

이제는 침묵에 익숙해지기 시작했다. 오히려 지금까지보다 더 많은 말이 몸속에 가득 차 있지만, 자신의 속에서만 가득 차버려 이야기할 필요를 느끼지 않는 것이다.

한편으로 지루해지기 시작한 학생들이 여기저기에 원정을 시도하여, 조금씩 대열이 흐트러지기도 하고 바뀌기도 하면서 앞뒤를 걷는 학생들이 어느 틈엔가 미묘히 달라져간다.

여유롭게 주위 경치를 즐기고 있던 다카코는 리카와 치아키가 뒤의 여학생과 비밀스레 이야기하고 있는 것을 발견했다.

"다카코, 잠깐만."

리카가 손짓했다.

"뭐야?"

"여학생들만 회람이래."

"응?"

걸으면서 세 사람이 같이 들여다본다.

작은 비닐 케이스에 든 스냅 사진. 세일러복을 입은 소녀가 웃고 있다. 어쩐지 같은 반 여학생들을 통해 전달되어 온 것 같다.

"서고(西高) 아이지? 웬 거야, 이거."

"이 아이와 사귀었던 우리 학년 남학생을 모르냐던데."

"누가?"

"에쓰코."

"어째서 또 그런."

"얘, 에쓰코의 사촌이래."

"어머. 몰랐어. 얘는 3학년 아니잖아?"

"2학년이래. 그런데 사귀었던 건 우리 학교 3학년이라네."

다카코는 찬찬히 스냅 사진을 들여다보았다.

서고는 통학로 도중에 있는 여자학교여서 몇 번인가 본 적이 있었다. 가냘픈 분위기의 귀여운 아이로 길을 가면 눈에 확 띄었다. 우리 학교 남학생들에게 인기가 있다고 들은 적이 있긴 하지만, 역시 우리 학교 남학생과 사귀었던가. 그러나 그런 걸 조사해서 뭘 하겠다는 것일까.

후루카와 에쓰코는 진지하고 견실하며 그야말로 야무진 분위기의 여자아이다. 믿음직스럽긴 하지만 대하기는 조금 거북해서, 솔직히 말해 다카코는 그다지 좋아하지 않는 타입이다.

"안 닮았네."

리카가 중얼거리자 치아키가 "어이." 하고 그녀의 어깨를 쳤다. 에쓰코에게 실례잖아, 하는 의미다.

그러나 리카는 중얼중얼 계속한다.

"에쓰코는 뭐랄까, '공명정대한' 느낌이잖아. 확실히 자세히 보면 얼굴이 닮은 듯하긴 하지만, 애처럼 '여자아이'란 느낌은 없어."

"듣고 보니."

다카코는 무심결에 동의해 버렸다.

"에쓰코는 반경 5미터 이내에 그늘 없음, 하는 느낌이 들지 않니? 그녀가 있는 곳은 항상 양지."

"응, 응. 반경 5미터. 정확하네."

리카는 쿡쿡 웃었다.

"변호사 지망이잖아. 끝까지 싸우겠지. 그렇지만 말이야."

함께 웃고 있던 치아키가 문득 진지한 얼굴이 된다.

"이런 건 그만두면 좋았을 텐데."

"이런 거라니? 대체 어째서 이런 것을 회람하고 있는 거야?"

"으응. 소문 들었어. 애가 낙태수술을 했대. 내가 들었을 정도니까, 아마 꽤 많은 사람들이 알고 있을 거야. 그런 소문이 퍼지는 것만도 안됐어."

"헉, 뭐야. 에쓰코는 그 상대를 찾고 있는 거야?"

"그런 것 같아."

"그렇다면 상대는 아직 모른다는 건가. 그것도 희한하네."

"이 좁은 마을에서 말이야."

고등학생이 가는 곳은 뻔하고 아는 사람이 곳곳에 있는, 고작 인구 20만 규모의 마을에서, 아무에게도 들키지 않고 데이트를 하기란 여간 힘든 게 아니다.

아까 도다 시노부도 같은 말을 했었던가.

문득 다카코는 머리를 긁적거리던 시노부의 낭패스러운 표정을 떠올렸다.

"역시 있구나. 그런 청춘 드라마 같은 짓을 하는 사람."

다카코가 진지하게 중얼거리자, 리카가 쓴웃음을 지었다.

"이상한 것에 감탄하지 마."

"그렇지만 말이야, 얘기로는 자주 듣잖아? 텔레비전 드라마에서도 흔히 나오고. 한여름 밤의 경험, 임신했다, 낙태했다, 모두 몰래 비용을 모았다. 그렇지만 난 그게 도시 전설 같은 거라고 생각했었어. 친구의 친구에게 들은 이야기인데, 하는 류의."

"그렇지만 정말 좋아한다면 어쩔 수 없지 않나."

치아키가 가볍게 말한다. 이런 면이 치아키답다고 생각하면서도, 다카코는 안타까워져 적당한 말을 찾았다.

"그야 좋아하면 아이도 생기겠지만, 그런 의미가 아니라……."

"나 다카코가 하고 싶어하는 말 알 것 같아. 너무 정형화되어서 리얼리티가 없지."

"으음, 그런 느낌."

리카의 말에 끄덕이지만, 다카코는 아직 머리 한구석에서 말을 찾고 있었다.

우리의 '인생'은 아직 멀었다. 적어도 대학에 들어갈 때까지 우리들의 '인생'은 시작되지 않는다. 암묵적으로 그렇게 되어 있다. 진학 고교라는 꼬리표가 붙은 상자에 들어가 있는 지금은 모든 점에서 대학진학 준비가 기본이 되며, '인생'이라고 부를 만한 것에 전념할 수 있는 시간은 아주 조금밖에 없다. 기껏해야 그 궁핍한 빈 시간을 변통하여 '인생'의 일부인 '청춘'인지 뭔지를 맛보자고 생각하는 것이 고작이다. 아직 시작되지도 않은 '인생'을 그 얼마 안 되는 빈 시간의 메인으로 삼아버린다는 것이, 나로서는 도저히 상상할 수 없는 것이다.

그런 것을 복잡하게 머릿속에서 문장으로 만들면서 결국 말로 하지는 못했지만, 문득 다카코는 사진이 들어 있는 비닐케이스를 아무 생각 없이 뒤집어보다 깜짝 놀랐다.

"어머나, 이쪽에도 사진이."

치아키가 중얼거린다.

그것은 몇 명의 소녀들을 뒤에서 찍은 스냅이었다. 한가운데서 예의 소녀가 옆을 보며 웃고 있는 얼굴이다.

어라. 이것과 같은 등을 본 것 같은 느낌이 든다.

다카코는 생각에 잠겼다.

"나, 이거, 갖다 주고 올게."

리카가 다카코의 손에서 사진을 받아 빠른 걸음으로 대열 앞쪽에 있는 여자아이에게 향했다.

어디서 봤을까. 최근 이것에 대해 이야기를 한 듯한…….

갑자기 뇌리에 어떤 장면이 되살아났다.

바람에 젖혀진 세일러복의 감색 칼라. 목덜미의 점.

강가를 걷는 이의 등.

다카코는 하마터면 소리를 지를 뻔했다.

그 아이다. 시노부와 나란히 걷던 여자아이.

자신의 발견에 심장이 두근거린다.

설마 도다 시노부가? 그래서 그렇게 낭패스러워했던가.

그건 아냐. 이야기를 들어주었을 뿐이야.

시노부의 당황하던 목소리가 되살아난다. 확실히 실수로 아빠가 되는 것보다는 상담에 응해주었다고 하는 편이 그에게 어울리는 것 같다. 그러나 설마.

다카코는 몇 번이나 기억 속의 필름을 되감으며 생각했다.

어쨌든 이런 걸 에쓰코에게 말할 수는 없다. 누구에게도 말하지 않겠다고 시노부에게 약속하기도 했고.

다카코는 갑자기 꺼림칙한 기분이 들어 살짝 주위를 둘러보았다.

시노부와 도오루는 근처에 없었다. 적어도 눈에 보이는 범위에는 없다. 왠지 안심이 된다.

"그렇지만 정말 좋아하는, 낙태까지 할 정도로 좋아하는 상대를 이 나이에 만난다는 것도 부럽다. 현실적인 문제라면 상처 입는 것이 여자 쪽이니 아주 큰일이긴 하겠지만 말이지."

치아키가 예의 가벼운 어조로 계속했다.

문득 다카코는 그녀의 얼굴을 보았다.

키다리 치아키는 조금 올려다보게 된다. 그 부드럽고 푸근한 표정을 보았을 때, 치아키에게는 있구나, 하는 생각이 들었다.

왠지는 모르겠다. 그러나 '정말 좋아하는, 낙태를 할 정도로 좋아하는 상대'가 그녀의 내면에는 구체적인 이미지로 존재하고 있음을 느꼈다.

"다카코는 요시오카랑 사귀지?"

치아키는 거리낌 없이 다카코의 얼굴을 바라보았다.

"사귀는 건가. 잘 모르겠어."

다카코는 조금 초조해졌다. 이런 화제, 특히 자신이 화제가 되는 건 정말 질색이다.

"그러니? 좋은 느낌인 것 같던데."

"안 돼, 안 돼, 치아키, 이렇게 밝을 때부터 그런 이야기 하면. 밤까지 잘 간직하고 있어야지."

다카코는 치아키가 캐물어올 듯한 기미를 느끼고 황급히 화살 끝을 돌렸다.

치아키는 쿡쿡 웃었다.

"다카코는 겉보기는 무심해 보이지만, 알맹이는 의외로 순정파라니까."

"무심해 보인다기보다 반응이 늦은 거지. 신경전달이 둔해서 얼굴에 감정이 나타날 때까지 시간이 걸릴 뿐이야."

"아하하."

"이거 정말이야. 그러니까 무슨 말을 들어도 한참 시간이 지나서 점점 화가 나기 시작하는 거야, 자주 그래. '그러고 보니, 그때 좀 심한 말을 들은 것 같은데. 빌어먹을, 그렇게 심한 말을 하다니.' 하는 식으로."

시선을 돌리던 도오루의 얼굴이 어딘가에 떠올라 둔한 통증을 느낀다.

"치아키는 겉보기의 반응과 알맹이의 반응이 속도 면에서 일치해."

"그럴지도. 리카는 다카코와 반대로 알맹이 쪽이 너무 빠르고."

"빨라, 빨라. 그러니까 겉보기가 따라가지 못하지."

"거기에 익숙하지 않으면 다들 깜짝 놀라지. 아까 도다의 얼굴, 너무 웃겼어."

"니혼가미에, 으흑에, 기명 '시노부'까지 붙여주었으니."

갑자기 우스워져 둘이서 깔깔 웃는다. 일단 기세가 붙자 멈출 수가 없어져서 걸으면서도 배를 안고 웃었다. 앞뒤 학생들이 이상하다는 듯 이쪽을 보고 있다.

"뭘 그렇게 웃고 있는 거야."

대열의 앞쪽에서 리카가 눈을 동그랗게 뜨고 돌아와, 다시 웃음에 박차를 가했다.

"도, 돌아왔어."

"싫어엉."

"어우, 속 메슥거려."

얼굴이 빨갛게 되어 계속 웃고 있는 두 사람에게, 리카는 한심하다는 듯한 시선을 던진다.

"아, 힘들어. 배 아파."

"또 귀중한 에너지를 사용해 버렸네."

두 사람의 웃음이 겨우 수습되자 리카가 입을 열었다.

"정말 대부분 알고 있네, 그 아이 이야기."

"에쓰코의 사촌여동생?"

"현재, 유력한 것은 8반의 혼마 다다시라는 설이야."

"혼마의원〔本間醫阮〕아들?"

"누가 봤대?"

"아니, 반대로 아무도 보지 않았기 때문에 그렇게 된 것 같아."

"어째서?"

"걔, 별채에 방을 가지고 있기 때문이래."

"뭐야, 그것뿐이란 말이야."

생각해 보니 무책임하기 짝이 없는 소문이지만, 이런 가십은 화제로서는 꽤 오래 가므로 좀처럼 아무도 말리려 하지 않는다.

어느 틈엔가 늪도 지나고, 주변은 추수가 끝난 논과 참억새가 가득한 들판이 되었다.

용수로를 따라 난 도로의 좌우에 암갈색의 참억새가 빼곡하게 돋아 희미하게 바람에 흔들리는 것은 어딘가 향수를 자극하는 정경이다.

경치 같은 것, 제대로 보질 않았구나.

다카코는 시계(視界)를 평평하게 메우는 참억새를 바라보며 생각했다.

이야기에 몰두하여 가끔 얼굴을 들었을 때 본 몇 가지 풍경이 각인되어 있을 뿐, 거의 아무것도 보지 않았다.

하지만 확실하게 몇 장면은 마음속에 남는다. 작년에도, 재작년에도 그랬다. 올해 남는 광경 중에, 이 참억새밭이 포함될 게 틀림없다. 두 번 다시 지나가지 않을 대수롭지 않은 풍경이지만, 이 한 순간은 아마도 영원할 것이다.

……아마, 나도 함께 걷고 있을 거야.

갑자기 참억새 들판에 안나가 서 있는 듯한 착각을 느꼈다.

안나?

귀를 기울이자 윤곽이 뿌연 참억새가 바스락바스락 소리를 내고 있다.

그래, 그 엽서의 마지막 한 구절이다.

참억새가 살랑살랑 흔들리는 이 풍경은 어딘지 모르게 안나를 닮았다. 이 그리움이며 넓고 끝없는 것이며, 종잡을 수 없는 외로움 등도 기억 속의 이미지와 많이 비슷하다.

한때 절친했던 친구가 이제는 같은 장소에 없다는 것은 기묘한 느낌이 든다. 매일 사이좋게 지내다가도 반이 바뀌면 소원해지는 일은 흔히 있다. 하지만, 안나의 경우 그녀가 모두를 감싸고 있던 공기를, 혹은 시간을 통째로 미국으로 가져가버린 듯한 느낌이 들어, 때때로 아주 중요한 것을 두고 온 듯한 착각에 휩싸이는 것이다.

  열흘 정도 전에 안나에게 엽서가 왔을 때, 마지막 문장에서 다카코는 고개를 갸웃거렸다.

  한 번 더 보행제에 참가하고 싶었다, 라고 쓰여 있는 부분까지는 평범한 근황보고였지만, 그 후에 의미를 잘 알 수 없는 문장이 있었던 것이다.

    아마, 나도 함께 걷고 있을 거야. 작년에, 주문을 걸어두었거든. 다카코네의 고민이 해결되어서 무사히 골인할 수 있도록 뉴욕에서 기도하고 있을게.

그것은 대체 무슨 뜻이었을까?
  다카코는 새삼 그 문장의 내용을 다시 생각한다. 몇 번이나 읽어서 완전히 외워버렸다.

  아마, 나도 함께 걷고 있을 거야.

  이 부분은, 그나마 이해할 수 있다. 마음만은 함께 우리들과 걷고 있다, 우리들에게 걷고 싶다는 마음을 맡겨두었다고 하는 의미일 것이다.

  작년에, 주문을 걸어두었거든.

  이 부분을 알 수가 없다. 주문을 건다는 것은 함께 걸을 수 있도록인지, 그렇지 않으면 그 후의 '다카코네의 고민이 해결'되도록인지. 더욱이 '작년'이라는 것은 작년의 언제를 말하는 것인지.

  단순하게 생각하면 작년 보행제에서라는 것이 되지만, 작년 보행제에서 뭘 했다는 것일까. 작년에는 그녀도 함께 걸었지만 뭔가 특이한 것을 했던 기억은 없다―그러고 보니 이상한 사건은 있긴 했지만, 특별히 안나가 관계되었다고는 생각할 수 없고―무엇보다 작년에 걸어둔 주문이 올해 보행제에 유효하리란 걸 어떻게 아는가? 애초에 그런 효과가 있는 주문이란 게 있는가? 안나가 점과 미신을 믿는 타입이라고는 생각할 수 없다.

2개 국어가 되는 사람이니까 생략하지 말고 제대로 좀 쓰지.

다카코는 마음속으로 안나에게 투덜거렸다.

더욱 알 수 없는 것은 '다카코네의 고민'이다. '다카코네'란 누구를 가리키는가? 이것도 순수하게 생각하면 안나와 사이좋게 지냈던 다카코와 미와코가 되지만, 우리의 고민이란 게 뭐지? 그녀는 우리의 고민을 알고 있었던가? 적어도 나는 그렇게 심각한 이야기를 상담한 기억이 없다. 미와코 역시 뭔가 문제를 안고 있었다고는 보이지 않으며, 지금도 그렇다고는 생각할 수 없다. 미와코가 안나에게 상담할 만한 일을 내게 상담하지 않았으리라고는 생각하지 않지만―아니, 어떨까. 미와코는 어른스러울 뿐만 아니라 섬세한 배려에 있어서는 동년배 여자아이들과 비교가 되지 않을 정도여서 혹시 내게도 털어놓을 수 없는 것―어쩌면 나에 관한 고민 같은 것을 안나에게만 털어놓았을 수도 있지 않은가.

그렇게 생각하니 오싹해졌다.

이것은 자유보행 때 미와코에게 확인해 보지 않고서야.

다카코는 그 결심을 머리 한구석에 메모했다.

온통 참억새. 어쩐지 하늘에 스며든 먼 기억을 깨우는 듯한 풍경.

그 풍경을 보면서 도오루도 사카키 안나를 생각하고 있었다.

가까이 없으면 잊혀진다. 잊혀지면 그것은 이미 존재하지 않는 것과 마찬가지다.

그녀를 떠올릴 때면, 언제나 그 말을 떠올린다.

니시와키는 나를, 기억해 줄까.

신기한 목소리의 여자아이였다. 온화하며 별 특징이 없는데도 언제까지고 들은 자의 마음속에 남아 있는 듯한 목소리.

모르겠어. 나는 할 수 있을지 없을지 모르는 약속은 하지 않아.

지금 생각해 보면 차가운 말이었다. 이제 만날 기회도 없을 테니 물론이지, 하고 한마디로 대답해 주면 좋았을 텐데. 그러나 왠지 그때의 나는 완고했다.

니시와키한테는, '내게 접근하지 마' 하는 기운이 감돌아.

고토 리카의 목소리가 들려온다.

그렇다, 나는 누구도 접근해 오는 걸 원하지 않았다. 지금의 나는 오로지 앞으로 나아가는 데 바빠서, 타인의 심정 따위 헤아릴 겨를이 없다.

그러나 안나는 조그맣게 웃었다.

아냐. 기억해 주지 않아도 돼. 잊어도 돼.

도오루는 이상한 듯이 그녀를 보았다. 그녀가 무슨 말을 하고 싶어하는지 몰랐던 것이다.

어째서?

도오루가 되묻자 안나는 미소를 띤 채 대답했다.

가까이 없으니 잊혀지는 건 당연하잖아.

그 어조가 진지한 것을 느끼고, 도오루는 그녀의 얼굴을 물끄러미 보고 있었다.

그녀의 온화한 표정은 변함없다.

무의식중에 입을 벌리고 있었다.

그러나 잊혀진다면 이미 존재하지 않았던 것과 마찬가지잖아. 그건 고통스럽지 않아?

나는 기억하고 있을 거야.

안나는 명쾌하게 대답했다.

나도, 남에게 지킬 수 있을지 어떨지 모르는 부탁은 하지 않고, 남의 기억에 기대지도 않아. 그러나 나는 기억하고 있을 거야. 나의 기억은 나만의 것. 그걸로 됐어.

그렇게 말하며, 조그맣게 손을 흔들며 떠나간 소녀.

몇 개월 후, 그녀에게서 편지가 날아왔다. 미국으로 떠날 때 우체통에 넣은 듯한 편지.

그것이 무엇을 의미하는지 모를 만큼 멋없는 남자는 아니라고 생각했지만, 그 편지의 내용도 기억 속의 그녀와 마찬가지로 거침없어서, 그의 마음속에 한바탕 바람을 일으켰다가 어디론가 날아가 버렸다.

"한다, 한다."

시노부가 갑자기 도오루의 옆구리를 찔렀다.

"뭐?"

"후루카와가 조사를 개시했어."

"어디?"

"그 아이 사진을 돌리고 있는 것 같아. 한심하네. 여자들에게 정보를 수집할 생각인 모양이야."

시노부의 시선의 끝을 보니 작은 비닐케이스에 든 사진 같은 것을 건네면서, 얼굴을 맞대고 소곤소곤 속삭이는 여자아이들의 모습이 보였다.

"정말 웃기는구나. 보행제 도중인데 여유만만이네."

"잔혹한 녀석이군. 오히려 사촌여동생을 공개처형하고 있다는 생각은 안 하나."

"생각 안 할 거야, 분명. 생각한다면 저런 짓 못하지."

휴식을 알리는 호루라기 소리가 갑자기 울려 퍼졌다.

"어, 벌써 한 시간 지났나."

"이렇게 몇 시간쯤 지나면 점점 호루라기 소리를 학수고대하게 되지."

이미 몇 번이나 경험했기에 모두들 반사적으로 륙색을 내리고 신음소리를 내며 주저앉는다. 발바닥 장심(掌心)이 서서히 아파오면서 발바닥 전체가 찌릿찌릿 마비되는 것 같았다. 도오루는 꼼꼼히 발바닥과 발가락을 체크했지만, 다행히 아직 물집이 생길 기미는 없다.

"쳇, 넌 아직 물집 안 생겼네."

도오루의 발바닥을 들여다보며, 시노부는 불만스러운 듯이 혀를 찼다.

"흐음, 수영부와는 달리기 연습량이 틀리지."

"지상은 중력이 있으니까. 나도 아직 물집이 생긴 건 아냐. 생길 것 같은 부분이 있을 뿐."

시노부는 투덜거리면서 반창고를 꺼냈다.

문득 도오루는 털썩 내려앉은 시선의 끝에 자리한 추수가 끝나 진창인 논에, 뭔가 검은 물체가 있는 것을 발견했다.

"뭐냐, 저거."

"응?"

"돼지? 아닌가, 개의 사체(死體)인가."

"역시, 사체야."

그것은 꽤 중량감이 있는지 진창 속에 빠져 움직이지 않았다.

자세히 보니, 주위를 파리들이 둘러싸고 있다.

흙탕물에 덮여 시커멓게 되어 있어, 사지와 머리를 구분할 수 없는 것은 다행이었을지도 모른다. 그러나 아직 생전의 생생한 모습을 남기고 있어, 털의 결을 알아볼 수 있을 것 같았다. 하지만 틀림없이 그것은 죽어 있으며, 서서히 완전한 죽음을 향해 가고 있는 참이다.

멀리 떨어진 곳에 있는, 이제 움직일 리 없는 동물의 사체에서 왠지 두 사람은 눈을 뗄 수 없었다. 그곳만이 선명하고, 그곳만이 질량을 가지고 있어 서서히 두 사람을 향해 독기를 발산하고 있는 듯한 느낌이 드는 것이다.

주위는 한적한 전원풍경인 만큼, 그것은 이질적이었다. 죽음이란 이질적인 것이다.

도오루는 누워 있는 아버지의 모습을 어느샌가 연상하고 있었다.

그랬다, 그 아버지는 이질적이었다. 자기가 알고 있는 아버지라고는 생각할 수 없었고, 같은 물체라고는 믿을 수 없었다. 이미 그 물체는 이 세상에서 소멸하여 두 번 다시 살아날 일은 없다.

"그러고 보니 작년에 누군가가 물에 퉁퉁 불은 익사체를 발견했다지."

시노부가 중얼거렸다.

"아아, 그런 일도 있었지."

도오루도 맞장구를 쳤다.

작년에는 산속 코스였는데, 이른 아침 산속에 버스에서 내려 하산하면서 철교를 지나던 도중 눈썰미 좋은 누군가가 시냇물의 바위에 걸려 있는 사체를 발견한 것이다.

당연히 한바탕 소동이 일었지만 선생님이 경찰에 연락하러 가고, 학생들은 얼른 지나가라는 지시가 내려졌다. 후에 그것은 시냇물에 낚시하러 왔다가 발이 미끄러져 바위틈에 끼어버린 낚시꾼으로 밝혀졌지만, 그때는 선생님 두 명이 현장에 남아 있었다.

빨리 가, 하고 지시하지만 보지 않고 지나칠 수는 없으니 모두 흘끗흘끗 계곡 바닥을 들여다보았던 것을 기억한다. 발견한 것은 2학년생이었으니, 적어도 1학년들은 그걸 보지 못했을 것이다. 물론 도오루의 눈에도 들어왔는데, 인간이 쓰러진 채 엎드려 있다는 것은 알고 있었지만 계곡 바닥이 멀어 그다지 그로테스크한 인상은 없었던 걸로 기억하고 있다.

8백 명 가까운 사람들에게 차례대로 목격당한 사체라는 것도 우습군, 하고 생각했던 것 같다.

이질적인 것. 이미 인간이 아닌, 단순한 물체.

아버지는 그 이질적인 세계에 삼켜졌다. 아버지가 돌아가셨을 때의 그 기묘하게 현실감 없는 감각은 그 탓이 아닐까. 아버지는 평소에는 볼 수 없는, 살아 있는 동안은 누구도 알 리 없는 이질적인 세계로 가버렸다. 그 세계는 이해하려고 해도 할 수 있는 것이 아니다. 그래서 가까이 접하고 있을 때는 부조리(不條理)하다고까지 생각된다.

"죽는다는 건, 부조리야."

도오루가 중얼거리자 시노부가 얼굴을 보았다.

"어째서?"

"그냥. 살아 있는 동안은 어떤 것인지 절대 이해할 수 없잖아."

"그렇지. 일단 죽었다가 살아났다는 사람들의 말은 어딘지 수상해."

"살아 있는 동안, 어떤 것인지 안다면 안 무섭지 않을까."

"오히려 더 무서울지도 모르지."

"그건 곤란해."

"실제로는 어떨까. 그 순간에는 알겠지. 어떤 기분일까. 새까맣게 되어서 그걸로 끝일까. 잠에 빠질 때의 느낌?"

"그렇다면 좋겠다. 나, 잠이 잘 드는 편이니까."

"그런 문제가 아니라고 생각하지만."

"너, 잠 쉽게 못 들지?"

"알고 있었냐? 아, 싫다, 마지막까지 잠을 쉽게 못 든다는 건."

호루라기가 울리자 후닥닥 하고 모두가 일어섰다.

이상하게도 저 논 속의 사체를 발견한 것은 도오루와 시노부뿐인 것 같다.

어째서일까.

륙색을 짊어지고 티셔츠 자락을 내리면서 도오루는 생각했다.

사카키를 생각했기 때문일까.

가까이 없으면 잊혀진다. 잊혀지면 존재하지 않았던 것과 마찬가지다.

그럼, 존재하지 않게 되면?

신발 끈을 천천히 묶는다.

존재하지 않게 되면, 완전히 잊혀진 것인가. 아버지는? 나는? 고다 다카코는? 그 어머니는?

그러나 나는 기억하고 있을 거야. 안나의 목소리가 말했다.

그걸로 됐어.

오후는 천천히 지나가고, 태양은 거드름을 부리며 기울어간다.

바람은 약하고 기온은 여전히 높았다. 태양이 쥐어짠 땀이 마르고, 티셔츠와 머리카락이 뻣뻣해진다.

"아참, 쑥떡 먹어야지."

다카코는 급속히 발걸음이 무거워져가는 것을 느끼자, 잊고 있던 쑥떡의 존재를 떠올렸다.

"나도, 나도."

"먹자."

걸으면서 륙색에 든 것을 꺼내는 것은 의외로 노동력을 필요로

한다.

슬슬 무릎 아래에서 둔한 통증을 발산한다. 어디가 어떤지 모르겠지만, 무릎 아래는 자신의 것이 아닌 것 같다.

그래도 아직 단체보행의 반도 가지 못했다.

그렇게 생각하자 자신도 모르게 소름이 끼친다. 전반인데도 이 정도이니 더욱 피로해져 발이 아파지는 후반, 그것도 밤에 걸을 것을 상상하자 피로가 가중된다.

"좀 굳어졌어."

간신히 종이꾸러미에서 쑥떡을 꺼내, 다카코는 두 사람에게 나누어주었다.

조금 굳어지고 륙색 안에서 모양은 일그러졌지만, 부드러운 팥의 단맛이 몸에 스며든다.

으음, 고마워, 미와링.

다카코는 마음속으로 미와코에게 감사했다. 다음 휴식 때는 인사하러 가야지.

"맛있다."

"응."

세 사람이 우물우물 쑥떡을 먹으면서 걷는다.

이쯤에서 드디어 작년, 재작년에 맛본 고생이 실감나게 떠오른다. 그러고 보니 잊고 있었을 뿐, 작년에도 같은 감상을 느꼈던 것 같다.

마음도 마음이지만, 몸도 몸이다. 걸어도 걸어도 아직도 한참 남았다는 진저리쳐지는 조바심을 느꼈던 것을 이제야 겨우 몸 전체가 떠올린다. 시작하기 전과 시작한 직후의 흥분과 고양감이 얼마나 어리석으며 에너지 낭비였는지 생각한다.

지나버리면 모두 들떠서 즐겁게 걸었던 것, 수다 떨었던 것밖에 생각나지 않지만, 그것은 전체의 극히 일부이고 나머지 대부분은 퉁퉁 부은 얼굴, 발의 통증을 잊으려 애쓰며 오로지 앞으로 앞으로 걷기만 했던 것임을 까맣게 잊어버리고 있는 것이다.

지금도 발이 이렇게 아프니 이것이 밤중쯤 되면…….

모두의 마음에 불온한 예감이 조금씩 밀려들기 시작한다. 정말로 참을 수 있을까 어떨까 하는 걱정과 두려움이 마음속에 씩터온다.

"서둘러! 이 앞에 신호가 있습니다! 뒤쳐지지 않도록! 앞 사람과의 사이가 벌어지지 않도록!"

논 속의 모퉁이에서 오렌지색 조끼를 입은 실행위원이 소리를 지르고 있다.

그 주위만 모두가 빠른 걸음으로 가는 것이 보였다. 앞쪽 열과 사이가 벌어져 있어 뛰듯이 가는 학생이 보인다.

크헉, 이런 곳에선 못 뛰어.

다카코는 마음속으로 비명을 질렀지만, 아마 모두 같은 생각을 하고 있었을 것이다.

정면에 보이기 시작하는 붉은 철교는 국도 같다. 눈앞에 보이는 플래카드는 이 지역 학부모들과 졸업생들이 학생들이 오기를 기다려 달아준 것 같다.

학부모들에게 잘 보이기 위한 의욕으로 모두 걸음이 빨라지고 있는 걸 알겠다.

도로 옆에서 학부모들이 벙글벙글 웃으면서 손을 흔들고 있었다. 그때까지 축 처져 있었으면서, 저절로 모두가 등을 펴고 씩씩하게 걷기 시작하는 것이 우습다.

철교를 건너 국도 옆길로부터 언덕을 내려가자, 그곳은 작은 마을이다.

"왠지 모르게 바다가 가까운 느낌이 들지 않니?"

"응. 이제 곧 해안선이 나올 거야."

쑥떡을 먹고 조금이지만 원기를 되찾은 소녀들은 소곤소곤 속삭였다.

좁고 구불구불한 도로에서 바다내음이 났다.

바다가 가깝다고 생각하자 마음이 왜 이렇게도 흥분되는 것일까. 학생들의 행렬은 다시 활기를 되찾은 듯했다. 천천히 기울어지는 햇볕이 희미하게 노란빛을 띤다. 넌덜머리나던 더위도 결국 절정을 넘어가고, 겨우 기온이 조금씩 내려가기 시작한 것 같다.

주위를 감도는 공기에도 어딘지 모르게 바다내음이 느껴진다.

해변의 마을에는 독특한 분위기가 있다. 그것이 무엇인지는 잘 설명할 수 없지만, 그 뒤에 바다가 존재한다는 것은 확실히 안다. 바닷바람을 의식한 모습이며, 바닷바람을 맞으며 보낸 세월을 무의식중에 느낀 탓일까.

바람이 강해졌다.

이번에는 확실하게 바다내음이 난다.

까칠까칠하고 짠 내음을 가슴 가득 들이마신다.

"바다다……."

눈앞의 공간이 뻥 뚫리며, 넋이 나갈 정도로 거대한 장관이 모두를 감쌌다.

완만하게 경사진 수평선.

가을 바다의 파도는 거칠어, 검은 바위덩어리와 테트라포드(닻 모양의 콘크리트제 네 다리 구조물)에 밀어닥치는 파도소리가 불쾌하다.

그때까지 구불구불한 길이 이어지는 주택가에 있었던 만큼, 갑작스런 해방감에 휩싸인 학생들은 모두 넋을 잃은 얼굴로 바다를 보고 있다.

해안선을 따라 이어지는 국도는 보도도 넓어서 걷기 편했다.

"파도가 꽤 거칠구나."

"보고 있으니 왠지 무서워져."

해변에 들어선 학생들은 하나같이 생기를 되찾고 있었다. 눈앞의 파노라마에 발의 통증을 잠시 잊고 다시 전진할 기력을 되찾은 듯하다.

전신을 파도소리에 묻고 그 울림에 의식을 집중하고 있으니, 거칠디거친 소리에 빨려들 것 같아진다. 밀려왔다 부서지는 파도와 함께 가드레일을 넘어, 의식뿐 아니라 몸이 통째로 바다에 빨려 들어갈 것 같은 착각에 빠진다.

해질녘이 가까워진 탓인지, 줄곧 구름 한 점 없던 하늘이었는데 옅은 구름이 깔리기 시작했다.

"보고 있으니 졸음이 온다."

리카가 중얼거렸다.

"응. 풍덩 뛰어들고 싶어지네."

치아키도 끄덕였다.

단조로운 경치인데 절대 질리지 않는다.

바다는 언제나 경계선이다. 그 너머에 뭔가가 있어 이쪽 세계와의 사이를 차단하고 있다.

황금색으로 빛나는 물가와 시시각각 모양을 바꾸는 거품이 부딪치며 서로 얽힌다.

신기하다. 모두 이렇게 해안선을 걸으며 수평선과 파도를 보고 있다. 그것뿐인 것이 왠지 무척 신기하다.

다카코는 바닷바람에 날려 입으로 들어온 머리카락을 쓸어 올렸다.

수평선을 보고 있으면, 언제나 커다란 누군가가 손을 벌리고 있는 모습이 떠오른다.

그 사람은 손만 있어서 하늘 위에서 이쪽으로 손을 내밀고 있는 것이다.

지구는 둥글어서 그것을 누군가가 꼬옥 껴안고 있다.

수평선을 보면 언제나 그런 느낌이 든다.

한편으로 수평선은, 높은 곳에서부터 소리가 들려오는 것 같아 무서웠다. 그것은 꼭 소리굽쇠를 두드릴 때처럼 웅웅거리는 알아듣기 힘든 소리로, 이제 틀렸다, 너희들은 이제 끝이다, 하고 말하는 것 같다. 그렇게 해서 그 소리를 들었을 때가 이 세계의 마지막이나 다름없는 것이다.

다카코는 멀거니 그런 생각들에 잠긴다.

파도는 곁눈질도 하지 않고 쏴아 밀려왔다가는 돌아가고 부딪쳤다가는 부서진다.

세상의 물가를 하얀 학생들의 행렬이 실로 꿰매듯 걸어가는 모습을 상상하는 것은 유쾌한 느낌이었다.

"겨우 걷기 좋은 기온이 되었네."

"응, 쾌적해, 쾌적해."

"역시 더웠지, 오늘은."

세 사람이 기지개를 켠다.

"아."

갑자기 리카가 중얼거렸다.

"왜에?"

"그러고 보니 작년에도 이쯤의 시간이지 않았니?"

손목시계를 보더니 고개를 들고 두 사람을 번갈아 보는 리카에게, 치아키가 묻는다.

"뭐가?"

"왜, 이상한 일이 있었잖아."

"있었던가?"

다카코는 몽롱해지는 기묘한 느낌이 피부에 되살아나는 것을 느꼈다.

이상한 일. 작년의 보행제.

리카는 끄덕였다.

"응. 어느 틈엔가 아무도 모르는 학생이 한 사람 섞여 있었잖아. 결국 누군지 밝히지 못했지만."

"아, 도중에 없어졌지."

"유령이라고 난리 났었잖아. 사진에도 찍혔고 말이야. 그 아이, 대체 뭐였을까."

두 사람의 대화를 듣고 있던 다카코는, 왠지 반가움과 으스스함을 동시에 느끼고 있었다.

길은 살짝 굽어 있어, 잠시 바다에서 떨어지는 모습이 되었다. 파도소리가 멀어진다. 동시에 앞뒤에서 떠들고 있는 모두의 소리가 귀에 들어왔다.

문득 한 소년의 뒷모습이 떠오른다.

적당한 몸, 적당한 키, 아니, 몸집이 작다고 해도 좋을 만한 소년이었다. 푸른색 티셔츠에 검은 야구모자를 쓰고, 주머니에 손을 찔러 넣고 담담히 걷고 있었다.

"누구였을까."

"결국 어디 다른 학교 학생이 섞여 들어온 게 아닐까 하지 않았니?"

"그렇지만 제대로 우리 학교 흰색 체육복을 입고 있었어."

"괴담치고는 좀 계절에 안 맞네."

리카와 치아키는 태평스럽게 이야기를 나누고 있지만, 다카코는 아까 순간적으로 느낀 소름과 눈앞에 보이던 모습에 마음을 빼앗기고 있었다.

그러고 보니 나도 보았다. 그 아이를 보았다.

조심스럽게 기억을 더듬는다.

작년에도 날씨가 좋았다. 이렇게 천천히 해가 저물어갈 무렵, 조용히 걷고 있었다. 해질녘의 바람이 걸어가는 소년의 모습을 주위 풍경에 녹아들게 하여, 기억 속의 그는 옛날 텔레비전 영상처럼 지직거린다.

무섭지는 않았다. 다카코는 그 등을 알고 있는 듯한 느낌이 들었던 것이다.

아까의 여자아이도 그렇고 그 소년도 그렇고, 오늘은 등을 떠올리는 날이구나.

"나도 봤어, 그 애."

다카코가 중얼거리자 리카가 돌아보았다.

"어머, 정말? 유령 같았어?"

"얼굴은 보지 못했고 뒷모습만. 묘하게 편안해 보였어. 그래서 다른 학년 아이라고 생각했지."

"어디쯤에서 걷고 있었어?"

"대열이 흐트러져서 반이고 뭐고 엉망이 됐을 무렵. 정말 딱 이맘때였어. 혼자 고개를 숙이고 터벅터벅 걷고 있었지."

"사진이 나왔을 때부터였지, 소란스러워진 게."

"밤의 단체사진에도 찍혔었잖아."

치아키가 문득 생각난 듯이 파르르 몸을 떨었다.

보행제에서는 저녁식사 때 반별로 기념사진을 찍는다. 식사를 위해 빌린 학교 교정에서 찍는 것이지만, 어쨌든 밤의 교정이니 조명이 있는 장소에서 촬영해야만 한다. 그곳은 필연적으로 모두가 식사를 하는 장소이기 때문에, 등뒤에 돌아다니는 학생들도 찍히게 된다. 문제의 소년은 여러 학급의 단체사진에 찍혀 있었다. 하나같이 멍하니 카메라 쪽을 보고 있어서 의심을 받는 원인이 된 것이다.

낯선 학생이 기념사진에 섞여 있다는 사실은 일련번호가 붙은 사진이 게시되어 모두에게 사진이 전달될 무렵에야 발각되었다. 이 녀석은 누구지, 하고 호기심을 발동시킨 학생이 각 학년에 몇 명씩 있었는데, 제각기 특별활동반 등의 네트워크를 활용한 결과, 어디에도 소속되지 않은 학생이라는 것이 밝혀진 것이다. 한때는 일대 소란이 일어나 심령사진 취급을 하며 모두가 다투어 사진을 샀을 정도지만, 잠잠해지면서는 단순히 다른 학교 학생 누군가가 재미있어 보여 참가한 게 아닐까 하는 것으로 결론지어졌고, 실제로 그랬을 것이다.

하지만 다카코는 그때의 기묘한 감각이 또렷이 떠오른다. 반 친구들이 사진을 가리키며 흥분하여 떠들던 광경이 되살아난다. 전교생을 하나로 묶어주는 것이 사실은 익명성이 다분한 불확실한 존재구나, 하는 것을 절실히 느꼈다.

"그렇지만 말이야, 전교생 전원의 얼굴은 기억하지 못하지만, 복도에서나 조회 때 다른 학년이어도 학생들 얼굴을 보잖아. 역시 본 적 없는 얼굴이란 건 알지."

리카가 이해가 안 간다는 얼굴로 중얼거렸다. 치아키가 고개를 끄덕인다.

"응, 이상해. 하지만 언제나 눈에 띄는 아이들은 똑같잖아? 눈에 띄지 않는 아이는 눈에 띄지 않아."

"그런데 그 아이는 역시 눈에 띄었잖아."

소년은 모자를 깊숙이 뒤집어쓰고 있었다.

다카코는 기억 속의 까슬까슬한 소년을 떠올렸다.

약간 고개를 숙이고, 짧게 깎은 머리의 뒷목덜미가 하얗고 깨끗

했다. 지금 생각해 보면 류색이 별나게 가벼워 보였던 것이 눈에 띄는 계기였을지도 모른다. 어쨌든 만 하루를 걸으려면 나름대로 여러 가지 짐을 넣게 된다. 남자들 중에는 가볍게 다니는 아이들도 많지만, 그래도 그의 짐은 너무 적었다. 그래서 기억에 남아 있었던 것이다.

"저녁식사 이후로 없어졌던 것 같아, 아마도."

"모르잖아. 단순히 어두워져서 잘 안 보였을지도 모르고, 사실은 줄곧 있었을지도 몰라."

"밤새 따라왔다고 생각하니 엄청 섬뜩한걸."

"하지만 전에도 누군가 있었잖아. 저녁 무렵에 가족들이 차로 쫓아와서 어딘가에서 기다리다가 한참이나 함께 걸었던 녀석. 누군가의 친척인가, 다른 학교 친구였던가 하지 않았어?"

"그러나 평일 낮이야. 학교를 땡땡이쳤다는 건가."

"그렇지도 않아, 수업이 끝나고 바로 오면 간신히 시간 맞출 수 있었을 거야. 이 무렵 정도의 시간이었고."

"상대가 땡땡이를 치고 왔으니, 아는 사람도 말을 꺼내지 못하게 된 게 아닐까?"

"그렇지만 말이야, 아는 사람이 있다면 보통 그 사람과 같이 걷지 않니. 굳이 여기까지 쫓아온 거니까."

"반별로 걸으니까 모르는 사람이 섞여 있으면 들키잖아."

"지쳐서 대열이 흐트러지면, 꼭 그렇지도 않아."

리카와 치아키는 단순한 화제의 하나로 삼아 타성적으로 이야기를 계속하고 있는 것 같았다.

두 사람은 보지 못했구나. 본 것과 보지 않은 건 다르겠지.

다카코는 옅은 먹색의 수평선에 시선을 주었다. 길은 다시 해안으로 나서, 시계를 가로막는 것 없이 툭 트인 세계는 파도소리로 가득해졌다.

아직 눈에는 소년의 잔상이 희미하게 떠오르고 있는 듯한 느낌이 들었다.

그 아이는 지금, 어디에 있는 것일까.

긴 해안선을 걷는 동안 바다에도 익숙해진다. 귀에 가득한 파도소리에도 서서히 부관심해신나. 파도소리에 지지 않으려는 듯 질러대는 소리도 당연해진다. 아니, 그보다 앞서 모두 점점 말이 없어져 가고 있었다. 오히려 파도소리가 침묵을 메워주면서 말하는 수고를 덜어주어 안심하게 되는 면이 있다.

이 해안은 바위가 많아서 수영하는 데는 적합하지 않다. 조금 까치발을 하고 가드레일 저편을 들여다보면, 울퉁불퉁한 검은 바위에 파도가 부서지는 것이 보인다.

한참 바람을 맞으며 해안의 길을 걷고 있자니, 자신이 더할 나위 없이 무방비한 존재라는 생각이 든다. 아무것도 없는 공간을 향하고 있는 몸이 세계에 노출되어 있는 듯하여 왠지 안절부절못하게 되는 것이다. 건물 속에 들어가고 싶다, 어딘가 몸을 숨기고 싶다, 바다가 보이지 않는 곳으로 도망쳐버리고 싶다. 그런 충동이 어디에서랄 것도 없이 솟구쳐 올라온다.

더 이상 참을 수 없다, 하는 것은 이런 기분을 말하는 것이겠지.

다카코는 뺨을 가리는 머리카락을 손가락으로 걸면서 생각했다.

더 이상 참을 수 없는 것은 이 세상에 무수히 많다.

이제 사용할 일이 없는 화학과 수학 참고서가 책상 위에 널려 있는 것. 엄마를 졸라서 겨우 샀는데 몇 번 신어보니 취향이 아니라는 것을 알아버린 구두(그것도 비쌌다)를 현관 신발장 안에서 보는 것—아니, 이건 어느 쪽인가 하면 버젓하지 못한 것일지도 몰라.

존경의 시선으로 보는 치아키의 말에 수줍어하는 니시와키 도오루를 보는 것.

또 가슴속에 둔한 통증을 느꼈다. 그것은 어떨까. 그것은 '더 이상 참을 수 없는 것'에 들어가는 걸까.

자신이 약간 자학적인 기분이 되어 있다는 것을 자각하면서, 다카코는 피식 쓴웃음을 짓는다.

시간이 흘러갈수록 낮의 그 시간이 점점 아깝게 생각되는 것이 이상했다.

왜 그 기회를 활용하지 못했을까.

그렇게 생각하자 점점 더 아까워졌다.

바라지도 않았던 기회였는데. 그런 식으로 이야기할 기회 따위, 이제 절대로 오지 않을 것이다. 앞으로 남은 긴 휴식시간은 저녁식사뿐. 밤중의 긴 휴식은 털썩 쓰러져서 선잠을 취하는 것이 고작. 저녁식사 때 운좋게 접근하리라고는 도저히 생각할 수 없으니, 역시 그것이 처음이자 마지막 기회였다. 도오루의 얼굴이 사진처럼 머릿속에서 빙글빙글 돈다. 눈이 마주치자 깜짝 놀란 표정이 된 도오루. 비엔나소시지와 메추리알을 황급히 먹어치우던 도오루. 도다 시노부와 이야기를 나누는 도오루. 수줍어하는 도오루. 화난 듯한 얼굴의 도오루.

아, 싫다, 싫어. 이제.

다카코는 머리를 흔들어 머릿속에서 도오루의 얼굴을 쫓아냈다.

겉보기의 반응과 알맹이의 속도. 아까 치아키가 한 말을 떠올린다.

어째서 늘 이럴까. 항상 나중에 생각이 난다. 언제나 나중에 감정이 쫓아온다. 역시 나는 단순한 바보인 걸까. 남자들이 나를 두고 쿨하다느니 여유롭다느니 평한다는 것은 알고 있다. 스스로도 그렇지 않을까 생각했던 적도 있지만, 사실은 그저 멍청하고 무능한 아이라는 것이 드러나 버릴까봐 무서울 뿐이다. 그리고 도오루는 유일하게 그것을 간파한 인간이다. 그는 나의 정체를 알고 있다. 미와코도 치아키도 리카도 모르는 것을 알고 있다. 그래서 이렇게도 견딜 수 없어지는 것이다.

저기 말이지, 어째서 굳이 이런 곳에서 그런 생각을 하는 거니?

한쪽에서 어이없다는 듯 다른 목소리가 들려온다.

고등학교 마지막 보행제인데, 해안선을 걸으면서 우울해하는 것은 시간 낭비라고 생각해.

그럼 다른 친구들은 대체 무슨 생각을 하고 있을까?

다카코는 살짝 가까이 걸어가는 학생들을 둘러본다.

치아키는 멍하니 바다를 보고 있고, 리카는 고개를 숙이고 발밑을 보고 있다.

1천2백 명이나 되는 학생들은 무엇을 생각하고 있을까.

분명 후루카와 에쓰코는 사촌여동생을 임신시킨 남자에 대해 생각하고 있을 것이다. 그렇다, 이 가운데는 그 귀여운 서고의 여자아이를 임신시킨 녀석도 있다. 그 녀석은 지금 무엇을 생각하고 있을까? 그녀를 생각할까? 그렇지 않으면 이제 그녀 따위 까맣게 먼 과거사로 생각하고 마지막 행사를 즐기고 있을까?

"있지, 지금, 무슨 생각하니?"

무의식중에 치아키에게 그렇게 묻고 있었다.

"응?"

치아키는 말을 거는 것을 깨닫지 못한 듯, 잠시 사이를 둔 후 돌아보았다.

약간 당황스러워하는 그 표정을 보고 남자친구인가, 하고 생각했다.

"응, 별로 아무것도. 그냥 멍청히 있었어. 왜? 뭔가 이상한 표정 짓고 있었어?"

"아니. 모두들 대체 무슨 생각을 하고 있을까 해서."

치아키는 동조하듯 주위를 보았다. 주변이 조금씩 어두워져가고 있다. 눈은 서서히 익숙해지고 있기 때문에 알아차리기 힘들지만, 확실히 밤이 몰래 스며들고 있다.

"오래된 마을로 그다지 크지 않고 산보할 수 있는 자연이 있는 곳이래."

불쑥 리카가 끼어들었다. 다카코와 치아키는 당황한다.

"뭐가?"

"독창적인 학문이 생겨나는 마을의 조건이."

"학문?"

"텔레비전에서 봤어. 학자들의 아이디어가 번뜩이는 것은 산보

밤의 피크닉

중일 때가 많대. 그래서 산보에 적합한 마을이 좋다는 거야. 교토나 가나자와가 좋다나봐. 너무 크지도 너무 작지도 않고, 오랜 전통이 있고 자연도 남아 있고. 교토나 가나자와에서 세계적인 철학자를 많이 배출한 게 그 증거래."

리카가 하는 이야기의 비약에 또 아까의 이야기가 떠올라 웃음이 난다.

치아키도 싱긋 웃었지만 그런 내색 않고 물었다.

"도쿄는 안 돼?"

"너무 크잖아."

"그렇지만 산보하고 있으면 점점 숨이 차니까 나는 생각 같은 거 제대로 못할 것 같아. 산보하면서 생각까지 할 수 있는 사람은 대단해. 언제나 암기를 하려고 단어장을 갖고 가지만, 금세 배가 고파지는걸. 다이를 데리고 있으니 그럴 정신이 없어."

다이란 치아키네 집에서 키우는 개다. 치아키 왈, 더할 나위 없이 못생긴 개라고 한다. 아는 사람의 집에서 많이 태어난 강아지들 가운데, 아무도 데려가주지 않을 것 같다는 이유로 굳이 그 수컷을 얻어왔다고 한다.

"다이란 건 누가 지은 이름이야?"

"아빠."

"어째서 다이야?"

"파라다이스를 줄인 말."

"파라다이스!"

리카와 다카코는 엉겁결에 한목소리로 외쳤다. 치아키가 쓴웃음을 짓는다.

"파라다이스라고 부르면 좀 부끄럽잖아. 그래서 짧게 다이가 되었어."

"천국이라. 아버님, 멋진 이름을 붙이셨네."

"그렇지만 정말 못생기고 병도 있고 불행한 강아지였는걸. 그랬으면 하는 바람이지, 바람."

"그럴까. 혹시 아버님이 다니는 파친코 가게 같은 데서 따온 거 아닐까."

"엄마도 같은 말을 했었어. 그렇지만 지금은 이름대로 극락생활이야. 완전히 건강해져서 먹기도 잘 먹고, 뚱뚱하고, 원기왕성이야."

"그러면 함께 산보하면서 생각하는 것 따위 무리지."

"응. 힘이 세니까 매일 아침 날 뛰게 만들어서 장난 아냐."

"철학은 무리겠구나."

"리카는 무슨 생각 했어?"

치아키가 묻는다.

"나? 나는 무슨 생각을 했더라. 여러 가지 생각을 해서 잘 모르겠어."

"모르겠다는 건 또 무슨 말이야."

다카코는 눈썹을 찡그렸다.

"지금 머리에 떠오른 것은, 모두 기차놀이를 하는 장면."

"기차놀이?"

"응. 이 보행제를 하고 있는 전원을 끈으로 묶으면 어떻게 될까 생각했어."

"꽤 긴 기차네."

"어떻게 될까?"

역시 리카의 발상은 잘 이해할 수 없다. 치아키와 얼굴을 마주 보았지만, 리카는 진지하기 짝이 없는 얼굴로 대답한다.

"아마 무리일 거야. 먼저 신호가 있는 곳에서 걸릴 거고, 길이 구불구불하기라도 하면 넘어지는 사람이 속출할 테고. 발이 빠른 곳과 느린 곳에서도 끈이 걸리고."

"어째서 그런 생각을 하고 있었어?"

"그러니까 모르겠다고 했잖아."

"리카는 희한한 걸 생각하고 있구나."

"그런가, 꽤 피곤해졌어. 둘 다 안 피곤하니?"

리카는 게슴츠레한 표정으로 두 사람의 얼굴을 본다. 두 사람은 얼굴을 찡그렸다.

"하지 마, 그런 말은 안 하기로 했으니까."

"피곤하다는 말 하면 안 돼."

슬슬 대화에 맥락이 없어져가고 있음을 느낀다.

첫날의 해질녘은 최초로 피로가 절정에 이르는 시간이다. 평소라면 집에 돌아가 저녁식사 전에 한가로이 쉬고 있을 시간. 하루의 활동이 끝난 것을 실감하고 있을 이 시간에 오로지 걷고만 있으니, 몸이 거부하기 시작하는 것이다. 동시에 조금씩 밤이 가까워오고 있는 이 시간대는, 보행제를 하고 있다는 것을 온몸으로 실감하기 시작할 무렵이기도 하다. 대부분의 행사에서는(아니, 대부분의 사람들은), 이런 시간에 열심히 걷지 않는다. 이런 시간에 많은 사람들이 걷고 있는 것은 보행제 날뿐이다. 고로 오늘은 보행제다. 증명 끝. 더욱이 오늘은 지금부터가 진짜다. 해가 높이 떠 있는 동안에는 아직 소풍 기분이었지, 하고 뒤로 갈수록 그때까지의 자신을 어리석게 느낀다.

발의 아픔을 느끼지 않는 척하기가 힘들어지고 있었다.

무릎부터 아래는 다른 것으로 만들어져 있는 것 같다고, 다카코는 생각했다. 종아리는 빵빵하게 부어 있고 발바닥도 전체가 아파 땅을 밟지 않아도 따갑다. 그리고 의외로 어깨와 등이 결린다. 평소에는 사용하지 않는 륙색을 짊어지고 있기 때문이다.

하지만 아직 괜찮아, 걸을 수 없을 정도는 아냐, 하고 자신을 타이른다. 발바닥의 항의에 귀를 기울여선 안 된다. 이 정도의 항의에 귀를 기울이면, 남은 길을 걸을 수 없다는 걸 알고 있기 때문이다.

발바닥의 항의에 귀를 기울일까 어쩔까 망설이는 것은 다카코뿐만이 아니라, 이 긴 대열 전체가 그럴 것이다. 물집이 터져 이상하게 걷는 학생도 있고 노골적으로 피로가 드러나는 학생도 있다. 아직 대부분의 학생들은 입을 다물고 있지만, 머릿속으로는 너무 힘겨워졌다고 생각하고 있다. 어쨌든 아직 반도 걷지 않은 것이다. 반도. 그런데 이 발의 아픔은 어떤가. 낮에는 더웠고, 시원해질수록 피로감이 더해간다.

그런데도 아직 절반 이하. 아무리 생각해도 최초의 절반보다 남은 절반 쪽이 사태는 심각할 게 뻔하다.

그런데도, 이제 절반!

상공에 모두의 대사가 떠 있는 것 같았다. 만화에 흔히 있는, 물방울이 징검다리처럼 이어진 말 풍선에 "그런데도, 이제 절반!"이라고 쓰여 있다.

세상은 조금씩 색채를 잃고 파도소리는 드디어 커다랗게 신경을 건드리듯 밀려온다. 모두의 불안과 불편함이 살기처럼 공중에 떠돌며 조금씩 무겁게 덮쳐온다. 그 무게를 이제 더 이상 견딜 수 없다, 하고 생각했을 때, 이제는 반갑게 느껴질 정도로 고마운 호루라기 소리가 울렸다.

"해가 저무는구나." 시노부가 불쑥 중얼거렸다.

보도에 주저앉아 있는 긴 대열이, 문득 돌아보니 잿빛으로 가라앉아 있었다.

국도를 끼고 반대쪽에 있는 해산물 기념품 가게의 불빛이 아까까지는 풍경에 녹아 두드러지지 않았는데, 어느 틈엔가 하얗게 빛나기 시작하고 있다. 세차게 오가는 차의 불빛이 직선의 잔상(殘像)이 되어 눈에 새겨진다. 바람 냄새에도 밤기운이 떠돌고 있다.

정말로 처량하고 허전한 기분이 되어, 도오루는 바다를 돌아보았다.

그래도 바다로 눈을 돌리면 아직도 낮의 영역이다. 파도에는 아직 오렌지빛 테두리가 흔들리고 있고, 하늘도 밝다.

낮은 바다의 세계이고, 밤은 육지의 세계다.

도오루는 그렇게 생각했다. 그리고 자신들은 그야말로 그 경계선에 앉아 있다.

낮과 밤뿐만이 아니라, 지금은 여러 가지 것의 경계선에 있는 듯한 느낌이 들었다. 어른과 아이, 일상과 비(非)일상, 현실과 허구. 보행제는 그런 경계선 위를 떨어지지 않도록 조심하며 걸어가는 행사다. 여기에서 떨어지면 냉혹한 현실의 세계로 돌아갈 뿐. 고교생이라는 허구의, 최후의 판타지를 무사히 연기해 낼지 어떨지는 오늘밤에 정해진다.

"나이를 먹었군."

"엉?"

무심결에 입에서 새어나온 말에, 시노부가 이상하다는 듯이 반응했다.

"뭐냐, 영감처럼."

"뭔가 지금 노인이 된 듯한 느낌이 들었어. 아주 노인이 되어, 해변에서 이 보행제를 추억하고 있는 기분."

"알아, 그 느낌."

놀릴 줄 알았던 시노부가 순순히 고개를 끄덕이는 것에 놀랐다. 동시에 그것이 괜히 기쁘게 느껴졌다.

역시 이 녀석과 달릴까.

그런 생각이 도오루의 머리를 스쳤지만, 경솔하게 말을 해서는 안 된다고 스스로를 제지한다. 그러나 시노부가 직전까지 기다리겠다고 말해주었다 해도 너무 기다리게 하는 것은 옳지 않다. 저녁식사 때까지는 결정해서 테니스부 녀석들에게도 전해야 한다.

어째 양다리를 걸치고 있는 것 같아서 불쾌하군, 하고 자기혐오를 느꼈다.

"분명 눈 깜짝할 사이일 거야."

시노부가 물을 마시면서 중얼거렸다.

"뭐가."

도오루는 양말을 갈아 신을지 말지 고민하면서 물었다. 세 켤레를 여분으로 가지고 왔으니 지금 갈아 신어도 앞으로 두 번 더 갈아 신을 수 있다. 뭣하다면 저녁식사 휴식 때 한 켤레 빨아서 륙색에 매달아두면, 화학섬유이니 하룻밤 만에 마를 것이다.

"할아버지가 될 때까지 말이야."

시노부는 반창고를 붙이면서 대답했다. 어느 틈엔가 그의 발바닥에 반창고 수가 늘고 있다.

"응. 문득 돌아보면 이게 아니라 류머티즘이나 통풍에 붙이는 습포 같은 걸 붙이고 있겠지."

도오루는 반창고를 팔랑거렸다.

"그래. 분명 본인은 아직 젊다 생각해서, 머릿속으로는 보행제 반창고를 붙이는 것 같을 거야. '또 물집이 생긴 것 같구나, 하여간 80킬로미터를 걸어야 하니 조심하지 않으면 안 돼.' 하고 투덜거리면, 옆에서 며느리가 '아유, 할아버지께서 또 고등학교 때 이야기를 하고 계시는구나.' 하고 손자에게 말하겠지."

시노부의 설명은 지독히도 실감나게 들렸다.

문득 아버지의 발이 생각났다. 누워 있던 아버지의 발.

창백하고, 털북숭이에, 움직이지 않았다.

이렇게도 가늘고 빈약했었나, 하고 느꼈던 기억을 떠올린다. 언젠가 자신도 그런 발을 하고 차가운 곳에 누워 있을까.

반사적으로 자신의 발을 내려다본다. 기억 속의 아버지 것보다도 훨씬 튼튼하고 쭉 뻗은 종아리가 있는 것을 보고 안심한다. 괜찮아. 아직 나는 이렇게도 젊어. 그건 아직도 한참 앞으로의 일이야.

"어머니, 건강하시니?"

시노부가 발바닥을 보면서 말했다.

도오루는 희미하게 동요한다. 가족 이야기는 질색이다.

"건강해."

"도오루가 대학에 간다면 혼자가 되시잖아? 외로우시겠다."

"그렇겠지. 하지만 그건 훨씬 전부터 알고 있던 거잖아."

도오루는 애써 무심한 어조로 대답했다.

"그랬지."

시노부도 시원스레 끄덕인다.

"그러나 반대로 혼자가 되면 재혼 같은 것도 할 수 있잖아."

"설마."

생각해 보지도 않았던 말에 도오루는 웃어버렸다.

재혼.

표정이 별로 없는 어머니의 얼굴을 떠올린다. 어머니는 언제나 어머니지, 그 외의 존재는 아니었다. 아버지에게 질린 그 어머니가 한 번 더 다른 남자와 결혼한다는 것은 생각할 수 없다.

어딘가에서 서늘한 바람이 분다.

"모르지. 우리 큰엄마도 쉰이 가깝지만 아무도 모르는 사이 느닷없이 재혼했어."

시노부는 꼼꼼한 손놀림으로 안경을 닦았다.

그 이야기는 들은 적이 있었다. 시노부의 큰엄마는 젊어서 이혼하여 두 아이를 키우고 있었는데, 그 아이들의 취직을 기점으로 재혼했다고. 그때까지 전혀 그런 기미가 없어서 온 친척들이 악, 하고 놀랐다고 한다.

재혼. 어머니가 재혼을.

도오루는 새삼 그 가능성에 대해 생각해 보았다.

한번 더 몸 어딘가에 바람이 불었지만 기분 나쁜 건 아니었다.

그것도 좋을지 모른다.

뒤편에 작은 창이 열려 있고, 등뒤에 햇살이 비치는 듯한 느낌이 들었다.

지금까지는 어머니가 자신의 멍에라는 생각이 어딘가에 있었지만, 그것은 자신의 자만이었는지도 모른다. 어머니로서는 자식만 없으면 자신의 시간이 생기는 것이다. 오히려 자신이 어머니의 멍에였다고 생각하는 쪽이 맞는 이야기다. 어머니는 일찍 결혼해서 아직 젊다. 시간은 충분히 있지 않은가.

재혼.

문득, 그 여자의 얼굴이 떠올랐다.

당당한 얼굴로 이쪽을 보며 침착한 척하던 그 여자.

그 여자 역시 재혼할지도 모른다. 아니, 왜 그 여자는 재혼하지 않았을까. 그야말로 평범한 전업주부 분위기의 우리 엄마에 비하면, 그 여자는 꽤나 생기발랄한 커리어우먼이라는 느낌이 든다. 남편과 헤어지고 우리 아버지하고도 헤어져도 비탄에 잠겼을 것 같지 않다. 얼마든지 새로운 남자가 나타났을 텐데.

다카코가 있으니까?

사이좋아 보이는 두 사람의 모습이 떠올랐다. 모녀라기보다 친구 사이 같았던 그 두 사람. 남자와 여자의 차이가 있다고는 하지만, 우리 집에서는 절대로 그런 분위기가 나지 않는다.

자신이 부러워하고 있음을 깨달은 도오루는 황급히 그 생각을 지웠다.

호루라기가 울리자, 대열에 금세 각성(覺醒)한 듯한 공기가 떠돈다. 엉덩이를 털며 일어선다. 오늘 하루 벌써 몇 번이나 이 동작을 반복하고 있는가.

"모두 여자군."
"모두라니?"
도오루가 중얼거리자 여전히 귀 밝은 시노부가 되물었다.
"엄마."
두 사람의 엄마를 떠올리고 있었던 것을 알리고 싶지 않아서, 도오루는 퉁명스럽게 대답했다.

밤이라는 것을 깨닫는 것은 언제나 한순간의 일이다.

그때까지는 아직 밝다, 아직 초저녁이다, 라고 생각하고 있었는데, 어느 틈엔가 빛과 어둠의 비율이 역전되어 있다는 것에 놀란다.

길은 여전히 긴 해안선을 따라가고 있었다. 가드레일 너머로 길고 폭이 넓은 보도가 계속되고 있어서, 안전하긴 하지만 단조롭기도 하다.

속도를 늦추지 않고 달려가는 트럭의 헤드라이트가 잇따라 지나쳐 간다.

긴 대열은 완전히 침묵하고 있었다. 교통량이 많아서 대화가 거의 들리지 않는 탓도 있고 저녁식사 장소에 도착할 때까지 아직 한 시간 가까이 남은 터라 피로가 절정에 달한 탓도 있다. 다가왔다가 멀어져가는 차의 불빛을 시계(視界)의 끝으로 한참 보고 있으면, 일종의 최면상태에 빠져든다.

하나, 또 하나, 약하디약한 개똥벌레 같은 불빛이 늘어간다.

회중전등의 불빛이다.

국도변이어서 가로등은 있지만, 간격이 꽤 띄엄띄엄하다. 때때로 불쑥 나타나는 휴게소 외에 민가는 거의 없이, 보도에서 조금만 떨어져도 완전히 밤의 밑바닥이다.

실행위원이 다리에 반사벨트를 매라고 소리친다. 아까 휴식 때도 지시를 내렸지만, 아직 밝아서 따르는 학생들이 적었던 것이다. 학생들은 륙색 안에서 회중전등과 벨트를 꺼내 어두컴컴한 가운데서도 느릿느릿 구부리고 앉아 다리에 감는다.

앞에 가는 학생의 다리가 헤드라이트에 비쳐 노랗게 빛나는 것을 보면서 다카코는 회중전등을 켜보았다. 손바닥 정도 크기의 손전등이지만, 발밑을 비추기에는 충분하다. 어린 시절의 칠석 행사를 떠올린다. 여름밤에 유카타(홑겹의 기모노)를 입은 소녀들이 초롱을 들고 노래를 부르며 마을을 걷는 것이다. 노래는 거의 잊어버렸지만, 끝에 "호이, 호이."라고 했던 것만큼은 기억하고 있다.

바람과 몸동작에 초롱이 흔들리면 불꽃을 똑바로 유지하기 어렵다. 소녀들은 하나같이 노래를 하면서도 눈은 초롱에 가 있었다.

딱 한 번 누군가의 초롱이 타고 있는 것을 본 적이 있다. 공원이었던가, 길가였던가.

어둠 속에서 핑크색의 초롱이 불꽃을 올리며 타고 있었다. 촛불 위에서는 그렇게 작은 불꽃이었는데, 눈 깜짝할 사이에 커진 불꽃이 초롱을 삼키려 하고 있었다.

바람이 강한 날이었다. 어두운 땅 위에서 불꽃은 좌로 우로 크게 흔들리다, 때로 작게 움츠러들다 꺼졌다. 모두가 멀리서 에워싸고 타오르는 초롱을 바라보았던 기억이 난다.

지금 손에 들고 있는 것은 은색의 손전등. 걷고 있는 것은 칠석이 아니라 보행제 때문. 더욱이 입고 있는 것은 하얀 체육복. 정서도 뭣도 없다.

해질녘에는 주위가 어두워져 가는데다 피로가 겹쳐 우울해졌지만, 해가 저물어버리자 오히려 조금씩 힘이 나기 시작한다. 자신이 새로운 세계의 주민이 된 것을 인정했기 때문이다. 낮의 세계는 끝났지만, 밤은 이제 막 시작됐을 뿐이다. 모든 것의 시작은 언제나 기대에 가득 차 있다.

주위도 완전히 시원해져 걷기에는 쾌적해졌다. 생각 탓인지 자세도 좋아진다.

자세가 나쁘면 더욱 지친다.

다카코는 의식적으로 등을 곧게 폈다. 모르는 사이 몸을 구부리고 있었던지 여기저기가 쑤시고 아프다.

"앗."

무심히 바다 쪽을 본 다카코가 비명을 질렀다.

"뭐야."

"왜 그래."

줄곧 침묵을 지키고 있던 리카와 치아키가 반응한다.

"봐, 저기. 수평선."

"우와, 뭐야, 저거."

"태양이지?"

"저곳만 밝아."

두 사람도 소리를 지른다.

그곳에는 신기한 광경이 있었다.

해는 옛날에 저물었다. 그러나 수평선은 밝았다.

하늘도 바다도 완전히 밤의 소굴인데 수평선만이 어렴풋이 보이는 것이다. 분명 바다 저편에 광원(光源)이 되는 뭔가가 있다.

세 사람은 홀린 듯이 바다를 바라보고 있었다.

그곳에 뭔가가 있다.

마치 수평선이 이 세상을 가로질러 금이라도 그어놓은 것 같았다. 창호지인지 무엇인지가 그곳만 얇아져서 건너편 세계의 빛이 새어 나오는 것 같다.

그러나 위아래에서 밤이 공격하고 있었다. 조금 시선을 올렸다 내렸다 하면, 칠흑 같은 밤과 파도가 수평선을 향해 밀려오고 있음을 알 수 있다. 지금, 저 수평선만이 낮의 마지막 아성인 것이다.

이런 풍경이 있다니.

다카코는 놓치지 않으려고 그 광경을 응시하고 있었다.

그곳에 누군가가 있다. 누군가가 그곳에서 기다리고 있다.

그런 느낌이 들었다.

그것은 대체 누구일까. 나를 기다릴 사람이라곤 엄마 외에는 생각나지 않는데. 어둠 속에서 타오르는 초롱이 떠올랐다.

뭔가가 타오르고 있다. 낮의 세계의 마지막 장소에서 하늘하늘 뭔가가 타오르고 있다.

"뭔가 신기한 풍경이야."

치아키가 중얼거렸다.

"응. 넋을 잃고 보게 되네."

"처음부터 마지막까지 이렇게 제대로 일몰을 본 적이 없어."

"보통 해가 저물면 집에 가니까."

"역시 잔광(殘光)이란 건 한참 나중까지 남아 있구나. 주변은 완전히 밤인데."

"지구는 둥글잖아."

세 사람의 목소리는 흥분되어 있었다. 뭔가 아주 진기한 것을 본 듯한 기분이 들었던 것이다.

때로 발이 걸려 넘어질 뻔하기도 하고 다른 사람에게 부딪치기도 하면서, 세 사람은 한참동안 수평선에서 눈을 떼지 않았다. 그 신기한 빛이 사라져버리는 것이 아쉽다. 어느 틈엔가 바다에서 세찬 바람이 불어와 눈을 가늘게 뜨면서도, 세 사람은 하염없이 바다를 바라보고 있었다.

하지만 수평선에 배인 빛은 조금씩 약해져 가고, 결국 어두운 한 가닥 선(線)에서 하늘과 바다가 녹았다.

밤이 되는 순간 갑자기 생기가 도는 녀석이 꼭 한 사람은 나온다.

그 전까지는 뚱하고 무뚝뚝하게 걷다가 날이 어두워지자마자 들떠서 노래를 부르거나 하는 것이다.

생각해 보면 이것은 임간학교(林間學校, 숲 속에서 열리는 학교 교육 행사의 한 가지)나 수학여행, 합숙에서도 마찬가지다. 평소에는 함께 있지 않는 친구들이 밤에도 주위에 잔뜩 있으니 왠지 까닭도 없이 흥분하는 것이다. 게다가 보행제의 경우 여자들까지 모두 있으니 흥분하지 않는 게 이상하다.

요컨대 이건 그것과 같군. 어릴 때의 섣달그믐날 밤. 평소에는 할 수 없는 밤샘이지만, 그날만은 당당하게 할 수 있는 밤.

넉살좋은 다카미가 건들거리며 주변에서 콧노래를 부르는 것을 들으면서 도오루는 생각했다. 다카미 고이치로는 밤이 되면 생기가 도는 대표적인 인물이라고 말할 수 있다. 이름(고이치로光一郎에는 '빛 광'자가 들어 있다)과는 정반대. 낮에는 좀비처럼 위축되어 있는 주제에 방과 후나 밤이 가까워지면 점점 흥분도가 올라가는 남자다. 록음악을 너무 좋아하여 밤이면 오로지 음악만 듣는 사이 아침이 되어버린다고 한다. 그래서 제대로 잠을 못 자니, 낮에는 언제나 고양이등을 하고 취한 듯이 걷고 있다.

"다카미, 이제 슬슬 잠이 깬 모양이야."

시노부가 중얼거렸다.

"지금까지는 자고 있었다는 말인가. 부럽네."

"저 녀석, 잠이 깨면 완전 파워풀하다니까. 분명 차례대로 한바퀴 돌아서 올걸."

시노부의 말이 끝나기도 전에 누군가 힘껏 어깨를 쳐서, 도오루는 순간 호흡이 멎었다.

"앗, 도오루하고 시노부 아냐. 행복하십니까아?"

몸집이 작은 다카미가 두 사람의 어깨에 대롱대롱 매달리듯이 사이에 끼어든다.

"무거워, 임마. 체중 싣지 마."

도오루는 다카미를 노려보았다. 다카미는 자신의 뺨을 양손으로 꼬집는다.

"어이구, 도오루 군, 기분이 안 좋으시네. 행복하십니까아."

"시끄러워. 그렇게 세게 어깨를 치다니. 으, 아파."

도오루는 반은 진심으로 화를 내고 있었지만, 다카미는 전혀 신경 쓰는 빛도 없이 연극 같은 손짓으로 양손을 펼쳐 보였다.

"내 얘기 들어줘. 나, 올해야말로 버스를 타게 되는 줄 알았어. 낮에 정말 죽는 줄 알았다구."

다카미라는 녀석 몸은 작은데 목소리는 엄청나게 크다. 그것도 약간 걸걸한 목소리여서 심하게 울린다. 감기 기운으로 두통이라도 날 때면 살의마저 느껴질 정도다.

"다카미, 너, 왜 그렇게 비틀비틀 걷는 거야. 똑바로 걸어. 거치적거려 죽겠어."

시노부가 좌우로 비틀거리다 부딪치는 다카미를 어이없는 얼굴로 보았다. 정말로 이 녀석은 똑바로 길을 걷지 못한다. 언제나 비틀비틀 다가와서 귓가에다 대고 소리를 지른다.

밤새 록음악을 듣는 탓에 난청인 게 아닌가, 하고 도오루는 생각했다. 그래서 목소리도 크고, 아마 반고리관 주변도 탈이 났을 것이다.

다카미는 의외라는 듯이 소리쳤다.

"이렇게 똑바로 걷고 있는데? 그럴 리 없어. 나, 초등학교 때 배턴트윌링(지휘봉을 휘두르는 경기)부에 들어갔었잖아. 화려한 테크닉으로 빙글빙글 돌려서 아줌마들이 감동 먹고 운 적도 있다구(그 탓인가, 하고 시노부가 중얼거렸다). 그게 말이야……, 나, 어젯밤, 오늘에 대비해서 뭔가 기운을 북돋우기 위해 마음에 드는 앨범을 한 장 들으려고 생각했지. 그것이 아니나다를까, 역시, 오브코스, 한 장으로 끝난 게 아니었던 거야. 명곡의 폭풍에 너무나도 빠져버려서. 그만 한동안 안 들었던 것까지 차례차례 고구마 캐기 식으로 듣고 있었더니, 눈 깜짝할 사이에 밖에서 새소리가 들리는 게 아니겠냐."

"너, 그건 고구마 덩굴 뽑는 식이라고 하는 거야. 그럼, 거의 잠을 안 잔 거야?"

"두세 시간 잤을까. 태양이 눈을 찌르는 바람에 아침부터 헤롱헤롱이다."

다카미는 가는 목을 돌렸다. 피부가 희고 여자처럼 귀여운 얼굴이란 것은 인정하지만, 역시 시끄럽다.

"그런 것에 비해서는 건강하네."

도오루가 빈정거리듯 말했다. 다카미는 눈을 껌벅거렸다.

"힘들었다구. 도중에 지나온 길이 거의 기억나지 않는걸. 선생님은 끈질기게 버스를 타라고 권하는데, 나 필사적으로 걸었어. 하늘은 나를 버리려 했던가. 후지마키 선생, 진정으로 나를 버스에 태우고 싶어하더군."

"그래서 이제야 정신을 차린 거구나. 축하한다."
"고맙다. 행복합니까?"
다카미는 도오루의 손을 잡더니 아래위로 과장스럽게 흔들었다.
"네 놈이 비틀거리다 부딪치지만 않으면."
"흐응. 고다 다카코였다면 괜찮은 거냐?"
도오루는 깜짝 놀란 얼굴로 당황하며 다카미의 손을 뿌리쳤다.
다카미는 심술궂게, 라기보다는 천진한 얼굴로 찬찬히 도오루의 표정을 보고 있다.
"어째서 이야기가 그리로 새는 거야!"
도오루는 황급히 소리쳤다. 온몸에 식은땀이 솟구친다.
다카미는 빙그레 웃으며 다시 양손으로 도오루의 손을 잡았다.
"나, 지금 최고로 세상에 감사하고 있어. 무사히 밤을 맞이할 수 있게 해주셔서 감사합니다. 멋진 밤을 주셔서 고맙습니다. 오, 주여, 하는 느낌. 그러니까 나와 있으면 모두 행복해지길 바라는 거야. 도오루도 행복해지길. 맡겨 보라구, 내가 책임지고 멋진 밤을 만들어줄 테니, 약속."
도오루는 점점 식은땀이 나는 것을 느꼈다.
정말로 밤이 되면 엄청나게 활력이 넘쳐나는 놈이다. 이런 상태라면 어떤 엉뚱한 짓을 저지를지 알 수 없다.
눈을 반짝거리는 다카미의 얼굴을 보며, 필사적으로 부탁한다.
"부탁이다, 내버려둬 줘. 너 혼자 행복한 걸로 충분해. 나와 그 녀석은 아무 관계도 없으니까. 하고 싶으면 다른 녀석을 행복하게 해줘."

"나도 사실은 고다를 꽤 좋아했지만, 도오루라면 양보할게. 우리는 좋은 친구가 될 수 있을 거라 생각해. 자, 아름다운 우정의 시작이야, 브라보!"

다카미는 멋대로 자기만의 세계에 빠져들고 있었다.

"협력한다."

시노부가 다카미에게 손을 내밀자, 두 사람은 굳게 악수를 했다. 도오루는 눈을 부라렸다.

"시노부, 무슨 생각 하는 거야. 관계없다고 말했을 텐데."

"싫다 싫다 하는 것도 좋아하는 것."

"멀리 있는 요시오카보다 가까이 있는 니시와키."

시노부와 다카미는 의미 있는 얼굴로 알 수 없는 말을 중얼거리더니, 수군수군 비밀 이야기를 시작했다.

"적당히 해라, 너희들."

도오루는 두 사람에게서 얼굴을 돌리고, 화난 얼굴로 묵묵히 걷기 시작했다.

무전기를 손에 들고 차의 불빛에 반사되는 조끼 차림으로 바쁘게 달려가는 실행위원의 모습이, 괜시리 화가 났다.

피로라는 것은 시간과 정비례하는 것은 아닌 것 같다.

몇 번이나 작은 언덕을 넘듯, 계단을 오르듯 체내에 쌓여가는 것이다.

해가 저물었을 무렵에는 아직 전체 일정의 반도 오지 않았다니 믿을 수 없어, 하는 절망적인 기분이었으면서, 완전히 어두워져 버린 지금 최초로 맞았던 피로의 절정은 어디로 갔는지 시간이 재설정된 듯 모두가 생기를 되찾고 있다.

몸이 익숙해진 것인지도 모르고 포기한 것인지도 모른다. 그때까지는 지금부터 나아갈 길의 다난(多難)함에 겁을 먹고 몸으로 견뎌내야 한다는 것에 거부반응을 보였지만, 이젠 겨우 만 하루 어울려주는 거라는 사실에 위안을 받은 것 같다.

아니면 뇌의 착각일까. 처음 가는 길인 경우 돌아올 때가 짧게 느껴지는 것은 뇌가 이미 익숙해져서 정보처리를 줄이기 때문이라고 한다. 뇌 속의 세계에서 낮 시간은 이미 잊혀지고, 새로운 밤의 세계를 분석하느라 바쁠 것이다. 주변은 어둡고 평소에는 경험하지 않는 시간대의 활동이기 때문에, 뇌 쪽에서도 신선하게 느껴져서 몸의 피로까지 생각할 겨를이 없을지도 모른다.

어쨌든 밤이 되니 일행은 생기를 되찾아 여기저기에서 왁자지껄 수다소리가 들려온다. 주위가 흥겨워지면 덩달아 설레게 된다.

그러나 신호등이 나와 달려야 할 때면 너무나 무거운 몸 때문에 깜짝 놀란다.

기분상으로는 부활했다고 생각하지만, 하반신이 기분을 따라오지 못한다. 역시 몸에는 걸어온 만큼의 피로가 정확히 축적되어 있는 것이다.

"서둘러! 저기까지 다 건너주세요!"

공사현장의 유도등 같은 것을 빙빙 돌리며 실행위원이 소리친다.

그들의 경이적인 체력에 감탄하면서도 내 몸의 무거움 때문에, 그만 재촉하는 그들을 원망한다.

"하여간 정말로 대단해, 저 녀석들은."
"어떻게 단련한 걸까."
"실행위원은 다른 메뉴로 비밀특훈을 한 게 틀림없어."

투덜거리면서 신호를 다 건너자 다카코와 리카는 비난 반 칭찬 반으로 중얼거렸다.

어느 틈엔가 코스는 바다에서 떨어져 있었다. 줄곧 해안 국도를 따라 걷던 것이 내륙을 향하는 간선도로로 들어선 것 같다. 교통량도 아까의 4차선보다 훨씬 줄어 주위에는 학생들의 수다소리밖에 들리지 않는다.

가로등 수가 줄어 발밑에 주의가 필요하다. 아스팔트 길이며 가드레일 위를 오가는 회중전등 빛이 번쩍번쩍 흔들리고 있어. 정말로 개똥벌레 무리가 이동하고 있는 것 같다.

괜히 회중전등을 여기저기 비추어본다.

뿌연 타원형의 빛 속에 검은 사이프러스(측백나무의 일종) 나무와 전신주와 창고의 셔터가 떠오른다. 평소 눈에 익은 것들이지만, 이렇게 어둠 속에 떠오르자 처음 보는 것 같은 느낌이 드는 것이 신기하다.

빛을 하늘로 향해 보자 금세 허공에 지워져 버린다.

"뭐 하니, 다카코."
"별, 떴니?"

리카와 치아키가 하늘을 올려다보면서 걷고 있는 다카코에게 말을 걸었다.

"음, 아직 잘 모르겠어."

별을 보기에는 가로등이 너무 밝다.

"맑지는 않은 것 같아."

"정말이네, 구름이 껴 있는 거 아냐?"

치아키가 중얼거렸다.

"내일 날씨, 괜찮을까."

"오늘과 내일은 맑을 거라고 예보에서는 말했지만."

"비 오면 곤란한데."

"언제였더라, 자유보행 때 비 왔었잖아."

"1학년 때 아냐? 새벽 두 시경에 왔었지."

"엄청 추웠던 기억 난다."

"비는 싫어. 바람도 싫지만."

"작년에는 별이 무척 많았는데."

치아키가 다카코를 돌아보았다.

"아아."

정말 뭔가 내릴 것 같네.

문득 안나의 목소리가 되살아난다.

아스팔트 길의 감촉. 륙색을 베개 삼아 길에 다리를 뻗고 누워서 뒹굴던 소녀들. 겨우 일년 전. 벌써 일년 전.

안나가 옆에서 얼굴을 움직이는 것을 느낀 듯한 기분이 들었다.

작년은 산속 코스였다. 기복이 심한 코스. 정말로 아무것도 없는 산중이어서 주위에 조명이라곤 없었다.

한밤중의 짧은 휴식 때가 되자 지친 학생들은 길에 주저앉았다. 다카코와 미와코는 안나를 사이에 두고 길에 드러누웠다.

아, 피곤해, 하고 소리치며 눈을 뜬 순간, 눈에 들어온 것은 문자 그대로 어둠에다 그래뉴 설탕(정제하지 않고 입자가 굵은 설탕의 종류)을 뿌려놓은 듯 별이 가득한 하늘이었다.

소녀들은 비명에 가까운 환성을 질렀다. 이렇게 엄청난 양의 별을 본 것은 태어나서 처음이다. 평소에는 고작해야 천문도감이나 교과서에 실린 정도로 드문드문 있는 별밖에 본 적이 없었다.

말도 안 돼, 별이란 게 이렇게 잔뜩 있다니. 이건 분명히 말하지만 별 쪽이 검은 바탕보다 면적이 넓은걸.

뭔가 속이 울렁거릴 정도네. 너무 화려해. 별의 내 바겐세일.

우리 집 과자 중에 이런 게 있었어, 양갱 속에 금박을 잔뜩 흘려 넣은 것.

아아, 맞아. 「은하수」지.

그래, 그래. 그런데 우리 집보다 이쪽이 단연 금박 양이 많네.

저마다 그런 감상을 말하면서 모두 하늘을 올려다보고 있었다. 쏟아질 듯한 별, 이라기보다 우리 쪽이 하늘로 떨어져내려 별 속에 빠져버릴 것 같은 광경이었다. 하늘에 빠져 허우적대던 세 사람이 몸에 묻은 별을 손으로 털어내고 있는 장면을 상상했다.

왠지 무섭다. 점점 건너편으로 떨어져가는 것 같다.

안나가 중얼거렸다.

응. 빨려들 것 같아. 저런 곳에 내던져지면 돌아올 수 없을 거야.

다카코도 대답했다.

저렇게 많으면 고마움이 없어, 그치. 아무리 예쁜 것도 너무 많으면 그로테스크해져 버려.

미와코가 예의 현실적인 감상을 털어놓았다.

아하하하, 하고 안나가 갑자기 웃음을 터트렸다.

뭐야, 하고 미와코가 안나의 얼굴을 보는 기척이 났다.

아니, 아무것도 아냐, 하고 안나가 고개를 저으며 뜬금없이 중얼거린다.

동생에게도 보여주고 싶네.

아, 저 너머에 있지.

미와코가 맞장구를 친다.

그렇지만 미국의 시골 쪽이 별은 더 대단하지 않니. 대자연이라는 점에서 말하자면 아웃도어의 본고장이잖아.

그렇구나.

안나는 어딘지 모르게 쓸쓸한 듯이 대답했지만, 이내 또 극히 감격한 목소리로 말했다.

아아, 정말로 엄청난 별. 정말로 쏟아져 내릴 것 같아.

이거, 소원을 빌려고 해도 후두둑 쏟아져 내려 도망 다니기 바쁠 것 같아.

다카코가 그렇게 말하자 안나는 다시 즐거운 듯이 웃음소리를 냈다.

응, 별 소나기.

사치랄까, 민폐구먼.

세 사람이 하늘을 올려다보며 웃던 소리가, 귓가에 들려오는 것 같다.

그 후 일년이라니 믿을 수 없다. 어제 일처럼 느껴지는데.

다카코는 회중전등을 발밑으로 향했다. 기억이 너무나도 선명히 되살아나서, 바로 옆에 안나와 미와코가 있는 듯한 착각을 느낄 정도다. 갑자기 안타까운 그리움이 덮쳐오며 미와코가 보고 싶어졌다. 그러고 보니 오늘 걷기 시작한 후 아직 한 번도 만나지 못했다. 저녁식사 시간에는 만나러 가야지, 하고 결심한다.

어둠 속을 걷고 있는 탓일까. 꿈이라도 꾸고 있는 듯이 생생하게 과거의 기억이 되살아난다. 낮에도 몇 번 그런 적이 있었지만, 해가 진 후 점점 선명해진다. 1, 2학년 때는 이런 식으로 느낀 적은 없었는데.

갑자기 뒤쪽에서 아하하하, 캬앗, 하는 신나는 환성이 들려온다.

귀에 익은 걸걸한 목소리가 큰 소리로 떠들어대는 것이 가까워졌다.

"앗, 다카미다."

리카가 뒤를 돌아보았다.

"밤에는 활기차네."

"흡혈귀인가."

"낮에는 있는지 없는지도 모르겠더니."

다카미 고이치로의 걸걸한 목소리는 점점 가까워진다. 반 친구들 사이를 전전하고 있는 게 틀림없다. 평소에는 촌충처럼 책상에 엎드려 있으면서, 한번 분위기를 타면 누구든 가리지 않고 눈에 띄는 상대를 잡고 이야기하지 않으면 직성이 풀리지 않는 것 같다. 시끄럽고 피곤하지만 그것은 남들보다 배로 수줍어하고 소심한 성격의 반증이기도 해서, 고이치로는 남녀를 불문하고 귀찮아하면서도 좋아했다.

"하이, 베이베, 행복합니까아."

한층 더 톤 높은 소리가 울려왔다. 여학생들의 웃음소리가 그것에 겹쳐진다.

"왔다, 왔다."

"목소리 듣는 것만으로도 피곤해지네."

치아키와 리카가 중얼거린다.

"치아키, 리카, 다카코, 건강하지?"

뒤에서 쿵 하고 고이치로가 몸을 부딪쳐 와서 다카코와 치아키는 당황했다.

"보고 싶었어, 베이베."

두 사람 사이에 끼어들어 어깨동무를 한다. 그런 친밀한 행위를 해도 고이치로라면 전혀 불쾌한 느낌이 들지 않는다. 무엇보다 치아키 쪽이 그보다 키가 커서 조금 무리가 있긴 했지만.

"다카미, 해 진 후부터 계속 소리 지르고 있었지. 앞으로도 한참 가야 하니까 좀 삼가는 편이 좋을걸."

치아키가 쿡쿡 웃으면서 말했다.

"그렇잖아도 걸걸한 목소리가 점점 더 쉬어가네."

다카코의 말에 고이치로는 홍, 하고 코웃음을 쳤다.

"나, 버스에 실려 갈 뻔했단 말이야. 겨우 즐거운 밤을 맞이했는데 이 기쁨을 모두에게 나눠주지 않아서야 쓰겠어."

"어젯밤에 잠 못 잤다며?"

리카가 묻는다.

"그래. 역시 록이 나를 잠자게 내버려두질 않았어."

"낮에 잘도 걸었구나."

"완전 녹초. 죽는 줄 알았어. 하지만 신은 나를 버리지 않았지. 캄사합니다!"

고이치로는 하늘을 향해 키스를 날렸다.

"오버하기는."

리카가 쓴웃음을 지었다.

"들어주렴, 베이베, 내가 어떻게 해서 나를 버스에 태우려고 하는 후지마키와 싸웠는지."

고이치로는 양손을 벌리고, 어젯밤부터 오늘 낮에 걸친 고난의 역정을 한바탕 유머러스하게 이야기하여 세 사람을 웃겼다. 같은 이야기를 아마 열 번 정도는 되풀이했을 게 틀림없다.

서비스 정신이 왕성한 것인지 외로움을 많이 타는 것인지.

웃으면서 다카코는 입에 거품을 물고 떠들어대는 고이치로를 보았다.

그때 고이치로가 히죽 장난스럽게 웃으며 다카코의 귓가에 얼굴을 가까이 가져왔다.

"고다, 이따가 우리들의 파티에 오지 않을래?"

"파티?"

다카코는 어리둥절했다.

"토요일 밤은 파티를 한다네, 오, 예."

"토요일 밤은 내일 밤이라고 생각하는데. 오늘은 금요일 밤."

"쳇, 그런 어려운 이야기는 됐다고 봐."

"어렵지 않아."

"하여간 와라, 베이베."

"파티라니, 어디서 하는 거야? 새벽 두 시까지 걸을 텐데."

"인생, 모든 것이 파티지. 보행제, 이것도 역시 파티. 내게 맡겨, 베이베. 열두 시 전에 부르러 올 테니까, 기억해 둬, 신데렐라."

"기억해 두겠지만, 그때쯤이면 지칠 대로 지쳐 있을지도 몰라. 미안하지만 나, 피곤하면 무지막지하게 성격 안 좋아져."

"오케이, 오케이."

고이치로는 다카코를 향해 손을 흔들어 보이더니 금세 또 어딘가로 달려가기 시작했다. 분명 아직 이야기를 하지 않은 반 친구를 찾아 어젯밤부터 지금에 이르기까지의 이야기를 들려줄 것이다.

"죽을 것 같았다는 데 비해 잘 달리네."

리카가 어이없다는 듯 그 뒷모습을 지켜보았다.

"분명 낮에는 에너지를 보존한 거였을 거야."

"시끄러운 녀석."

길은 완만하면서 긴 오르막이 되었다.

마름모꼴의 벽돌을 짜 맞춘 벽을 키가 큰 가로등이 뿌옇게 비추고 있다. 그 긴 벽을 따라 밤개미 같은 학생들의 행렬이 터벅터벅 올라가는 것을 보고 있으니, 마치 자신들이 순례자가 된 듯한 기분이 든다.

"이 시간대에 이 언덕은 너무 힘들어."

"여태 올라왔잖아?"

"완만한 언덕이지만 슬슬 힘에 부쳐."

불평을 하면서도 참을성 있게 언덕을 오른다.

기력이 되살아났다고 생각하는 것도 잠시, 몸은 경사를 민감하게 느낀다. 대단한 경사가 아니라 해도 무릎과 아킬레스건은 조금의 변화도 놓치지 않고 정직하게 부담을 호소해 온다. 언제부턴가 모두의 호흡은 거칠어지고 있었다.

밤이 된 후 맞이했던 최초의 고양감도 어딘가로 사라지고, 모두 발밑에 의식을 집중시키고 있다. 왁자지껄했던 이야기 소리도 흔적을 감추고, 과연 다카미 고이치로의 목소리조차도 들려오지 않는다.

아, 정말로 보행제구나.

다카코는 가쁜 숨을 쉬며 그런 생각을 하고 있었다.

아까는 아직 반도 남지 않았다고 생각했지만, 지금은 벌써 반도 남지 않았다. 그렇게 오랫동안 기다린 것 같은데, 시작하고 나니 눈 깜짝할 사이다.

시작한 후에도 줄곧 보행제의 실감을 찾고 있었던 것 같은 느낌이 든다. 하지만 아직 그 실감은 없다. 점심을 먹은 공원, 늪 주변의 참억새, 수평선의 잔광. 분명히 이 눈으로 보았으면서도 아득한 날의 꿈같다. 이렇게 고통스러운 언덕을 오르면서도, 아직 그 실감은 없다. 어쩌면 이대로 마지막까지 실감이 없다고 생각하면서 끝나버릴지도 모른다.

작년 보행제의 실감 역시 아까서야 겨우 생생하게 되살아났을 정도이니.

안나의 웃음소리가 먼 곳을 스쳐간다.

……라고 생각했더니, 그것은 진짜 술렁거림이었다. 얼굴을 들자 대열 앞쪽에서부터 활기가 전해져 온다.

정면, 높은 곳이 밝다.

"우와, 휴게소다."

치아키가 힘없는 환성을 질렀다.

"저녁밥이다."

리카가 안도 섞인 한숨을 내쉬었다.

"어째서 학교들은 다 언덕 위에 있는 거야. 좀더 낮은 곳에 지으면 안 되나."

다카코도 한숨을 쉰다.

휴식을 위해 빌린 중학교가 약간 높은 언덕 위에 있는 것 같다. 행렬의 선두가 교문으로 빨려 들어가는 것이 보이지만, 아직 이쪽이 그곳에 도착하려면 시간이 걸릴 것 같다. 그러나 목적지가 눈에 보이자 지금까지의 피로가 단번에 날아갔다.

"배고파."

저마다 불평을 하면서도 세 사람은 눈앞의 언덕에 의식을 집중했다.

높은 언덕의 중학교 교정에는 휘황찬란한 나이트 조명이 켜져 있어 상당히 밝다.

그때까지 어두운 곳을 한없이 걸어온 다카코 일행은 부신 눈을 가늘게 뜨고 교정 안으로 들어갔다. 뭔가 너무나도 눈이 부셔서, 몸 둘 바를 모를 것 같은 쑥스러움을 느낀다.

1, 2학년은 이미 교정 여기저기에서 배부되는 도시락을 먹기 시작하고 있었다.

정면에는 자원봉사로 와 있는 학부모들이 돈지루(잘게 썬 돼지고기를 넣어 끓인 된장국)와 귤, 캐러멜 등을 나눠주고 있었다. 이웃에 사는 학생들의 가족이 와서 학생들과 이야기를 나누거나 사진을 찍는 모습도 보인다.

"꺄아, 너 엄청 탔다, 다카코."

밝은 곳에서 치아키가 다카코의 얼굴을 보더니만 눈을 동그랗게 떴다.

"역시. 너도 탔는데."

"어머."

듣고 나서 팔을 보니 이쪽도 빨갛게 탔다. 무리도 아니다. 그런 뙤약볕 아래를 몇 시간이나 걸었으니.

자외선 차단제, 역시 가져오는 거였어.

다카코는 오늘 아침의 망설임을 떠올리며 안타까워했다. 이미 해가 저물었으니 새삼스레 후회해야 소용없긴 하지만.

"세수하고 싶어."

리카가 외쳤다.

"화장실부터 가지 않을래? 붐빌 것 같은데."

"난 나중에 갈래. 그럼, 리카의 도시락 내가 받아서 자리 잡아놓을게. 아, 륙색도 두고 가지?"

"그럼, 부탁해."

다카코와 치아키는 도시락을 나눠주는 줄에 섰다. 천 명 이상의 학생이 한곳에 모여 있다 보니 교정은 상당히 소란스럽다. 지금까지 온 길과의 고도 차이가 심하고, 인공적인 조명에 아직 눈이 익숙해지지 않았는지 두 사람은 멍하게 줄을 서 있었다.

"어쩐지 눈이 이상해."

"먼지가 많네. 돈지루 어떡할래?"

"먹고 싶어."

"그럼, 난 돈지루 쪽에 줄 설게."

"부탁해."

치아키가 도시락 줄에서 빠져나가는 것을 지켜보며, 다카코는 게슴츠레한 눈으로 교정을 둘러보았다. 1학년으로 보이는 학생들이 정면 현관 앞에 있는 계단을 차례차례 올라가고 있다.

벌써 학급 단체사진을 찍기 시작한 것이다. 하긴 지금부터 찍기 시작하지 않으면 출발시간에 맞추지 못할 것이다.

문득 작년 단체사진을 떠올렸다. 검은 야구모자를 쓴 소년의 뒷모습도.

무심결에 두리번두리번 주위를 둘러보는 자신을 느낀다.

무의식중에 찾고 있는 것이다, 그 소년을.

설마.

다카코는 쓴웃음을 지었다. 설마 2년 연속으로 이런 곳에 나타날 리가 없잖아.

그렇게 생각하면서도 눈은 계속 움직이고 있다.

무엇보다 또 나타난다면 이번에야말로 대소동일 것이다. 모두들 사진을 많이 봤기 때문에 누군가가 발견할 게 틀림없다.

사진 찍는 계단 근처에서 비명을 지르는 모습을 상상했다. 꺄악, 봐, 그 애야, 작년에도 있었던 그 애야. 모두가 그곳을 주목하고 술렁거리는 이상한 분위기가 교정에 가득 찬다.

사람들의 담이 사라락 갈라지고 그 중심에 소년이 서 있다. 주머니에 손을 찔러 넣고 말없이 모두를 둘러보고 있다……

설마. 다카코는 그 상상을 지웠다. 그런 일이 일어날 리가 없다.

그러나 치아키에게서 돈지루를 받아든 후에도, 다카코는 주위를 두리번두리번 둘러보고 있었다.

식사를 마치고 세수를 하고 화장실에 다녀오자 기분이 개운해졌다.

다카코는 미와코를 찾으러 갔다.

교정은 식사를 마치고 휴식을 취하는 학생들로 여전히 벌집 쑤셔놓은 듯 시끌벅적하다.

확성기로 3학년 1반을 불러내는 소리가 들렸다.

학급 사진은 드디어 3학년까지 차례가 돌아온 것 같다.

북적거리는 교정에서 사람을 찾는 것은 예삿일이 아니다.

하지만 서서 이야기를 나누고 있는 세 명의 여학생 가운데 미와코의 등이 눈에 확 들어왔다.

"미와링!"

손을 입가에 모으고 소리치자 미와코가 등을 움찔하며 이쪽을 돌아보았다.

"다카코!"

환하게 웃으며 미와코가 이쪽으로 달려온다.

오랜만에 만난 듯이 꺄악꺄악 소리를 지른 후(실제로 아주 오랜만에 만난 것 같은 기분이 들었다), 이런저런 수다를 떤다.

"쑥떡, 맛있었어. 애들이랑 같이 눈 깜짝할 사이에 다 먹어치웠어."

"잘했어. 괜찮았니?"

"륙색 속에서 찌그러지긴 했지만, 아무렇지도 않았어."

"그럼, 밤에는 이것."

미와코는 주머니에서 작은 종이봉지를 꺼냈다.

"오오."

"라쿠간(볶은 보릿가루, 콩가루 따위를 설탕이나 물엿으로 반죽하여 굳혀 말린 것)이야. 당분보충에는 좋을 거야. 가루가 많으니까 물이랑 같이 먹어."

"세상에! 깊은 정성에 감복하노라."

종이봉지 속의 하얀 과자를 보면서 다카코는 흥분했다. 미와코가 어이없어한다.

"오버야, 다카코."

"고마워, 하나부터 열까지."

"자유보행 어떻게 할래?"

"임시수면장 도착하면 찾으러 갈게. 나란히 자자. 그러면 일어나서 바로 함께 출발할 수 있잖아."

"그렇구나. 그럼 단체보행 끝나면 만나자."

"오케이."

미와코네 반을 호출하는 소리가 들려와서 두 사람의 말은 빨라진다.

"그럼, 이따 봐. 남은 시간 열심히 하자."

미와코가 빙그레 웃으며 잡고 있던 손에 힘을 준다.

문득 다카코는 시선을 느꼈다.

누군가가 나를 보고 있어.

얼굴을 들어보니 미와코와 이야기를 나누던 여학생 중 하나다. 다른 한 명의 아이도 이쪽을 보고 있지만, 그녀의 눈매와는 사뭇 다르다.

시원한 눈, 또렷한 이목구비의 여자아이.

손을 흔들며 돌아가려는 미와코를 황급히 붙들고 다카코는 "쟤 누구야? 머리 짧은 아이." 하고 귀엣말로 물었다.

한 학년에 여학생은 백 명 정도밖에 없어서 3학년이 될 즈음이면 거의 얼굴과 이름을 기억하는데, 별로 마주치는 일이 없는 아이들은 아직 얼굴과 이름이 일치하지 않는다.

"우치보리야. 그럼 이따 보자."

미와코는 짧게 대답하고 얼른 뛰어갔다.

우치보리 료코. 그런가, 그 아이가.

다카코는 한동안 미와코를 지켜보고 있었다. 미와코가 그 두 사람에게 합류하여 이동하기 시작할 때 우치보리 료코가 또 흘끗 이쪽을 돌아보았다. 하지만 이내 세 사람 모두 계단을 향해 뛰어갔다.

그런가, 그 아이가 니시와키 도오루를 좋아한다는 그녀인가.

다카코는 세 사람이 단체사진을 찍는 계단에 합류하는 것을 지켜본 후 그제야 걷기 시작했다.

이야기한 적은 없었지만 전부터 보면서 예쁜 아이라고 생각하고 있었다. 우치보리 료코라는 이름은 알고 있었지만, 그 아이인 줄은 몰랐다.

다카코는 타인에 대해 조사를 하거나 그룹 내의 정보통이거나 하는 타입은 아니다. 그래서 얼굴과 이름이 일치하지 않는 여자아이가 있어도 상관하지 않았다. 미와코는 천성적으로 사교성이 좋으니 아마 우리 학년 여자아이들 대부분과 말을 나눠보지 않았을까.

우치보리 료코와 니시와키 도오루를 머릿속에 나란히 떠올려보았다.

흐음, 꽤 어울리는걸.

우치보리가 그에게 생일선물을 준비해 왔대, 라고 했었다.

리카의 말이 떠오른다.

겉보기와 달리 꽤 적극적인 아이구나. 아니, 겉보기 그대로일지도 몰라.

초롱초롱한 눈으로 이쪽을 보고 있던 그녀를 떠올린다.

그것은 나를 보고 있었던 건가. 아니면 미와코?

문득 안 좋은 느낌이 들었다. 설마 내가 니시와키 도오루와 사귀고 있다고 생각하는 건 아니겠지?

만약 그렇다고 한다면, 그것은 적의였을지도 모른다.

씁쓸한 기분과 감미로운 기분이 동시에 솟구쳐 올라왔다. 어쩌면 감미로운 기분이 이기고 있는지도 모른다. 그녀가 자신과 니시와키 도오루에 대해 질투하고 있다는 것이, 다카코를 잠깐 동안의 우월감에 빠지게 했다. 왠지 그것으로 낮에 치아키와 도오루를 보며 질투한 자신에게 복수한 듯한 느낌이 들었던 것이다.

"37조 학생들은, 정면 현관 앞에 집합해 주십시오. 학급 사진을 찍습니다."

확성기 소리를 듣기 전부터 학생들이 서서히 모이기 시작했다. 다른 학년은 벌써 출발준비를 하고 있었고, 촬영시간이 임박했다는 것을 깨닫고 있었기 때문이다.

"자, 거기 모여주세요. 더 가운데로 붙어요. 이쪽, 이쪽."

카메라맨이 손을 흔들어 좌우를 좁힌다. 타박타박, 계단을 오르는 소리가 울린다.

"다카코오."

머리 위쪽에서 소리가 들려왔다.

뒤를 올려다보자 다카미 고이치로가 목쉰 소리를 내며 손을 흔들고 있다. 아까보다 목이 더 쉰 것을 보니 휴식시간 내내 떠들어댄 모양이다.

"너, 좀더 저쪽으로 가."

"상관없잖아, 여기 있어도."

"좁혀, 모두한테 방해가 되잖아."

도다 시노부와 니시와키 도오루의 목소리가 들렸다. 보아하니, 뒷줄에서 시노부와 고이치로가 도오루를 사이에 끼고 한가운데로 데리고 나오려는 것 같다.

도오루의 목소리는 상당히 언짢게 들렸다.

정말로 우치보리 료코는 열두 시가 지나면 선물을 주려는 건가.

그런 생각을 하며 흘끗 도오루의 얼굴을 보다 눈이 딱 마주쳤다.

도오루의 눈에 노골적인 분노의 빛이 나타났다. 그리고 그 대상이 자신이라는 것을 다카코는 직감했다. 그 분노가 너무나 격렬하여 가슴속이 찡하고 아파왔다.

아픔에 동요하면서도 황급히 앞을 본다.

어째서.

심장이 두근두근 뛰고 있다.

"자, 잠깐만 눈을 깜박이지 말아주세요오. 됐습니까, 찍습니다아."

사진기사가 손을 든다.

스멀스멀 아픔이 퍼져간다.

어째서 그런 시선을 받아야만 하는 건가.

아픔은 서서히 감당할 수 없는 분노로 바뀌어간다.

내가 뭘 어쨌다는 거야.

얼굴이 화끈거렸다.

네 멋대로, 언제까지고 혼자서 화내라.

카메라를 노려보면서 다카코는 얼얼한 분노와 굴욕을 견디고 있었다.

바보였다. 내가 정말 바보였다.

아까 잠깐 느낀 감미로운 우월감이 분했다. 그런 달콤한 감정을 품은 자신이 미웠다. 이런 굴욕을 느끼게 한 우치보리 료코가, 니시와키 도오루가 미웠다.

교문에서 많은 학부형들이 배웅해 주었다.
여기서도 역시 학생들은 폼을 잡으며 등을 곧게 펴고 힘차게 교문을 나선다. 사실 저녁을 먹고 한 시간 가까이 휴식을 취해서 상당히 기력은 회복되어 있었다.
걷기 시작한 후에도 다카코의 기분은 좋아지지 않았다.
지금까지 도오루의 차가운 시선에 충분히 익숙해져 있었다고 생각했다.
그러나 이건 심하다. 이젠 완전히 질렸다.
다카코는 굳은 표정을 풀려는 듯이 혼자서 가만히 한숨을 내쉬었다.
도오루의 분노가 가슴을 관통했다.
그 눈은 매섭다. 한참동안 재기할 수가 없다. 게다가 이것이 마지막 보행제인데.
몇 번이나 한숨을 쉬며 기분을 풀려고 하지만, 가슴속에 착 달라붙은 불쾌한 것은 도무지 떨어져 나가지 않는다.
분노와 굴욕과 충격이 삼파전을 벌이고 있어, 어느 것을 메인으로 해야 좋을지 알 수 없었다. 하지만 이윽고 분노가 이겼다.
빌어먹을. 빌어먹을. 역시 그 녀석, 너무 싫어. 내게는 관계없는 일로 언제까지 앙심을 품고 있다니. 너 혼자 실컷 원망해라. 고집 센 녀석.
연달아 도오루를 매도하는 말이 머릿속에 떠올라, 다카코는 그것을 하나하나 마음속으로 도오루에게 내뱉었다.

내기고 뭐고 집어치워. 그런 내기, 어리석어.

관자놀이에선 여전히 열이 나고 있고 심장도 쿵쿵 뛰고 있다. 하지만 마음속으로 욕을 되풀이하는 동안 조금씩 마음이 안정되어 갔다.

한 번 더 크게 심호흡한다.

야간보행이라 다행이었어. 지금의 얼굴, 누구에게도 보이고 싶지 않아.

지금부터 한밤중이 되도록 걸어야 하니 바짝 겁을 먹고 있는지, 모두 긴장이 감도는 가운데 묵묵히 걷기만 하는 것이 다행이었다. 만약 아까 누군가와 이야기를 하고 있었더라면 동요하고 있는 것이 이내 들통나 버렸을 것이다.

기분이 가라앉자 격한 감정에 휩쓸린 후의 허탈함이 찾아왔다.

그 녀석, 무엇을 그렇게 화내고 있는 것일까. 그때 도오루는 몹시 언짢은 표정이었다. 평소에는 잘도 포커페이스를 가장하고 있는 주제에.

그렇게 생각할 여유가 생기기 시작하자 의문이 들끓는다.

뭔가 있었던 것일까.

아까 올라왔던 긴 언덕을 내려가는 것은 쉬웠다. 걷는 속도도 아까보다 훨씬 빠르다. 학생들의 대열은 완전히 되살아나고 있었다.

휘황찬란한 조명은 이미 과거의 것이었다.

길게 이어지는 주택가는 머잖아 전원지대로 접어들 터. 학생들의 발소리가 어두운 밤에 흡수되어 간다. 자신의 모습도 친구의 모습도 어둠 속에 녹아들고 있었다. 깜박깜박 발밑을 비추는 회중전등 빛 속에 빨간 륙색이며 반사벨트며 스니커가 그리운 색으로 떠오른다.

하늘을 올려다보자 간혹 별이 보였지만 역시 흐려 있는 것 같았다. 두터운 구름이 위쪽을 메우고 있는 것이 어렴풋이 보인다.

작년 같은 별은 볼 수 없겠네.

안나의 옆얼굴이 얼핏 스쳐 지나간다.

무엇보다 올해 코스는 줄곧 평야를 걷는 것이어서 작년의 산속 같은 환경은 기대할 수 없다. 이렇게 여기저기 불빛이 있어서야, 그런 식으로 별을 보는 것은 어차피 불가능하다.

유감스러운 기분도 들었고, 그건 그것대로 괜찮은 것 같은 기분도 들었다.

조용했다.

멀리 간선도로를 달리는 트럭 소리 외에는 학생들의 발소리밖에 들리지 않는다.

모두가 입을 다물고 있는 것은 밤의 주택가를 걷고 있는 탓도 있는 것 같다. 아마 선두의 실행위원에게서 그런 지시가 있었을 것이다.

그러나 이 고요함이 마음 편했다. 모두가 한마음으로 목적지를 향해 속도를 내어 전진해 가는 집단의 일원이라는 것에 안도감을 느꼈다. 줄곧 이대로 걷고 싶은 생각이 들었고, 걸어갈 수 있을 것 같은 느낌도 들었다.

그때 문득, 뭔가 기척이 나는 것 같아 다카코는 얼굴을 들었다.

뭐지?

스스로도 설명이 되지 않아 주위를 휘 둘러보지만, 어두운 주택가가 펼쳐져 있을 뿐이다.

그때 발밑을 뭔가 사삭 지나갔다.

"앗."

조그맣게 소리를 질렀지만, 자세히 보니 작은 눈이 이쪽을 올려다보고 있다.

고양이다.

도로 한가운데에 멈춰 서 있던 고양이는 학생들의 행렬을 한번 본 후, 재빨리 어느 집의 담벼락 틈으로 숨어들어갔다.

고양이였나.

다카코는 고개를 갸웃거리면서 계속 걸었다.

하지만 잠시 후 또 뭔가의 기척을 느끼고 얼굴을 들었다.

뭐지? 무엇 때문이지?

저벅저벅하는 학생들의 발소리. 모두 회중전등으로 발밑을 비추며 약간 몸을 숙이고 전진하고 있다.

전방이 툭 트이는 기미가 있었다. 멀리서 깜박깜박 많은 불빛이 흔들리고 있다.

주택가를 나와 밭으로 들어선 것이다. 멀리 보이는 불빛은 밭 사이로 난 농로를 걸어가는 학생들이 들고 있는 회중전등의 빛이었다.

우와. 긴 행렬이구나, 역시.

다카코는 멀리 움직이고 있는 빛의 행렬에 넋을 잃으며 아무 생각 없이 시선을 움직였다.

앗.

그곳에, 누군가가 걷고 있다.

도로를 사이에 두고 다카코네 열의 반대편, 다카코 건너편에 누군가가 고개를 숙이고 보조를 맞추어 걷고 있었다.

이웃 주민인가 생각했지만, 자세히 보니 류색을 매고 검은 야구모자 같은 것을 쓰고 있다.

걷고 있는 소년. 우리들과 함께.

설마.

순간, 시간의 필름이 되감기는 듯한 기분이 되었다.

아까 교정에서 떠올린 광경이 현실을 침략해 온 거야, 라고 생각했다.

소년은 올해도 나타난다. 모두 학급 단체사진을 찍고 있을 때 뒤에 선다, 누군가 발견하고 비명을 지른다.

설마. 이건 작년? 아니, 아니다, 올해 보행제다.

다카코는 혼란스러웠지만, 그 소년에게서 눈을 뗄 수 없었다.

소년을 발견한 것은 다카코뿐인 것 같았다. 대열은 정연하게 계속 앞으로 나아가고 있다.

설마 내게만 보일 리가? 다른 사람에게는 보이지 않나?

다카코는 입을 우물거리며, 조금 앞에서 걷고 있는 치아키의 등을 찔렀다.

"치아키."

"왜?"

묵묵히 걷고 있던 치아키가 소리 낮춰 대답하며 다카코를 돌아본다.

"저, 저기, 그 아이."

다카코는 조심스럽게 길 반대편을 손가락으로 가리켰다.

"앗?"

치아키와 다카코가 그쪽을 본 순간, 길 반대쪽에서 소년이 얼굴을 번쩍 들었다.

두 사람과 눈이 마주친다. 치아키가 말을 삼키는 소리가 들렸다.

소년은 빙그레 웃었다. 그는 다카코네 열과 나란히 걸으면서, 하얀 얼굴로 이쪽을 보며 말없이 미소 짓고 있었다.

순간, 시간이 멈춰버린 줄 알았다.

얼어붙어 버린 듯한 다카코와 치아키를 향해 소년이 스윽 다가왔다.

너무나도 거침없이 다가와 달아날 수도 없다.

하지만 소년은 미안해하는 모습도 없이 다카코의 얼굴을 말똥말똥 쳐다보고 있다.

"음. 다카코? 다카코 고다?"

소년은 싱글벙글 웃으며 말을 걸었다.

"헉?"

두 사람은 얼굴을 마주 보았다.

소년은 주머니에서 꺼낸 스냅사진과 비교해 보고 있다.

앞뒤에 가던 학생들이 소년을 눈치 채고 흘끗흘끗 보는 것이 느껴진다. 앞에 가던 리카도 그를 발견하고 호기심을 드러내며 돌아보고 있다.

그러나 발을 멈출 수는 없어서 두 사람은 계속 걷고 있었다.

소년도 보조를 맞추어 옆에서 걷고 있다.

"실례지만, 너는?"

"아아."

소년은 끄덕였다.

"나, 준야. 사카키 준야."

응? 어딘가에서 들은 듯한 이름. 사카키 준야.

치아키가 깜짝 놀란 얼굴을 한다.

"혹시."

소년은 만족스러운 듯이 끄덕였다.

"사카키 안나의 동생이야."

"거짓마알."

다카코와 치아키, 그리고 리카도 엉겁결에 한목소리로 비명을 질렀다.

세상에. 유령인 줄 알았는데 안나의 동생이라니.

생각지도 못했던 답에 피로도 잊고 "꺄악!" "듣고 보니 닮았어." "정말로." 하고 흥분한다.

쉿, 하는 소리가 주위에서 들려와 두 사람은 황급히 입을 막았다.

소년은 "봐, 이거, 다카코지." 하고 사진을 보였다. 그것은 작년 보행제의 사진 같다. 안나, 미와코와 함께 찍은 스냅사진이다.

"잘도 발견했네. 하긴 다카코는 머리모양이 바뀌지 않았으니 찾기 쉬웠을라나."

리카가 감탄하며 말했다.

"안나는? 안나도 여기 왔어?"

다카코는 소리를 낮추고 빠른 말로 물었다.

준야는 고개를 가로젓는다.

"나만. 누나는 안 왔어."

"뭐야. 유감이야."

다카코는 실망했다.

"안나, 대학은 정해졌어?"

치아키가 물었다. 준야는 당연하다는 얼굴로 끄덕인다.

"응. 스탠포드로 결정됐어."

"우와, 대단하다. 역시."

"명문대구나."

세 사람이 한숨을 쉰다. 수험을 앞두고 있는 자신들에게는 바다 저편에서 명문대에 진학을 결정한 안나가 그저 부러울 따름이다. 더욱이 안나는 이과다. 사립문과계로 '전향한' 그녀들에게는 영어를 잘하는 이과계라는 것이 딴 세상 사람처럼 느껴졌다.

"너, 어디서 머무니? 이쪽 집?"

싱글거리고 있는 준야에게 묻는다. 느닷없이 나타난 소년이 안나의 동생이었다는 것도 놀랍지만, 그보다 어째서 이 아이가 이런 시간에 이곳에 있는 것인가.

"아니. 친구네 집. 미국에서 함께 지냈던 친구가 일본에 돌아왔어. 그 친구네 집에 머물고 있고 차도 태워다 주었어."

"그랬구나."

"친구는 지금 어디?"

"한참 앞에서 기다리고 있을 거야. 캠프를 좋아하는 아이여서 이번 일을 몹시 재미있어해."

"언제부터 함께 걷고 있었던 거야?"

"낮부터 줄곧 차로 달리며 모두들 걷는 것을 보고 있었어. 걷기 시작한 것은 아까 학교 나온 후부터."

"저녁식사 한 곳 말이구나."

"그렇지만, 대담하다고 할까, 무모하다고 할까."

"일부러 일본까지 와서 그것도 보행제라니, 진짜 호기심 많은 아이구나."

리카가 탄식을 섞어가며 중얼거렸다.

다카코는 문득 생각났다.

"아, 너, 혹시 작년에도 보행제 따라오지 않았니?"

다카코는 준야의 얼굴을 들여다본다. 사진에 찍혀 있던 그 소속 불명의 소년을 떠올린 것이다.

준야는 순간 뜨끔 하는 얼굴이었지만, 이윽고 빙그레 웃었다.

"그랬어."

다카코는 크게 끄덕였다.

"맙소사, 심령사진의 정체가 너였구나."

치아키와 리카가 얼굴을 마주 본다.

"이런, 그게 그런 거였니."

"안나, 아무 말도 하지 않았잖아."

준야는 작게 어깨를 으쓱거렸다.

"누나가 한참 전부터 보행제, 보행제, 하고 떠들어서 여기 왔을 때 따라가 보았어. 나중에 들통 나서 누나한테 엄청 혼났지만."

"과연. 안나도 몰랐었구나."

"누나에게 들키지 않도록 했었지."

동생은, 미국사람이니까.

치아키와 리카의 재빠른 질문에 대답하는 준야를 바라보고 있자니, 안나의 목소리가 들려온다.

그러고 보니 그녀는 거의 동생 이야기를 한 적이 없었다. 다카코와 미와코가 동생 이야기를 물어도, 평소에는 생글생글 잘 웃는 그녀가 불쾌한 표정을 지으며 늘 쌀쌀맞았던 것을 기억하고 있다.

확실히 안나에 비해 동생 쪽의 말은 외국인이 하는 일본어 같다. 겉보기는 일본인이지만, 걸음걸이나 표정이나 풍기는 분위기가 외국인이다.

안나의 말 한마디 한마디를 살펴보면, 안나 자신은 일본인이라는 강한 자각이 있으며 일본에서의 생활에 애착과 동경을 느끼고 있는데 비해 동생 준야는 너무 일찍 미국 생활에서 정체성을 찾기 시작해 버린 것 같다. 그는 일본에는 별로 흥미를 보이지 않고 동경도 없다. 심적인 면에서는 미국인이라고 한다. 그래서 양친이 일본에 부임하게 되었을 때, 안나는 망설임 없이 함께 일본에서의 고교생활을 선택했지만 그는 그대로 미국에 남기로 했다고 한다. 안나는 그것이 불만이었던 것 같다.

"어째서 올해도 왔어? 안나도 없는데."

다카코가 이상하다는 듯이 묻자, 준야는 웃었다.

"어째서일까."

하얀 이를 보이며 고개를 갸웃거린다.

웃는 모습은 역시 안나를 닮았구나, 하고 생각했다.

그는 잠깐 망설이더니 입을 열었다.

"작년에는 말이야, 우습게 생각했어. 누나가 너무 법석을 떠니까 얼마나 재미있는 이벤트인가 싶어서 터덜터덜 걸었을 뿐. 경치도 별로 재미없었고. 일본인의 집단주의 플러스 정신주의랄까? 그런 것이 남아 있는 이벤트라고 생각했어. 나중에 누나에게 그렇게 말했더니 무척 화를 내곤 한동안 말도 걸어주지 않더라구. 너 따위가 알 리가 있니, 하고."

거침없이 말도 잘하네, 역시 미국인이야. 다카코는 쓴웃음을 짓는다.

"작년에 몰래 왔던 것도 겨우 그 정도인 거냐고 누나에게 빈정대고 싶어서였으니까. 그런데 누나가 미국에 가서도 이 보행제를 그리워했기 때문에, 올해도 나만 참가해서 나중에 약올려 줄 생각이었지."

"그래서 일부러 일본까지 오다니, 너도 꽤 성격 특이하구나."

리카가 맞장구를 쳐주었다. 준야는 "아하하." 하고 밝게 웃는다.

"누나는 대단히 진지하고 책임감 있는 성격. 정확히 계획을 세워서 노력하는 타입. 나와는 전혀 달라. 나는 매사 무사태평하고 제멋대로인 타입이래. 누나는 옛날부터 그게 마음에 들지 않아서 걸핏하면 설교를 하니까, 우린 사이가 좋지 않아."

"정말 전혀 다른 것 같아, 성격이."

"그렇지만 말이야, 오늘 친구와 함께 차로 모두의 대열을 보면서 달리는데 말이야, 나는 누나에게 무시받은 것에 앙갚음을 하고 싶어서라고 생각했는데, 그게 아니었어."

준야는 조금 쑥스러운 표정을 지었다.

"마음속 어딘가에서 나도 이 이벤트에 참가하고 싶었던 거야. 사실은 부러워하고 있었던 거란 걸 알았어. 해변을 걸을 때라든가, 모두 정말 즐거워 보였어. 일체감이랄까? 전원이 뭔가 같은 것을 하는 이벤트라니, 미국에는 거의 없어. 누나가 너 따위가 알 리 있냐고 한 걸 조금은 이해할 수 있었어."

"흐음."

"너 말이야, 아침부터 걷지 않았기 때문에 그렇게 생각하는 거야. 아침부터 함께 걸었더라면, 분명 지금의 대사는 못 읊었을걸."

리카의 말에 모두 웃는다.

"맞아, 맞아. 우리는 아침부터 걸었는걸."

"자유보행, 함께 달려보지 않을래?"

"뭐야, 기왕이면 안나랑 같이 와주면 좋았을걸."

"그러게."

"가자고 해도 누나는 안 왔을 거야."

유감스러워하는 다카코 일행에게 준야는 고개를 저어 보였다.

"어째서. 안나 엽서에 보행제에 참가하고 싶다고 쓰여 있었는데."

다카코가 그렇게 말하자 준야는 끄덕였다.

"응. 나도, 하루뿐인 행사라면 일본에 가서 참가하라고 말했었어. 하지만 가욋사람으로서 참가하는 것은 시시하고, 괜히 더 외로울 거래."

"아, 그럴지도 모르겠구나. 역시 안나다워."

안나가 여기 있었다면 분명 자신이 이미 이 자리에 없는 것, 자신의 장소는 이미 미국에 있다는 것을 쓸쓸히 느낄 게 틀림없다.

"돌아가면 또 안나가 심하게 화내지 않을까?"

치아키가 준야의 얼굴을 본다. 준야는 웃었다. 익숙해지고 나니, 호탕한 성격이 전해져 꽤 귀엽다. 다른 아이들도 그에게 매력을 느끼고 있는 것이 느껴진다.

"그럴지도. 그러나 이번에는 솔직하게 즐거웠다, 부러웠다고 말할 거야."

"응. 그렇게 해."

준야의 이야기에 빠져 있는 동안 길은 완전히 농로로 바뀌어 있었다.

캄캄한 양배추밭이 길게 이어지는 경치 좋은 길이다. 학생들이 들고 있는 회중전등 불빛이 깜박깜박 옅은 빛의 행렬을 지어 움직인다. 대단한 빛은 아닌 듯이 보이는데, 떨어진 곳에서 보고 있으면 직선의 빛이 하늘의 구름에 반사되고 있다는 것을 알아볼 수 있다.

"신비롭다."

"구름까지 닿아 있어."

"빛이란 건 직진하는 거 맞구나."

그런 사소한 발견이 기쁘다. 어두운 곳을 걷는 데도 익숙해져서 호흡과 보조가 어둠에 녹아들고 있는 것에 편안함을 느끼게 되었다.

준야는 모두와 완전히 친해져 처음부터 거기 있었던 것처럼 걷고 있었다. 제대로 흰색 셔츠를 입고 있어서 교사의 눈에 띄어도 추궁당하는 일은 없을 것이다. 그의 친구는 어디서 기다리고 있는 것일까. 준야도 준야지만 이 캄캄한 밤 어딘가에서 차를 타고 기다리고 있는 친구 쪽도 어지간히 호기심이 왕성하다.

"저기, 다카코."

준야가 작은 소리로 다카코에게 속삭였다.

"왜에?"

"누나와 제일 친했던 사람이 다카코와 미와코지."

"응."

준야는 점점 목소리를 낮추었다.

"누나가 좋아하는 녀석이 누군지 알아?"

"뭣."

다카코는 놀랐다. 느닷없이 그런 말을 물을 줄이야.

"누나는 정말 그런 면에서 고지식하거든. 좋아하는 남자가 있는 것 같지만, 절대 말해주지 않았어."

준야는 불만스러운 듯이 중얼거린다. 다카코는 고개를 저었다.

"맞아. 안나는 그런 것 말 안 하지. 실은 우리에게도 가르쳐주지 않았어. 미국 가기 전에 편지를 보냈다는 것밖에 몰라."

"뭐야, 다카코도 모르는 거야."

준야는 한숨을 쉬었다.

"왜, 안나가 좋아했던 아이를 알아서 어떻게 하려고. 메신저라도 해주게?"

"말도 안 돼. 그런 것 들통 나면 이번에야말로 누나한테 죽을지도 몰라. 그저 어떤 녀석인지 보고 싶었어."

준야는 순수한 호기심이었다. 다카코도 끄덕인다.

"그래. 나도 알고 싶다. 근데 안나의 취향은 어떤 거야? 안나는 그것조차도 말하지 않아."

"아마 철학적인 타입이지 않을까. 어릴 때부터 누나가 좋아하지 않을까 생각했던 타입으로 공통된 것은, 말이 없지만 남자답다, 였던 것 같아."

그 말을 들었을 때, 어딘가 오싹한 느낌이 든 것은 왜일까.

"아, 그렇지. 다카코나 미와코의 남매, 이 중에 있어?"

생각난 듯이 준야는 얼굴을 들었다.

남매. 다카코는 다시 오싹했지만, 태연함을 가장한다.

"없어."

"그래? 그럼, 아닌가."

"뭐가?"

엉겁결에 묻고 있었다. 준야는 다카코의 동요 따위 아랑곳하지 않고 대답한다.

"누나가 어쩌다 무심코 흘린 적이 있었어. 친구의 남매 중에 괜찮다 싶은 사람이 있다고."

"뭣."

순간, 호흡이 멎는다. 친구의 남매.

"그래서 다카코나 미와코의 남매라고 생각했는데. 그럼 다른 친구인가."

준야는 고개를 갸웃거린다. 그러나 다카코는 가슴이 쿵쾅거리기 시작했다.

"저기, 그거 언제? 언제 그런 말 했었어?"

"으음. 일년 정도 전인가. 그것도 누나가 엄마에게 하는 말을 우연히 들었어."

친구의 남매. 물론 다카코는 무남독녀인 것으로 되어 있고, 미와코에게는 오빠와 동생이 있지만 오빠는 도쿄에서 대학을 다니고 있고 동생은 중학생이다. 안나가 그 두 사람을 만났다고는 생각할 수 없으며, 만났다 하더라도 그런 대상으로 삼았으리라고는 생각할 수 없다.

설마. 설마 아닐 거야.

그렇게 부정하면서도 가슴의 고동은 멈추지 않았다.

그럴 리는 없다. 안나가 나와 니시와키 도오루의 관계를 알고 있을 리는.

하지만 철학적이고 말이 없는 타입이라는 말을 들은 순간, 도오루를 떠올린 것은 분명하다. 뭐 그런 타입은 도오루 외에 얼마든지 있겠지만, 그를 괜찮다고 생각하는 여자아이들이 그를 형용할 때 항상 그렇게 평가하는 것도 사실이다. 왠지 다카코는 이 직감이 맞을 것 같은 느낌이 들었다.

만약 이 직감이 맞다고 한다면.

다카코는 어쩐지 무서운 기분이 들었다.

안나의 친구라는 것이 나고, 나의 남매가 도오루임을 안나가 알고 있다고 한다면, 그녀가 편지를 보낸 것은 그인 것이다.

그렇게 확신한 다카코의 사고를 멈춰 세우듯 멀리서 호루라기 소리가 울려 퍼졌다.

"야, 저 녀석, 누구냐?"

시노부가 도오루를 쿡쿡 찔렀다.

"엉? 저 녀석이라니?"

발밑을 내려다보면서 한동안 멍하니 걷고 있던 도오루는 얼굴을 든다.

"왜, 저기 혼자 삐져나와서 걷고 있는 녀석. 저런 녀석이 있었던가?"

시노부가 턱으로 가리키는 곳을 보니, 저 앞쪽에서 야구모자를 쓰고 대열에서 삐져나와 혼자 타박타박 걷는 소년이 어둠 속에 떠오른다.

"적어도 우리 반은 아닌걸."

"너무 가벼운 차림인데."

둘이서 의아해하고 있자, 순서대로 앞에서부터 정보가 전해져 왔다.

"들었냐, 어이."

"정말이야?"

"사카키 안나의 동생이래. 미국에서 왔다는군."

"작년 사진에 찍혔던 유령도 저 녀석이었대."

"중간에 끼어들었대."

앞의 학생이 뒤를 돌아보며 소곤소곤 중얼거린다.

도오루와 시노부 뒤에서 "거짓말." 하는 소리가 들려왔다.

"정말? 정말 쟤가 사카키 동생이야?"

도오루는 자기도 모르게 소리쳤다.

오늘 그 녀석의 이름이 떠올랐던 것은, 혹시 동생이 가까이 있기 때문이었을까. 그렇지 않으면, 반대로 그 녀석을 생각하고 있었기 때문에 동생이 나타난 것일까. 그런 생각을 하자 신기한 기분이 든다.

"하는 짓들이 대담하네. 미국에서 온 애들은. 잘도 이렇게 머나먼 곳까지 왔군. 게다가 우리 학교 체육복까지 갖춰 입었잖아."

시노부는 다른 의미에서 감탄하고 있다.

"아. 설마, 사카키도 함께 오진 않았을까. 그 녀석, 보행제에 애착도 많았는데."

시노부가 고개를 들어서, 도오루는 가슴이 철렁했다. 지금 여기에 그 녀석이 가까이 있다면.

왠지 도오루는 도망치고 싶어졌다. 그 눈으로 코앞에 서서 자신의 눈을 바라본다면 부끄럽고 무서워서 견딜 수 없을 것 같다.

"혼자래. 일본에 있는 친구의 차를 타고 왔대."

시노부의 목소리를 듣고, 다시 앞쪽의 학생들이 뒤를 돌아보았다.

"뭐야아."

시노부의 유감스러워하는 목소리를 들으면서 도오루는 가슴을 쓸어내리고 있었다.

"누구하고 이야기하고 있는 거야?"

"다카코겠지. 저 녀석, 사카키와 친했잖아."

그러고 보니 유사 미와코와 셋이서 걷는 것을 자주 보았던 것 같다. 유사도 그렇고 사카키도 그렇고, 다카코를 진심으로 좋아하는 것 같았다. 서로 전혀 다른 스타일인데, 다카코는 의외로 친구들과 마음이 잘 맞는 것 같다.

"흥. 저 녀석, 특별한 녀석들과 친하군. 친구 필요 없습니다, 하는 얼굴을 하고 있는 주제에."

"그렇지 않아."

도오루가 혼잣말을 하자 시노부가 즉각 반론했다.

"다카코는 겉보기보다 정이 많은 아이라고 생각해."

쳇, 괜한 소리 하는 게 아니었다. 도오루는 혀를 찬다.

"뭐야, 다카코에 대해 잘 아는 것처럼."

"보면 알잖아. 너하고 비슷해서 자기 표현은 그다지 잘 하지 않지만 말이야."

"어이, 어이. 어째서 그런 이야기가 되는 거야."

"그렇잖아. 남들이 아무리 뭐라고 해도 대꾸하거나 변명하거나 하지 않잖아, 너희들은."

"한 덩어리로 묶지 마."

어느 틈엔가 다카코를 화제로 삼아버린 것이 시노부가 노린 바였던 것 같아서 뭔가 분하다. 하지만 시노부로부터 낮부터 몇 번이나 도발을 받고 있어서 새삼 흠을 잡는 것도 부아가 치민다. 반론하는 것도 귀찮아져서 도오루는 지친 목소리로 말했다.

"다카미도 그렇고 너도 그렇고, 어째서 그렇게 나하고 다카코를 연결하고 싶어하는 거냐. 도대체 이해가 안 된다. 재미있어 죽으려고 하면서."

결국 불평을 쏟아놓자, 시노부가 보기 드물게 진지해졌다.

"이봐, 그건 아냐. 순서가 바뀌었어. 너희들이 연결되고 싶어하는 것처럼 보이는 거야."

도오루는 엉겁결에 그의 얼굴을 보았다.

"설마. 정신 좀 차려줘."

"정말이야. 너희들은 모르는 것 같지만."

"알든지 모르든지."

바보 같은 소리 하지 마. 애초에 이어질 수가 없다고. 우리는 남매란 말이야. 도오루는 마음속으로 소리쳤다.

"뭐야. 알든지 모르든지, 그 다음은?"

시노부가 파고든다. 도오루는 아차 싶었다.

"아무것도 아냐."

도오루는 동요한다. 지금, 내가 뭐라고 한 거지?

그때까지의 그는 그녀를 자신과 남매라고 자각한 적은 없었다. 머릿속으로는 그 사실을 알고 있었지만, 자신의 내면에서 구체적으로 말한 적이 없었던 것이다. 그러나 왠지 그 순간, 도오루는 자신과 다카코가 같은 피로 이어져 있다는 사실을 강하게 인식하고 있었다. 틀림없이 자신들이 피를 나눈 남매라는 것을. 더욱이 더 놀란 것은 그것이 오늘 처음 느끼는 감정이 아니라는 것이다. 줄곧 자기 속의 저류(底流)로서 인정하고 있던 사실이었는데, 단순히 스스로 말로 하지 않았을 뿐 아주 옛날부터 알고 있던 감정이었던 것이다.

그러나 그렇게 스스로 인정한 것이 도오루를 심하게 동요하게 만들었고, 초조함마저 느끼게 한다.

어이, 그게 어쨌다고? 그래서 뭐라는 거야. 그런 건, 단순한 기정사실이야. 내가 하늘이 파랗다는 걸 인정했다고 해서, 세상에 달라지는 것은 아무것도 없어. 지금까지의 관계도 지금부터의 관계도.

"도오루는 말이야, 훌륭해."

시노부가 중얼거렸다.

"뭐?"

도오루는 순간 그의 말을 알아듣지 못하고 반문했다.

시노부는 되풀이한다.

"훌륭해. 너는. 잘하고 있어. 네가 무엇을 지향하며 무엇 때문에 노력하는지는 알고 있지만 말이야."

"뭐야, 그 에두르는 말투는."

다소 농담처럼 대꾸했어도 시노부의 표정은 달라지지 않는다.

"설교 좀 해도 되냐."

"나한테?"

시노부가 고개를 작게 끄덕인다.

"그래. 좀더 깊은 밤에 말할까, 잠자코 있을까도 생각했지만, 단체보행의 남은 시간도 점점 적어져 가고, 너 테니스부 친구들과 걸을 테니까 지금 말해두는 게 좋을 것 같아서."

"흐음. 좋아."

도오루는 흥미를 느꼈다. 평소 이 두 사람의 대화는 분위기만으로 진전된다. 말의 단편만 주고받아 두 사람이 그리고 있는 그림은 주위 사람들에게는 보이지 않는다.

거기 사과가 있다고 굳이 말하지 않아도 사과의 모양과 냄새에 대해 살짝 언급만 하면, 사과의 존재에 대해 충분한 공감과 충족감을 얻을 수 있는 것이다. 오히려 사과가 있다는 것을 말한다는 게 부자연스럽고 어색하다. 그곳에 명확히 존재하는 사과를 무시하는 척함으로써 그들은 한층 공감을 더할 수 있다. 두 사람은 그걸 자랑스럽게까지 생각하고 있었다.

그러나 때로 어느 쪽인가가 사과의 존재를 이야기하지 않으면 안 될 때가 있다. 그때 다른 한 사람이 어떻게 할지 시험에 든다. 사과를 치울까, 먹어버릴까, 그대로 썩게 내버려둘까. 대체 그 사과는 어떤 맛일까. 지금 두 사람은 그것을 확실히 하려 하고 있다. 지금부터 하는 이야기는 후에 두 사람에게 있어 아주 중요한 이야기가 될 것이다.

"우리 사촌형이 초등학교 선생님이 되었어."

시노부가 침착한 어조로 이야기를 시작했다. 설교하겠다고 했지만, 언제나처럼 담백한 어소는 변함이 없다.

"옛날부터 초등학교 선생님을 지망했거든. 원래 그림책이나 아동문학을 좋아했어. 그래서 전부터 종종 우리 집에도 추천도서를 갖고 오곤 했지. 그러나 난 소설이니 판타지니 별로 좋아하지 않아서 거의 읽지 않았어. 누나들은 잘 읽었지만. 그런데 최근 어쩌다 심심풀이로 누나 책장에 있는 책을 읽었어. 『나니아 연대기』라고 하는, 완전 딴 세상의 판타지였는데."

"흐음."

"읽은 적 있냐?"

"없어. 나도 별로 책을 읽지 않아서."

"그러냐. 뭐, 내용 설명은 넘어갈게. 몇 권이나 돼, 시리즈물이라서. 한가하기도 하고 끝이 어떻게 되는지 궁금해서 일단 마지막까지 읽었어."

"어떻게 되었는데?"

"그건 이 이야기와 관계없으니까 패스. 원한다면 빌려줄 테니 읽어봐. 그래서 마지막까지 다 읽었을 때 내가 어떤 생각을 했는가 하면, 어쨌든 머리에 떠오른 것은 '아뿔싸' 하는 말이었어."

"아뿔싸?"

"응. '아뿔싸, 타이밍이 늦었다.'야. 어째서 이 책을 좀더 옛날, 초등학교 때 읽지 않았을까 몹시 후회했어. 적어도 중학생 때에라도 읽었더라면. 10대의 첫머리에서 읽어두어야 했어. 그랬더라면 분명 이 책은 정말 소중한 책이 되어, 지금의 나를 만들기 위해 뭔가가 되어주었을 거야. 그렇게 생각하니 분해서 견딜 수 없어졌어. 사촌형은 아무 생각 없이 책을 주었던 게 아니었어. 우리 남매의 나이며 흥미 대상을 생각해서, 그때에 어울리는 책을 골라주었던 거야. 사촌형이 책을 주었을 때 바로 읽었더라면, 사촌형이 골라준 차례대로 순순히 읽었더라면, 이런 일은 없었을 텐데. 그만큼 분했던 일은 최근에 없었던 것 같아."

"오."

도오루는 의외라고 생각했다. 시노부는 과거의 일에 연연하지 않는 타입이라고 믿고 있었기 때문이다.

"그러니까 말이지, 타이밍이야."

시노부는 나직하게 이야기를 계속했다.

"네가 빨리 훌륭한 어른이 되어 하루라도 빨리 어머니에게 효도하고 싶다, 홀로서기 하고 싶다고 생각한다는 건 잘 알아. 굳이 잡음을 차단하고 얼른 계단을 다 올라가고 싶은 마음은 아프리만큼 알지만 말이야. 물론 너의 그런 점, 나는 존경하기도 해. 하지만 잡음 역시 너를 만드는 거야. 잡음은 시끄럽지만 역시 들어두어야 할 때가 있는 거야. 네게는 소음으로밖에 들리지 않겠지만, 이 잡음이 들리는 건 지금뿐이니까 나중에 테이프를 되감아 들으려고 생각했을 때는 이미 들리지 않아. 너, 언젠가 분명히 그때 들어두었더라면 좋았을걸 하고 후회할 날이 올 거라 생각해."

시노부의 이야기 속도는 점점 빨라져갔다.

화가 났는가도 생각했지만, 오히려 도오루에게는 그런 시노부가 매우 신선했다. 이런 식으로 잇따라 공격하듯 진부한 대사를 토할 줄 아는 놈인 줄은 몰랐다. 먹어볼 때까지는 어떤 사과인지 모르는 것이다.

"그 잡음이라는 것은, 여자냐? 여자와 사귀는 것?"
"으음. 모르겠어. 그 중 하나일지도 모르지만, 전부는 아냐."
"나는 어떻게 하면 좋은 거야?"
"어떻게 하라고는 말하지 않겠지만, 좀더 흐트러졌으면 좋겠다."
"지금도 꽤 흐트러져 있는데, 나."
"그러니까, 좀더 말이야."
"좀더 흐트러져라."

두 사람은 나란히 입을 다문다. 한참동안 묵묵히 걸어갔다.

기온이 점점 떨어지는 것이 느껴진다. 움직이고 있어서 춥지는 않지만, 문득 의식했을 때 어깨와 팔이 의외로 차가워져 있음을 느끼는 것이다.

"세상은 정말 타이밍이야. 순서라고 해도 좋겠지만."

시노부가 한숨을 섞어 중얼거리며, 도오루의 얼굴을 보았다.

"순서가 달랐더라면 어떻게든 되었을 텐데 하는 것, 없냐?"

"있는 것 같아."

"……그야, 귀여운 아이라고 생각했어. 하지만 처음 만났을 때, 나는 단순히 곁에서 시중드는 사람이었어."

도오루는 시노부의 얼굴을 본다.

무슨 이야기야?

당황스러웠지만 시노부는 설교한다고 하면서 실은 자신의 이야기를 하고 싶은 것 같았다.

누구 이야기야, 하고 묻고 싶었지만 좀더 이야기하게 놔두는 편이 낫겠다고 판단한다.

시노부는 계속했다.

"수영부에서 친한 녀석이 있었어. 그 녀석의 소꿉친구였대. 이제 와서 격식을 차리고 이야기하는 것이 쑥스럽고, 들어줄지 어쩔지도 모르니까 같이 가 달래. 그렇게 말하는데 거절하지 못하잖아, 보통."

"응."

우선 맞장구를 친다. 시노부 역시 자신이 맥락 없는 이야기를 하고 있다는 것을 알고 있는 것이다.

"쫄래쫄래 따라갔지. 귀엽기는 했지만 친구의 상대라고 생각하면 별로 아무 느낌 안 들잖아?"

"그렇지. 그런데 그 여자아이는 우리 학교 학생 아니잖아?"

"응, 그래. 그래서 그녀는 당황하긴 했지만 일단 놈과 사귀는 것을 받아들였어. 물론 놈은 몹시 기뻐했지. 나도 축복했어, 진심으로."

"흐음. 그걸로 끝이야?"

"설마. 이야기는 지금부터 시작이야."

시노부는 어깨를 으쓱했다.

"이제 내 역할이 끝났는가 싶었는데, 그렇게 되질 않더군. 둘이서 만나기 쑥스러우니까 함께 가달라고 해서, 몇 번이나 데이트에 같이 어울려주었지. 그러길 원하는 것은 놈뿐만이 아니라 그녀도 그렇다고 하니까, 어쩔 수 없잖아? 이게 뭔가 싶었지만, 그야 놈을 위해서니까 나도 노력했지. 웃기기도 하고 화제를 제공하기도 하고, 때때로 눈치껏 둘만 있게 만들어 주기도 하고. 나름대로 정성을 다했지."

"점점 이야기가 보이는구나. 그래서 네가 그녀를 차지했다는 거냐?"

"이런, 이런. 이야기는 그렇게 단순하지 않아."

시노부는 달래는 듯한 목소리로 말했다.

"세 사람의 데이트가 한동안 계속되더니, 이윽고 희한한 상태가 되어버렸어. 놈도 그녀도 따로 나를 만나고 싶어하는 거야. 놈은 아무리해도 그녀의 마음을 잡을 수가 없다, 그녀가 자신을 좋아하는지 어떤지 모르겠다고 하고, 그녀는 놈과 잘해 나갈 자신이 없다 어떻게 하면 좋겠냐고 하고. 놈은 그녀의 진심을 알아내서 잘해 나가도록 설득해 주길 원하고, 그녀는 놈에게 상처 입히지 않고 헤어지는 방법을 찾아달라고 하고. 완전히 둘 사이에 끼어 꼼짝도 못하게 되었지. 고통스러운 상태가 계속되었어. 그러나 결국은 어떻게도 되지 않았어. 그런 상황이었으니, 두 사람은 결국 헤어졌지. 하지만 놈과도, 그녀와도 만나는 일은 그 후에도 계속되었어. 만만한 카운슬러였던 거지. 그녀도 걸핏하면 내게 상담을 해오게 되었어. 어쨌든 그녀는 인기가 많았으니까, 유혹하는 사람도 부지기수. 교제 신청을 한 상대가 우리 학교인 경우 성격조사 같은 것도 했지."

"수지가 안 맞네."

"그렇지? 그 무렵에는 알고 지낸 지가 꽤 오래 되어서, 새삼스럽게 거절하는 것도 뭣했어."

"그래서 너와 그녀 사이에는 사랑이 싹트지 않았고?"

기다리다 지친 도오루가 물었다.

"문제는 그거야."

시노부는 도오루가 앞서 서두르는 것을 눈치 챘는지 어쨌는지, 여전히 담담하게 이야기를 진행한다.

"싹트지 않았던 거야. 적어도 내 쪽은."

"그럼, 그녀 쪽은."

"응. 어떤 바보라도 알 거야. 그녀가 나를 만나기 위한 구실로 여러 가지 상담을 부탁해 왔다는 것은."

"그녀가 확실하게 고백하지 않았어?"

"그것에 가까운 것은 몇 번 있었지만."

"그래서?"

"그러니까 타이밍이야. 처음에 친구의 여자친구로 소개받았고, 단순한 입회인 혹은 상담역으로 오랜 시간 지나온 탓에 새삼스럽게 역할을 바꾸질 못해. 나는 그때까지의 역할을 계속하면서, 그녀의 마음을 눈치 채지 못한 척했지."

"가엾게도."

"그럴지도 모르지만, 처음에 내게 그런 역을 할당한 것은 그녀야. 그럼 그때까지의 나의 노력은 뭐였냐는 게 되잖아."

"뭐 그렇겠군. 그래서 어떻게 되었어?"

도오루는 그 다음을 재촉했다.

"어떻게도 되지 않았어. 그런 어중간한 상태가 계속되었어. 그녀는 점점 내게 보란 듯이 남자를 사귀고, 그 경과를 일일이 내게 보고하더군."

"무섭네. 만나는 것을 그만둘 수는 없는 거였어?"

"그게 가능했다면 고생은 안 하지. 여기서 그만두면 내가 그녀의 마음을 안다는 걸 인정하게 돼버려. 그래서 착한 오빠 역할을 그만둘 수가 없었어."

"그런 거구나. 너는 정말 전혀 그런 마음이 없었어? 그녀와 사귀고 싶다거나 하는."

"없었어."

시노부는 단호히 대답했다.

"어쩌면 처음에는 있었을지도 몰라. 친구에게 소개받았을 때는 마음 어딘가 그런 감정이 있었을지도 모르지만, 그녀와 그런 관계가 된 후로는 점점 그런 마음이 사라져갔어."

"그럴 수도 있겠군."

"그래서 순서에 대해 생각한 거야. 만약 처음에 자유로운 상태에서 그녀를 소개받았더라면 그녀와 사귀었을까, 하고. 그러나 그녀에게 그런 마음이 든 것은, 그런 상태에서 만나 거리를 두고 내게 상담할 기회가 있었기 때문이라 생각해. 전혀 아무것도 없는 상태에서 사귀기 시작했더라면 이내 끝나지 않았을까 싶어."

"과연."

이윽고 이야기의 종점이 보이는 것 같아, 도오루는 크게 고개를 끄덕였다.

확실히 순서라는 것은 중요하다.

아버지가 그 여자를 먼저 만났더라면. 그 여자가 헤어지지 않았더라면. 그랬더라면 여기에 존재하는 나는 어떤 인간이 되어 있었을까. 아니, 과연 나는 존재하고 있었을까. 어쩌면 아버지와 그 여자와 다카코라는 3인 가족으로 사이좋게 살았을지도 모르는 일이다. 지금의 집에는 어머니도 나도 존재하지 않고, 그 세 사람이 살고 있었을지도 모른다.

"근데, 네게 그런 상대가 있었던 줄은 몰랐네. 전혀 눈치 채지 못했어."

세 사람의 이미지를 지우며 도오루는 그렇게 말했다.

"조심했었지. 그녀를 처음 소개한 친구에게는 만난다는 것을 알리고 싶지 않았으니까. 남들 눈을 신경 썼지."

"흐음. 그 테크닉은 전수받고 싶은걸."

"게다가 올해 들어서부터는 줄곧 연락이 끊겼었어. 그래서 솔직히 이제 포기했구나 생각하고, 안심하기까지 했지."

"과거형이라는 것은 그렇지 않았다는 것이군."

시노부는 쓰디쓰게 끄덕였다.

"질렀어. 오랜만에 호출이구나 싶었더니, 아이를 지웠다는 거야."

"뭐?"

도오루는 순간 사고가 멎어버리는 듯한 상태에 빠졌다.

이 이야기, 최근 어딘가에서 들은 적이 있다.

"어이, 그 여자아이가 설마."

"그래. 서고의 그녀야. 후루카와의 사촌동생. 아까 사진이 돌던 그 아이."

시노부는 씁쓸한 얼굴로 끄덕인다.

"이야. 몰랐어. 너하고는 전혀 소문도 나지 않았잖아."

"그러니까 조심을 했었고, 실제로 나와는 아무것도 없었다고."

"애 아빠. 정말 너 아니야?"

"아니라니까."

시노부는 내뱉듯이 대답한다.

"그럼, 그녀는 애 아빠 이름은 밝히지 않은 거야?"

"응. 우리 학교 3학년이라고밖에 말하지 않아."

"역시 그렇게 되는구나."

시노부의 한숨 섞인 목소리를 들으면서, 도오루는 개운치 않은 기쁨을 느끼고 있었다.

사람은 저마다 고민이 있으며, 저마다 다른 곤란함이 있다는 것. 시노부가 아마도 줄곧 혼자 고민해 왔을 이야기를 털어놓아 준 것. 그런 안도와 감동이 섞여 그는 잠시 말문이 막혔다.

"안됐구나. 너도, 그녀도."

겨우 그 말만 하자, 시노부는 모호하게 맞장구를 쳤다.

"뭐, 애써 객관적으로 보자면 가엾다고 생각되지만, 지금의 나는 그녀를 많이 원망하고 있어."

"그렇겠지."

"도대체 내가 어떻게 해주길 원해서 그런 이야기를 털어놓은 걸까. 아이 아빠가 누군지 캐물어 봐야 아무 도움도 되지 않고, 화를 내야 좋을지, 울어야 좋을지 모르겠어. 그녀 역시 자신이 어떻게 하고 싶은지 내게 무엇을 바라는지 모를 거야. 아이를 지웠다, 그 말만 하고 그 다음은 아무 말도 안 하는걸. 내 얼굴만 물끄러미 보고 있을 뿐. 비난을 원하는지 위로를 원하는지. 정말 어떻게 해야 좋을지 몰라서, 나 바보처럼 멍청히 서 있었어."

그 장면을 상상하던 도오루는 여자의 얼굴이 다카코가 되어 있는데 놀랐다.

황급히 지운다. 어째서 이런 장면에 튀어나오는 거야.

"너의 표현을 빌자면."

무의식중에 그렇게 말하고 있었다.

"네가 좀 흐트러지길 바라는 거 아닐까. 너와 연관짓고 싶어서, 책임을 느끼게 하고 싶어서 그런 말 한 게 아닐까."

흐트러져라. 불과 조금 전에 그런 말을 한 것은 시노부였다.

시노부가 어이없다는 얼굴로 도오루를 보았다.

"그런가. 그런 뜻인가."

시노부는 찬찬히 도오루의 얼굴을 들여다본다.

"역시 자신의 문제에 대해서는 모르는 거구나."

"그러게."

두 사람은 서로 공감하여 끄덕이고는 발밑을 바라보며 묵묵히 걸음을 계속했다.

하지만 그 침묵은 평소와 달리 웅변적이며 친밀하여, 조금 따뜻한 느낌이 들었다.

"지금, 여기에 뭐가 있으면 기쁠까?"

지루한지 리카가 물었다.

"으음."

다카코와 치아키는 맥 빠진 목소리로 대답한다. 생각하는 것이 귀찮다는 마음과 대답하고 싶다는 마음이 가슴속에서 싸우고 있는 것이다.

"역시 이불과 베개일까. 저기 양배추밭 위에 이불이 깔려 있으면, 망설이지 않고 쓰러져 누울 거야."

치아키가 원망스러운 듯한 목소리로 말했다. 그런 안락한 것을 생각해 버린 걸 후회하는 듯한 목소리다.

"좋겠다, 이불과 베개. 다리 쭉 뻗고 누울 수 있다는 것만으로 행복."

"양배추밭에 이불을 쫙 깔아놓으면 다들 놀랄걸."

"날이 새자마자 잠이 깰걸."

"아, 짜증나. 다른 걸로 해. 더 피곤해지잖아."

자기가 대답한 주제에 치아키는 고개를 저었다.

"나는 라면. 오토바이로 쫓아온 철가방에서 따뜻한 된장라면이 나온다면 정말 기쁠 거야."

리카가 손을 맞잡으며 그렇게 말했다.

"뭐야, 먹는 걸로 온 거야? 그렇다면, 나는 봉골레 스파게티가 먹고 싶어. 수프가 아주 따뜻한 걸로."

"생크림 듬뿍 올린 케이크도 좋아."

"앗, 그렇지."

다카코는 주섬주섬 주머니를 뒤졌다.

"까맣게 잊고 있었네. 아까 미와링에게 라쿠간 얻었어."

"우와."

"그런 건 빨리 말해야지."

환성과 비난을 동시에 받은 다카코는 머리를 숙이면서 과자를 나눠준다. 그리고 자기 입에도 하나 넣는다. 위턱에 달콤함이 살짝 퍼져가고, 동시에 입 안이 건조해지는 것이 느껴진다.

"맛있다."

"근데 목이 마르네."

"다시 살아난 것 같아."

"밤에 이렇게 단 걸 먹으면 어떻게 되지."

"상관없잖아, 이렇게 걷는데."

달콤한 것을 먹는 행복은 이런 곳에서도 마찬가지다. 아니, 더욱 행복할지도. 게다가 밤을 새워 걸으면서 달콤한 것을 먹다니, 죄책감에 꺼림칙한 만큼 가슴은 더욱 설렌다.

"그러고 보니 다카코의 대답 아직 안 들었네."

리카가 라쿠간을 뱃속에 넣은 후에야 생각났다는 듯이 고개를 들었다.

"뭐가?"

"아까 질문. 지금 여기에 뭐가 있으면 기쁠까."

"아아. 아직 계속하는 거였어?"

"그래. 질문 게임, 아직도 계속됩니다."

리카는 아직 이야기를 계속할 생각인 것 같다.

"안나일까. 응, 지금 안나가 여기에 나타난다면 기쁘겠어."

다카코는 라쿠간을 오물오물 씹으면서 중얼거렸다.

"오, 근사한 대답인걸? 준야 어디 갔지, 준야. 들려주고 싶네. 멋진 우정의 메시지를."

"아마, 지금은 미와코에게 가 있을 거야."

치아키의 대답을 듣고 다카코는 또 약간 굳어졌다.

준야는 아까 내게 한 질문을 그녀에게도 던졌을 것이다.

친구의 남매. 그 말을 듣고, 미와코는 어떻게 느낄까. 물론, 그녀의 경우 자신의 남매를 떠올릴 테니 나에 대해 생각하지 않을 거야.

그렇게 자신에게 위로했지만, 왠지 마음은 안정되지 않는다. 준야가 또 뭔가 이상한 말을 미와코에게 하는 게 아닐까 불안해지는 것이다. 그것이 뭔지는 잘 모르겠지만.

게다가 지금 여기 있길 원하는 것으로 안나를 든 것은 리카가 말하는 우정 때문이 아니라, 안나가 어디까지 알고 있는지와 편지의 의미를 알고 싶어였기 때문이다.

"우치보리는 뭘 줄지 모르겠네."

치아키가 중얼거렸다.

"아아, 니시와키의 생일? 좋네, 그거 맞춰보지 않을래? 보행제가 한창인 도중에 좋아하는 그에게 선물할 것. 뭐가 어울릴까."

리카가 검지를 세워 보인다.

다카코는 내심 한숨을 쉬었다.

맙소사. 니시와키 도오루, 어째서 너만 이렇게 인기냐.

"부피가 큰 건 줄 수 없겠지. 비싼 것과 망가지기 쉬운 것, 무거운 것도 이 경우 NG겠지."

치아키는 진지하게 생각하는 모습이다.

"현재 원하는 것은 물건보다 노동일 거야. 짐을 들어준다거나. 휴식시간에 마사지를 해준다거나."

리카가 중얼거렸다.

"그럼, 어깨 안마해 주기 추천."

"어버이날도 아니고."

"파스나 반창고."

두 사람의 맥없는 대화를 들으면서 다카코는 상상했다.

니시와키 도오루에게 주는 선물. 내가 할 수 있는 것은 사라져주는 것 정도일까. 그의 앞에서, 그의 생활권에서 모습을 감추는 것을, 그는 제일 좋아할 것이다.

"다카코는?"

그 질문에 다카코는 주머니를 툭툭 쳤다.

"이거. 라쿠간. 너희들도 받으니 기뻤지."

"아, 그렇지. 달콤한 것, 기쁘지."

"역시 그게 좋겠구나. 달콤한 것이라면 받아도 방해가 되지 않고, 바로 사용할 수 있고."

받아도 방해가 되지 않는다. 우치보리 료코는 정말 도오루에게 선물을 할까. 그리고 도오루는 어떤 얼굴을 하고 그것을 받아들일까.

그럼 내게는? 나는 그에게 무엇을 원하는 것일까.

왠지 '마음의 평안'이라는 말이 떠올랐다.

우, 제법 노인 같은 말을 떠올리는걸, 하고 자신에게 농담을 던져 본다.

그러나 그것은 사실이다. 나는 그와 평범하게 이야기를 나누고 싶다. 그런 눈으로 보지만 않고 서로 웃을 수 있다면 그것으로 충분하다.

하지만 둘이서 서로 웃고 있는 모습을 도저히 상상할 수 없다. 그런 날이 오기나 할까. 그렇게 생각하자, 아무래도 우울한 기분이 된다.

"그러나 정말 좋은 시간이야. 매년 생각하는 것이지만, 이런 시간에 이런 곳을 걷고 있다는 걸 믿을 수 없어."

리카가 손목시계를 보았다.

따라서 자신의 손목시계를 보니, 벌써 열 시가 지나고 있다.

어릴 때는 깨어 있는 것도 허락되지 않았던 시간이다. 하지만 지금은 눕기는커녕 밤새워 걷지 않으면 안 된다. 어른이 된다는 것은 부조리한 것이다.

그건 그렇고 줄곧 생각하지 않으려 했지만, 슬슬 발의 상태가 심각해지고 있었다.

괜찮을까. 아직 견딜 수 있을까 모르겠네.

큰 돌을 밟아버리고는 그 아픔에 혀를 차면서 다카코는 불안을 억눌렀다.

한 걸음 걸을 때마다 발바닥이 따끔따끔 아파 신발 속에 침봉이라도 깔았는가 싶을 정도다. 종아리는 이미 더 이상 무리라고 할 정도로 부어 있고, 무릎도 지쳐 있다. 무엇보다 다리가 올라가지 않게 되어 대단찮은 계단이나 작은 돌에도 휘청거린다.

이런 상태인 것이 자신뿐만이 아니란 건 알고 있지만, 아무도 불평을 하지 않다 보니 자신이 다른 사람들보다 허약한 게 아닐까 불안해진다.

의외로 피곤한 것은 눈이다. 하루 종일 초행길을 계속 걷고 있으니, 눈은 필사적으로 주위의 정보를 모으고 있다. 손목시계를 보면서 좀처럼 초점이 맞지 않아 눈을 깜박이고 있는 자신을 깨닫는다.

물론 등도 아프다. 류색을 짊어지고 있는 어깨의 통증과 이어져 버려, 류색과 등 사이에 판자가 한 장 들어가 있는 듯한 느낌이다.

이런 식으로 육체적인 고통을 자각해 버리면, 그것은 금세 전신을 감싸 도저히 견딜 수 없을 것처럼 느껴진다. 한 걸음 걸을 때마다 통증이 전신을 꿰뚫어 안쪽에서부터 조금씩 정신을 무너뜨리고 있음을 느끼는 것이다.

그리고 통증에 정신을 빼앗기다 보니 말이 없어진다.

밤이 되었을 때의 흥분이 가라앉자 모두들 말수가 적어진다.

행렬에는 고요가 감돌고, 발소리만이 원망스러운 듯이 따라온다.

하지만 아직 앞으로가 더 힘들다는 것을 상급생들은 알고 있다.

밤 열두 시가 지나 임시수면장에 도착할 때까지의 약 두 시간 정도가 제일 고통스러운 것이다. 앞으로 나아간다는 것조차 고통이 되어, 표정을 꾸밀 수도 없어진다. 불쾌함을 넘어 피로에 감정을 빼앗겨버리고, 그저 움직이기만 할 뿐인 생물. 그렇게 되는 시간이 조금씩 가까워지고 있다.

"생일 축하해, 도오루!"
걸으면서 반쯤 졸고 있었던 것 같다.

느닷없이 큰 소리로 이름을 부르며 누군가 등을 치는 바람에, 도오루는 깜짝 놀라 돌아보았다.

"……어어?"

스스로 생각해도 자다 깬 것처럼 얼빠진 소리가 나왔다.

"열여덟 살을 축하한다! 좋겠네, 이제 결혼할 수 있다."

어느 틈엔가 고이치로가 바로 뒤에 있었다. 힘이 넘쳐나는 아우라를 발산하고 있는 걸 보니, 괜히 더 피로가 느껴진다.

열여덟 살. 듣고 보니 생각난다. 생일이군.

"그랬나."

손목시계를 보니 막 열두 시가 지나고 있었다. 벌써 날짜가 바뀐 것이다.

"성인이구나, 성인."

"고이치로는 생일이 언제야?"

하품 섞인 목소리로 묻는다. 고이치로는 고개를 홱 돌렸다.

"나는 삼월이야. 열여덟 살이 되려면 졸업한 후라야 된다구."

"학교를 일찍 들어왔구나. 일찍 들어온 애답다, 너."

"흥. 어차피 꼬마라는 소리군. 옛날부터 같은 학년의 키 큰 여자아이들에게 괴롭힘 많이 받았다. 영웅의 불우한 시대지."

"누가 영웅이래? 뭔가 줘, 선물."

도오루가 손을 내밀자 고이치로는 검지를 흔들었다.

"자, 자, 이제 곧 파티라니까."

"파티?"

"토요일 밤은 파티를 하는 거라고."

"아직 금요일 밤일걸."

"쳇, 똑같은 소릴 하고 있네."

"똑같은 소리?"

"역시 이심전심이군."

"무슨 말이야."

"잠시 후에 불러올 거야."

고이치로는 예의 걸걸한 목소리로 떠들고 싶은 만큼 떠들더니 금세 모습을 감췄다. 그가 가고 나자 기온까지 떨어지는 듯한 느낌이 들어 안도한다. 피곤할 때 그런 녀석은 완전 민폐다.

"저 녀석, 이렇게 늦은 시간인데 아직 컨디션 절정이네. 언제까지 버틸까."

"해피 버스데이."

시노부가 옆에서 리듬을 붙여 중얼거렸다.

"감사, 감사."

도오루는 과장되게 머리를 숙여 보인다.

"축하한다. 분명 어머니도 기뻐하고 계실 거야."

시노부는 진지한 목소리로 말했다. 도오루도 순순히 끄덕인다.

"그렇겠지. 잘도 여기까지 성장했다고."

주위는 이미 캄캄한 밤중이었다. 긴 행렬은 이제 완전히 지칠 대로 지쳐서, 모두들 아무 생각 없이 발을 움직이고 있다. 공기는 차가웠지만 몸은 과열되어 계속 켜둔 기계처럼 축 늘어져 불쾌한 열을 내뿜고 있다. 특히 전신의 관절은 둔한 통증을 동반한 열을 내고 있었다. 도오루는 무릎에 대해서는 가능한 한 의식하지 않으려 애썼지만, 오래된 상처가 슬슬 욱신거릴 것 같은 예감이 든다.

앞쪽에 가는 학생들의 깜박거리는 회중전등을 보고 있으니, 자신들이 좀비의 무리나 유령집단이라도 된 것 같다.

누구에게도 보이지 않는. 불현듯 그런 생각이 들었다.

멀리 하얀 대열을 자세히 바라본다. 저것은 정말 살아 있는 인간일까?

우리는 보행제를 하고 있다고 생각하지만, 실제로는 그게 아닐지도 모른다. 우리는 유령으로, 몇십 년 전에 죽었지만 그것을 깨닫지 못해서 지금도 고3이라는 생각으로 끝없이 보행제를 반복하고 있는 것이다……

"우리, 죽어 있는 것일지도 몰라."

"엉?"

시노부가 귀를 가까이 가져왔다.

"흔히 있잖아, 병사들의 행렬이 밤중에 뒷산을 저벅저벅 행진해 갔다거나. 시베리아에서 철수하고 집으로 돌아가는 도중이라거나. 지금 우리들이 그런 게 아니라는 걸 어떻게 증명하지?"

"유령이라는 말?"

시노부는 의아스럽다는 목소리다.

"그래."

"글쎄다. 유령도 지칠까. 아픔이나 피로 같은 거 느낄까."

"기억은 남아 있지 않을까."

시노부는 어깨를 움츠렸다.

"⋯⋯아버지 보고 싶니?"

유령 이야기에서 연상했는지, 잠시 후 시노부가 물었다. 도오루는 고개를 갸웃거린다.

"글쎄. 냉정한 것 같지만, 아직 괜찮아."

"보고 싶지 않아?"

"응. 지금은 괜찮아."

이야기할 게 없을 것 같은 생각이 들었다. 물어보고 싶은 것은 몇 가지 있지만 제대로 질문하지 못할 게 뻔하다. 분명 만나도 서로에게 안타깝기만 할 것이다.

"하지만 훨씬 나중이 되어 내게 자식이 생긴다면, 보고 싶다고 생각할지도 몰라."

"흐음."

훨씬 나중. 더 나중. 그것이 이 길의 건너편에 계속되고 있다는 실감은 지금은 아직 없다. 하지만 우선 눈앞의 길로 전진해서, 학교까지 걸어서 돌아가지 않으면 안 된다.

훨씬 나중. 그것은 어디쯤에 있는 것일까.

기다리고 기다리던 호루라기 소리가 울려 퍼졌다.

낮에는 호루라기와 호루라기 사이의 간격이 몹시 짧게 느껴졌는데, 지금은 다음 호루라기까지의 시간이 얼마나 긴지.

"아아, 지쳤다."

비명 섞인 만세 소리에는 이제 힘도 없다. 학생들은 쓰러지듯 길가에 주저앉는다. 축 늘어져서 다리를 내팽개친다. 주위는 캄캄하고 인적도 전혀 없다.

논밭 사이로 뻗은 아스팔트 보도에 류색을 베개 삼아 완전히 누워버린 학생도 있다.

생기 없는 집단이 어둠의 밑바닥에 주저앉아 있는 모습은, 어딘가 이상하다.

"벌써 열두 시 지났나."

리카가 눈을 깜박이며 손목시계를 들여다보고 있다.

"최고로 힘들지, 지금쯤이."

"온몸이 아파. 어째서 팔이며 허리며 이렇게 아플까."

다카코는 스트레칭을 하려다가 어깨의 통증이 심해서 비명을 질렀다.

"짐이 없었더라면 조금은 편했을 텐데."

"할 수 없잖아. 원래 두 발 보행은 생물학적으로 말해 부자연스러운 거니까."

"지금부터 임시수면장에 도착할 때까지의 두 시간이 힘들 거야. 이제 목소리도 나오지 않아."

치아키가 목을 누른다.

그렇다. 어쨌든 이른 아침부터 계속 떠들다 보니, 다카미 고이치로 정도는 아니지만 목소리가 걸걸해졌다. 온몸이 극한상태를 맞이

하고 있지만 목은 특히 혹사한 부분의 하나일 것이다.

"발 아파. 발바닥, 찌릿찌릿한 게 감각이 없어."

"리카도?"

"응. 발바닥에 두꺼운 바닥이 하나 더 있는 것 같아. 그 부분이 아파."

"맞아, 맞아. 발 그 자체가 아픈 게 아니야. 발에서 일 센티미터 정도 떨어진 곳이 욱신욱신 아파. 느낌상으로는 한 치수 더 큰 발이 있는 것 같아."

"욕실에서 청소할 때 신는 부츠 같은 크기로."

"그래. 그 정도로 발이 부은 느낌."

"이게 말이야, 내일, 아니 벌써 오늘인가, 전부 끝나고 집에 돌아가 자려고 하면 등이 아파서 잠을 잘 수가 없잖아. 이불에 누우면 '아악' 하고 비명이 나오지. 그래도 지칠 대로 지쳤으니 금세 잠들어버리긴 하지만 말이야."

"응. 오늘 낮이면 전부 끝나 있다고 생각하니 신기해."

"어째서 이런 곳에서 이런 짓을 하지 않으면 안 되는 거야. 부조리해."

치아키와 리카가 그런 이야기를 나누는 걸 듣자, 다카코는 뭔가 갑자기 마음이 불안해졌다.

그 불안에 혼자 어둠 속에서 동요한다.

눈 깜짝할 사이에 어이없이 보행제는 끝나버린다. 벌써 3분의 2는 끝났다. 남은 3분의 1. 아침 햇살도 낮의 자외선도 바닷바람도 쑥떡도 언덕길도 돈지루도 기념촬영도 모두가 과거의 것. 지금은 어제 일이 되어버린 것이다. 열에 들뜬 듯이 기세를 몰아붙여 어느 틈엔가 여기까지 와버렸다.

지금까지의 시간이 아깝다는 생각이 든다. 귀찮지만 고등학교 마지막 기념행사로서 좀더 여러 가지 것들을 제대로 생각할 계획이었는데.

여러 가지 것들을 제대로.

그러나 지금은 피로가 몸의 전부를 차지해 버려서, 어떻게 종점까지 도착할까 하는 것에 온통 마음을 쏟고 있다.

뭐, 생각해 보면 매년 이랬던 것 같군. 행사 당일까지는 끝까지 걸을 수 있을까 하는 불안에 우물쭈물하지만, 막상 시작되면 눈 깜짝할 사이에 끝나고 마음에 남는 것은 기억의 웃물뿐. 끝난 후에야 겨우 여러 장면의 단편이 조금씩 기억의 정위치에 자리 잡아가며, 보행제 전체의 인상이 정해지는 것은 훨씬 나중의 일이다.

그때는 어떤 인상으로 남게 될까.

기억 속에서 나는, 니시와키 도오루는, 어떤 위치에 자리잡고 있을까. 나는 후회하고 있을까, 그리워하고 있을까, 내가 어렸구나 하고 쓴웃음 짓고 있을까. 빨리 돌아볼 수 있으면 좋겠다. 빨리 정위치에 자리 잡아주면 좋겠다. 하지만 지금 나는 아직 자신의 위치도, 자신이 어떤 조각인지도 모른다······.

"어이."

멀리서 귀에 익은 목소리가 다가왔다.

"우와, 왔다."

"아직 힘이 넘치네."

리카와 치아키가 나직하게 속삭인다. 다카코는 움찔했다. 다카미 고이치로다. 설마 이 지칠 대로 지친 한밤중인 지금부터 파티 운운하는 건 아니겠지?

"다카코오."

귀중한 휴식시간을 써가며 비틀비틀 이쪽으로 뛰어오는 바보가 하나 있다. 그것은 역시 고이치로로, 어둠 속에서 크게 손을 흔들고 있었다.

"수고."

다카코는 무릎 위에 양손을 늘어뜨린 채 건성으로 대답했다.

고이치로는 다카코 앞에 넙죽 쭈그리고 앉더니 그 작은 동물 같은 눈을 크게 뜨고 그녀의 얼굴을 들여다본다.

"고다, 약속 기억하고 있지? 파티, 파티."

"기억하고 있지만, 난 안 돼. 완전 녹초. 움직일 수 없어."

"에이. 좋은 거 줄 테니까 와. 응, 응. 저기 리카, 치아키도 꼭 와. 좋은 거 줄게."

"파티라니, 무슨 파티야? 어차피 보행제 자체도 축제라는 이름이 붙은 거긴 하지만 말이야. 별로 축제다운 느낌은 들지 않네."

"아냐, 축제야, 축제. 도오루의 생일파티거든. 모두 한꺼번에 축하해 주자."

"그런가. 그럼 가지."

치아키가 얌체같이 말한다. 낮에 본 도오루의 웃는 얼굴을 떠올리자, 다카코는 가슴 어딘가가 따끔거렸다. 뭐, 나하고는 상관없는 일이지만.

"흐음, 그럼, 나도."

리카도 동조했다. 그렇게 되면 다카코도 가지 않을 수 없다. 하지만 하필이면 니시와키 도오루가 있는 곳이다. 나는 괜찮아도, 그는 싫어하지 않을까.

"다카미, 너, 나한테 다 맡겨놓고 뭐 하는 거야. 얼른 반 가져가."

조금 떨어진 곳에서 뭔가를 양손에 안은 도다 시노부가 소리를 질렀다.

"지금 가, 기다려."

고이치로는 바닥에 주저앉은 채 고개만 돌려 대답한다.

"자, 섰다, 섰다. 대열이 움직이기 시작하면 점점 쫓아가기 힘들어져."

고이치로의 팔에 이끌린 다카코는 마지못해서 륙색을 다시 짊어졌다.

"우……, 일어서는 것도 힘들어."

몸 여기저기가 노골적으로 삐걱거린다.

"자, 모두 일어서시고."

고이치로는 혼자 신나는 얼굴이다. 이 녀석, 낮에는 대체 무엇을 했던 걸까?

비틀비틀 일어서서 길바닥에 축 늘어져 쉬고 있는 다른 학생들을 둘러본다. 걸어가는 다카코 일행을 바라보는 아이들도 있다. 무릎을 안은 채 고개를 숙이고 있는 경우가 대부분이며, 이야기를 하는 학생들은 거의 없다. 남학생들이 교대로 들고 있던 깃발도 지금은 땅바닥 위에 힘없이 나뒹굴고 있다. 이 단계에서 이것을 들고 걷는 것은 상당히 힘들 것이다. 남자가 아니길 다행이야, 내심 뼈저리게 안도한다.

"빨리, 빨리."

도다 시노부는 점퍼에 뭔가를 싸서 들고 있는 것 같았다.

"도다, 뭘 들고 있니."

"무거워 보인다."

"자, 빨리 하나씩 들어."

시노부는 손 쪽을 내려다보았다. 어두워서 잘 보이지 않아 자세히 들여다보니 웬걸, 캔커피다.

"우와, 캔커피다."

"어디서 산 거야?"

"잘도 사왔네, 이렇게 많이."

다카코 일행은 조심스럽게 환성을 질렀다. 주위에서 들으면 미안하기 때문이다.

"헤헤. 내가 도중에 자판기를 발견해서 한달음에 달려갔다 왔지."

고이치로가 우쭐거렸다. 시노부가 한껏 코웃음을 친다.

"그래. 그래서 '가져가.' 하고 내 손에 다 떠맡기고 갔구나."

"그야, 애들을 부르러 가야 했으니까 그렇지."

"내가 그 역을 맡아도 됐을 텐데."

다카코는 머뭇머뭇 캔커피를 들었다.

"이거, 정말 받아도 되는 거니?"

"얼마니? 돈 줄게."

"됐어, 됐어, 내가 한턱 내는 거야. 백 엔짜리가 여섯 개밖에 없어서 여섯 개밖에 못 샀어."

"여섯 개로 충분해."

양손을 벌려 보이는 고이치로에 비해 어디까지나 시노부는 냉정하다. 확실히 캔커피 여섯 개를 이 시간대에 떠맡긴다는 것은, 짐이 가득한 낙타 등에 마지막 보릿단을 올려놓는 것과 같은 가혹한 처사다.

"정말? 멋지다. 다카미. 사랑해."

"나한테 반하면 안 되지, 베이베."

"됐으니까, 다카미, 네 것 들어."

드디어 시노부의 분노가 폭발했다. 고이치로는 황급히 캔커피를 받아 든다.

"휴, 손이 얼어붙는 것 같았네. 자, 반납."

시노부는 나머지 두 개를 들자 점퍼를 고이치로에게 건넸다.

"우와, 나도 얼어붙을 것 같아. 으흐흐."

받아든 점퍼를 걸치며 고이치로도 차가운 부분에 닿았는지 부르르 떨었다.

"기쁘다. 이럴 때 이런 달콤한 음료수라니, 힘이 날 것 같아."

"그런데 정작 중요한 주인공은 어디?"

캔커피를 든 다섯 명이 주위를 둘러보다, 다섯 명은 동시에 시선을 고정시켰다.

"어머나."

고이치로가 황당해하는 소리를 낸다.

그와 동시에 호루라기 소리가 울리고, 주위 학생들이 미처 소리가 되어 나오지 않는 신음소리를 내며 여기저기서 환자들처럼 일어섰다. 그러나 이 다섯 명의 일행은 움직임이 늦었다.

어두워서 잘 보이지는 않았지만, 길바닥에 앉아 있는 니시와키 도오루 앞에 구부리고 앉아 말을 걸고 있는 소녀의 등을 멍하니 바라보고 있었기 때문이다. 그리고 도오루는 호루라기 소리를 듣자 일어서서 그녀를 부축하여 일으켜 세우더니, 그대로 둘이서 나란히 걷기 시작한 것이다.

도오루는 완전히 낭혹스러워하고 있었다.

호루라기가 울려서 무심결에 먼저 일어섰다가, 눈앞의 소녀가 일어서려다 실패했기 때문에 그만 팔을 잡고 부축하게 된 것이다. 그것이 자연스럽게 그녀가 그대로 그의 옆에 나란히 걷는 계기를 만들어준 형국이 되었다.

부축해 주는 게 아니었어.

도오루는 마음속으로 후회하고 있었다.

빌어먹을. 시노부는 어디 간 거야. 갑자기 없어지다니.

뒤를 돌아보고 싶었지만, 그러면 옆의 소녀에게 돌아가라고 말하는 것 같아서 돌아볼 수가 없다. 녀석은 어디에 있는 걸까. 뒤에서 돌아오려고 해도 돌아오지 못하고 나와 그녀를 보면서 따라오고 있을지도 모른다. 얼른 이 녀석을 돌려보내지 않는 한 시노부도 돌아오지 못한다. 머릿속으로 이런저런 생각을 하는 동안, 온몸이 식은 땀투성이가 되어버린 것을 느꼈다.

그러나 옆의 소녀는 좀처럼 돌아갈 기미를 보이지 않는다.

오히려 말없이 옆을 걸으면서 일종의 원망 같은 것을 조금씩 보내오는 듯한 느낌이 들어, 숨이 막힐 것 같아졌다.

더욱이 그는 이 소녀에게 받은 스포츠타월을 바보처럼 목에 감고 있다. 그것은 그녀에게 함께 걷고 싶다고 말하는 것과 같은 것이다.

하지만 아까는 그 외에 선택의 여지가 없었다. 휴식시간이 되기 조금 전, 어느 틈엔가 옆에서 시노부가 사라져 있었다.

피곤하지, 멍청히 걷기만 하고 있지, 주변은 어둡지, 그래서 그가 없어진 것을 알아차리지 못했던 것이다. 어디 갔을까 하고 주위를 둘러보았지만 눈에 띄지 않아서, 휴식시간도 그대로 그 자리에 혼자 주저앉아 있었다.

혼자 있었기 때문에 그녀도 말을 걸 기회라고 생각했을 것이다.

"니시와키." 하고 부르는 소리에 얼굴을 들자 눈앞에 그녀의 얼굴이 있었다.

얼핏 보니 근처에 동행으로 보이는 여자아이가 두 명 있었다. 어두워서 얼굴은 잘 보지 못했지만, 그 중 한 사람이 유사 미와코였던 건 기억한다.

3반의 우치보리 료코.

당했군, 하고 생각했다.

허를 찔렸다고도 생각했다. 솔직히 혀를 차고 싶은 기분이었다.

소문은 듣고 있었다. 그게 아니라도 다른 학생에게 들은 적도 있다. 게다가 어떤 경위로든 자신을 좋아하는 여자아이라는 것은 알게 되는 법이다. 시선의 느낌이며 이쪽을 볼 때의 분위기며 주위에 떠도는 기운으로.

물론 기분이 나쁘지는 않다. 요즘 내가 인기가 좀 있나, 하는 자각도 있다. 하지만 한편으로는 모두 단순히 고등학교 시절의 추억 만들기를 하고 싶어하는 게 아닐까 하는 생각도 든다. 고등학교 3학년도 후반이 되면 뭔가 감상적인 기념품을 만들고 싶은 기분이 드는 것을 모르는 것도 아니다. 그렇지만 그 기념품 만들기에 얼마 안 되는 시간을 써버리는 것은 좀 그렇지, 하는 심경인 것이다.

솔직히 말하면, 도오루는 지금까지 여자와 제대로 사귀어본 적이 없다.

데이트 같은 것은 몇 번인가 해본 적이 있지만, 긴장되고 숨 막히고 조금도 재미있지 않았다. 중3 때도 상대에게 데이트 신청을 받았다. 그냥 괜찮다고 생각하던 여자아이여서, 데이트라는 것에 기대를 했었다. 그런데 화제는 전혀 맞지 않는데다 다른 화제도 생각나지 않고 귀찮다. 성가시다 하는 쪽으로만 점점 생각이 커져서, 한시라도 빨리 여기서 도망치고 싶다는 생각만 하고 있었다.

결국은 그녀의 시선이 따라다니는 것도 싫어져서 피하기만 하고 있었더니, 어영부영하는 사이에 끝나버렸다. 그때 느낀 것은 단 하나, 깊은 안도감이었다는 것이 인상에 남아 있다.

동아리 활동은 바빴고 수험준비도 있었고 고등학교에 들어간 후에도 일찍부터 대학에 신경을 쓰고 있었기 때문에, 솔직히 여자아이와 사귀고 싶다는 생각은 하지 않았다. 대학에 들어간 후에도 충분해, 라고 생각하고 있었을지도 모른다.

여자아이에게 흥미가 없는 것은 아니다. 지금이 그 시기가 아닐 뿐, 오히려 어쩌면 앞으로 자신이 플레이보이가 되지 않을까 하는 예감이 든다. 자아도취도 들어가 있을지 모르지만, 자신에게는 여자아이들이 많이 따른다는 확신이라는 것이 있다.

내게는 어딘지 몹시 냉정한 데가 있어, 하는 걸 도오루는 느낀다.

아버지처럼 되는 것일까. 시침 뗀 얼굴로 바람을 피워 다른 여자에게 애를 낳게 하고, 양쪽의 자식들에게 불편한 마음을 느끼게 하고.

그런 생각을 하자 마음 어딘가가 서늘해진다. 아버지에 대한 경멸은 아버지의 마음을 알기 때문이며, 자신의 속에 아버지와 닮은 부분이 있는 탓이란 걸 자각하고 있기 때문이다.

도오루는 미완성의 소녀들이 질색이었다. 붕붕 들떠 있으며 금세 표정이 바뀌거나 덤벼들 것 같은 눈을 하기도 하고 원망스런 몸짓을 보이기도 하고. 그 유치함이 매력이라는 것은 인정하지만, 그런 물컹물컹한 것에 손을 대면 엄청난 변을 당하는 게 아닐까 하는 불안감이 크기 때문이다.

사귈 거라면 나도 성인이 된 후에, 상대도 제대로 윤곽 있는 성인인 여자가 좋다. 부정형(不定形)의 인간에게 휘둘리는 것은 싫다.

언젠가부터 그런 이념 같은 것이 완성되어 있었다.

그래서 그는 조심하고 있었다. 부정형인 소녀들의 기념품으로 취급되는 일이 없도록. 그녀들의 졸업앨범에 추억의 한 장으로 수집되지 않도록.

학교행사 전후에는 그런 수단으로 이용되기 쉬우므로 틈을 보이지 않도록 주의하고 있었다.

그러나 설마, 이런.

보행제가 한창인 캄캄한 밤중에 혼자 입을 헤벌리고 멍청하게 길가에 앉아 있는 것을 목격당하다니, 사기다.

"3반의 우치보리야. 니시와키, 생일, 축하해. 이것, 이런 곳에서 좀 그렇지만, 써."

소녀는 검은 눈동자가 큰 눈으로 이쪽을 말똥말똥 바라보며 그렇게 말했다. 손에 든 회중전등의 희미한 불빛 속에 진지한 표정이 떠올랐다.

도오루는 애써 태연함을 가장했다.

"아. 고마워. 그럼, 잘 쓸게."

도오루는 퉁명스럽게 소녀가 건네주는 타월을 받았다.

"이거, 검은색?"

어쨌든 밤이다. 그렇기 때문에 그녀도 이런 대담한 행동에 나섰을 것이다.

"아니, 감색이야. 빨간색 테두리가 있어. 한 번 빨았으니까 물을 잘 흡수할 거야."

"고맙구나."

도오루는 고개를 작게 끄덕여 보였다. 소녀가 안심한 표정을 짓는 것을 기척으로 안다.

"저기, 보행제 끝나면 한번 만나주지 않겠니?"

"보행제 끝나면?"

"응. 집으로 전화해도 되니?"

도오루는 순간 주저했다. 어머니가 받는 장면을 상상한 것이다.

그 주저를 그녀는 다른 의미로 받아들인 것 같았다.

"한 번이라도 좋아. 천천히 이야길 해보고 싶어."

그 간절한 목소리를 듣고 싫다고는 할 수 없었다.

"좋아."

"고마워."

소녀는 분명하게 말했다. 제법 야무진 아이다. 할 말은 전부 하고 있다. 나라면 이런 식으로 말할 수 있을까.

솔직히 말하자면 그녀는 좋아하는 타입이었다. 청순하고 깨끗한 느낌이 드는 적극적인 소녀. 늘씬하고 얼굴도 귀엽다. 그녀를 좋아하는 남학생도 몇 명인가 알고 있지만, 그녀가 도오루를 좋아한다는 소문이 퍼져 있고 그녀 역시 그것을 감추려고 하지 않아 모두들 포기한다고 한다.

그때 호루라기 소리가 울려 도오루와 소녀는 움찔했다. 벌떡 일어난 도오루 앞에서 소녀는 조금 비틀거렸다. 그래서 엉겁결에 손을 내민 것이다.

부축받은 소녀는 놀람과 기쁨으로 복잡한 표정을 짓고 있었다.

떨어진 곳에서 지켜보고 있던 두 사람이 살짝 그녀를 남겨두고 철수한다.

어이, 어이. 부탁이야, 이 녀석을 두고 가지 말아줘. 제발 같이 데려가 줘. 도오루는 마음속으로 그렇게 부탁했지만 이미 때는 늦었다.

"자유보행은 어떻게 할 거야?"

옆에서 료코가 머뭇머뭇 물었다.

"아마, 테니스부 친구들과 함께 걸을 거야."

도오루는 차가운 어조가 되지 않도록 주의하면서 대답했다.

"아, 그렇구나. 순위는 신경 안 써?"

"글쎄, 뭐. 하급생에게는 상위 30위에 들라고 기합을 넣지만, 우리는 이제 은퇴했으니까."

"그렇구나."

"설마, 달릴 거야?"

"처음에만. 안 그러면 도착이 늦어지니까."

"반 친구들과?"

"응. 아까 와주었던 아이들과."

"유사도?"

"아니, 걔는 다카코랑 걷는대."

그렇게 대답한 후 료코는 순간 입을 다물었다. 그것이 도오루의 반응을 보기 위한 것이었던 듯하여, 도오루는 조금 불쾌해졌다. 한편으로 도오루는 애초에 자신이 유사 미와코 이름을 꺼낸 것은 고다 다카코의 이름을 꺼내고 싶었기 때문인 듯한 기분이 들었다.

"이런 것 물어서 미안하지만, 니시와키랑 다카코, 사귀었어?"

정말로 이 아이는 너무 솔직하다.

도오루는 어둠 속에서 쓴웃음을 지었다.

"그런 소문, 돌았던 것 같더군. 누가 퍼트렸는지 모르겠지만 전혀 헛소문이야."

"미안. 1학기 초부터 꽤 돌았어."

"사귀는 것처럼 보였어?"

"응. 적어도 다카코는 니시와키를 좋아하는 게 아닐까 생각했어."

"그렇지 않아."

"그러니."

단호하게 부정하는 도오루에게 의외로 료코는 끈덕지다.

이 아이와 사귄다면, 하고 도오루는 상상했다.

어떤 이야기를 할 것인가. 둘이서 나란히 걷고 있는 장면을 떠올린다.

화제는 무엇일까. 대화는 계속될까. 즐거울까.

뭐든 의사표현이 확실해서 제법 편할지도 모른다. 어른스러운 타입보다는 시원스런 편이 좋다.

그러니.

크고 검은 눈으로 그렇게 자신에게 묻는 료코의 얼굴이 눈앞에 떠올랐다. 그 눈에게 되묻는다.

이야기만 한 번 하면 끝나는 거냐? 앞으로 나와 계속 사귈 마음이 정말 있는 거냐? 혹시 수험기간만 서로 격려하고, 같이 집에 가기도 하고 싶은 거 아니야? 내가 알고 있는 선배 중에 대학까지 계속 간 커플은 한 쌍도 없어. 우리에게는 이미 입시밖에 남아 있지 않아. 그 동안에 '고교 시절의 애인'이라는 앨범 사진을 남기려고 하는 거 아냐? 마지막 장에 사진을 붙이고 제목을 쓴 스티커를 붙여버리면 이제 안심. 확실히 그는 존재했다, 하고 훗날 말할 수 있겠지.

갑자기 혐오감이 끓어올랐다.

나는 부정형인 여자는 싫다. 유치하게 기념품을 찾아 헤매는 소녀는 싫다.

여자를 사귈 거라면, 윤곽이 뚜렷한 어른이 아니면 싫다.

도오루는 옆의 소녀에게 불현듯 심한 증오를 느꼈다.

"야, 어떻게 하지?"
"난들 아냐."
"저렇게 다정하게 이야기하고 있는데."
"캔커피 마시고 싶어."
고이치로와 시노부, 다카코 세 사람은 조금 떨어진 곳에서 도오루의 뒤를 걷고 있었다.
아직 캔커피는 따지 않았다. 이대로라면 캔커피를 든 채 임시수면장에 도착해 버릴 것 같다. 아까는 차가웠지만 들고 다니는 동안 조금씩 따뜻해지기 시작했다.
"빌어먹을, 저 계집애. 우리의 계획을 완전 엉망으로 만들다니."
고이치로는 중얼거렸다. 시노부는 공감하면서도 감탄하고 있다.
"사랑에 빠진 여자는 강하군. 이런 시간을 노리다니 예상도 못 했어."
"우치보리, 대담무쌍해."
치아키는 감탄한 듯이 중얼거렸다. 별로 충격을 받은 모습도 아니어서 다카코는 은근히 안심한다. 리카는 다른 것에 감탄하고 있었다.
"결국 선물은 스포츠타월이었구나. 역시 실용품으로 했군."
"괜찮잖아, 그냥 내버려두자. 모처럼 분위기 좋은 것 같은데 말이야. 생각하기에 따라서는 멋진 생일선물이네. 커피, 마시지 않을래?"

다카코가 그렇게 말하자, 리카와 치아키는 동의했지만 고이치로와 시노부는 반대한다.

"내가 기껏 도오루의 생일파티를 위해 고생해서 사왔는데."

"그걸 줄곧 들고 왔는데."

"그럼 다카미, 도오루를 데려오지."

리카가 그렇게 말하자 고이치로는 "말도 안 돼." 하고 고개를 저었다.

"그런 짓 했다가는 그녀에게 나 미움받아. 분명 한을 품을 타입이야, 저 녀석."

"그러냐. 도다는?"

"나도 관둘래. 조금 더 다정한 시간을 보내게 한 후에 말을 걸어 보자."

"커피, 어떻게 해?"

"그때까지 참아."

시노부는 단호히 대답했다.

"너무해."

"가지고만 있어야 하다니."

리카와 치아키가 비명을 지른다.

"얼마나 참아야 돼?"

"앞으로 십오 분 정도 허락해 주자."

모두 원망스러운 듯이 캔을 만지작거린다.

"……다카코, 슬슬 고백 타임 아니냐?"

어느 틈엔가 옆에 온 시노부가 살짝 말을 걸어와서, 다카코는 웃음을 터트렸다.

"뭐야, 그건. 악마의 속삭임?"

"그래. 밤도 깊었고 어두워서 얼굴도 보이지 않고. 쑥스러운 이야기를 하기에는 지금이 딱이야."

그의 연극 같은 말투가 우스워서 엉겁결에 "아하하하." 하고 웃어버린다. 시노부는 망연자실한 모습이다.

"뭐야, 그건. 저걸 보고 분하지도 않냐. 우치보리, 감쪽같이 옆자리를 차지하다니. 나의 도오루를 어떻게 하려는 거야, 하고 말하지 않을 거야?"

"말 안 해. 나의 도오루가 아닌걸. 그도 전혀 마음에 없는 건 아닌 것 같은데. 아까의 다정한 행동을 봐도 그렇고."

"음."

"그보다, 나 알았어. 도다와 강가를 함께 걷던 여자아이."

"앗."

시노부는 순간 숨을 삼켰다.

"괜찮아, 아무에게도 말하지 않았고, 말하지 않을 거니까. 안 그러면, 네가 애 아빠가 되어버리잖아."

"우와. 부탁이야, 다카코. 그것만은."

어둠 속에서 시노부가 비는 시늉을 했다. 다카코는 고개를 크게 끄덕인다.

"알아, 알아. 그러나 정말 도다가 아빠는 아니지?"

"신용 없구나, 나란 인간. 그렇게 야수로 보이냐."

"그렇지만 여자아이가 귀엽잖아."

"나는 중립이야. 내 친구의 그녀였을 뿐이야."

"아, 그렇구나, 어떤 사정일까. '상담하고 싶은 착한 오빠'가 되었군."

"역시 여자아이들 쪽이 그런 건 이해가 빠르구나."

다카코의 대답에 시노부는 감탄했다.

"조심하지 않으면 말려들게 돼."

"벌써 꽤 말려들었지만 말이야. 나로서는 어떻게 할 수도 없으니까."

"재난이었군."

"그녀가 말이지."

다카코는 무심결에 시노부의 얼굴을 보았다. 물론 희미하게 옆얼굴이 보일 뿐.

시노부의 목소리는 진지해졌다.

"그런 식으로 알려져버렸잖아. 후루카와는 착각하고 있고. 그러나 그 아빠 찾기, 어쩌면 그녀가 후루카와에게 찾도록 만들지 않았을까 하는 생각이 들어. 설마 직접 찾아달라고 말하지는 않았겠지만 후루카와가 찾고 싶어지도록 정의감을 부추기는 말을 하지 않았을까. 결국 상처 입는 것은 자신인데. 여자아이들은 어째서 그렇게 갑자기 태도가 바뀔까. 이미 버린 몸이라 생각하는 걸까. 아직 앞날이 창창한데."

"외롭고, 분한 거야."

"외롭고 분해?"

"응, 여자아이들은 자기가 사랑받는 건 극히 짧은 시간이란 걸 알고 있는걸. 그런 소문 퍼지면 두 번 다시 예전의 이미지로 돌아갈 수 없다는 것은 본인이 가장 잘 알아. 일단 전락하면 여자아이의 가치 따위 없어져버려. 이미 돌아갈 수 없다면 상대도 함께 추락시켜버리겠다고 생각한 게 아닐까."

"흐음."

"도다, 착하네. 니시와키와도 정말 친한 것 같더라."

"응, 나, 도오루 참 좋아해."

시노부는 순순히 고개를 끄덕였다.

"아, 그러나 네게는 양보할게."

"그거 고맙다."

다카코는 쓴웃음을 짓는다.

"뭔가 말이야, 조바심이 나. 최근 그 녀석 보고 있으면."

"어째서?"

"그야 담백하고 감정이 안정되어 있어 항상 마이페이스인 점은 훌륭해. 하지만 아무것도 보지 않는 척하는 것은 마음에 들지 않아."

"보지 않는 척? 뭘?"

"뭐랄까, 청춘의 동요랄까, 번쩍임이랄까, 젊음의 그림자라고나 할까."

"멋진 대사. 리카에게 들려주고 싶네."

시노부는 낮게 웃었다.

"잘 표현하진 못하겠지만 그런 거야. 냄새나고 비참하고 부끄럽고 흉한 것. 그 녀석에게는 그런 것이 필요하다고 생각해."

"사랑이네, 도다."

"그래, 그 녀석에게는 사랑이 부족해, 사랑이."

"그럴까. 그는 충분하지 않을까. 지금 저렇게 사랑을 이야기하고 있기도 하고."

"아냐, 아냐. 저건 아냐."

"그럼, 뭐야?"

"전투하는 사랑 같은 것이 필요하다고 생각해. 부딪치는 사랑 같은 것. 그 녀석, 무조건적인 사랑을 당연하다고 생각하는 면이 상당히 있어서. 어머니도 전형적으로 외아들에게 정성을 다하는 타입이고. 좋지 않아. 장차 여자 많이 울릴 거야."

다카코는 감탄했다.

역시 시노부는 도오루와 친한 만큼 날카롭다. 지금까지 도오루에 대해 말로 제대로 표현하지 못했던 것을 이제 들은 듯한 느낌이다.

도오루에게는 어딘지 모르게 사람을 얕보는 데가 있다. 물론 그것은 일종의 방어로, 그렇게 세게 나가지 않으면 모자 둘에서 살아갈 수 없었겠지만, 어머니에 대해서도 어딘가 자신이 돌봐주어야 한다는 생각을 갖고 있는 것이다. 그걸 책임감이라고 바꿔 말해도 좋지만, 타인이나 여성에 대해 힘의 관계와 상하관계로 태도를 결정하는 경향이 있는 듯하다.

그러나 역시 그런 감상은 말로 할 수 없었다.

"그렇지만 어쩔 수 없을 거야. 어머니와 고생하며 살아왔는걸. 어느 정도는 강하게 공격하지 않고서야."

그의 경우, 그것이 체면 불구하고서가 아니라 냉정하고 유능하다고 생각하는 데 오해가 있다고 생각한다. 그런 면이 멋있어 보이기도 하고 듬직해 보이기도 한다. 그래서 여자아이들에게 인기가 있는 게 아닐까.

"고다네 집은?"

"응, 우리도 모녀가정이야. 우리 엄마는 무조건적인 사랑을 쏟아붓는 타입이 전혀 아니지만."

"오, 그렇구나."

다카코는 간담이 서늘해졌다. 뭔가 자신이 쓸데없는 말을 한 것은 아닐까 걱정이 되어 견딜 수 없다.

"흐음, 그래서구나. 인상이 비슷한 데가 있는 것은."

"인상, 비슷해?"

"응. 야무지고 어른스러운 점."

"나, 전혀 야무지지 않아."

"아냐. 타인에 대한 부드러움이 어른의 부드러움인걸. 뺄셈의 부드러움이랄까."

다카코는 또 웃음을 터트렸다.

"뭔가 도다, 대단하지 않아? 리카보다 각본가 쪽에 어울릴지도 모르겠는걸."

"오호, 내 자신도 모르는 재능을 발견했군……. 대체로 우리 같은 어린아이들의 부드러움이란 건 플러스 부드러움이잖아. 뭔가 해준다거나 문자 그대로 뭔가 준다거나. 그러나 너희들 경우는, 아무것도 하지 않아주는 부드러움이야. 그런 게 어른이라고 생각해."

"그런가."

도오루라면 몰라도 자신에게 그런 마음씀씀이가 있다고는 생각할 수 없다.

하지만 이런 이야기를 시노부의 입으로 듣는 것은 재미있었다. 얼핏 쿨하게 보이는 시노부가 겉모습과 달리 '열정적으로 이야기하는' 녀석이라는 것도 의외였고, 밤늦게 걸으면서 도오루의 성격에 대해 이야기를 하리라고는 생각도 못했다. 어느 새 발의 통증을 잊고 있었음을 깨닫는다.

왠지 그때, 처음으로 보행제구나, 하는 실감이 솟구쳤다.

이렇게 밤중에, 낮이라면 절대로 하지 못했을 이야기를 하고 있는 지금이야말로―온몸이 아파서 녹초가 되었지만 얼굴도 보이지 않는 캄캄한 곳에서 이야기를 하며 끄덕이고 있는 것이 나의 보행제구나, 하고.

"그것 봐, 지금 같으면 뭐든 쑥스러운 이야기 할 수 있잖아. 자, 어때. 나 역시 부끄러운 이야기 했잖아."

시노부의 유도심문에 웃어버린다. 하지만 순간 이야기를 해버릴까 생각한 것도 사실이다.

그러나 도오루의 차가운 시선이 뇌리에 섬광처럼 되살아나, 그런 건 터무니없는 짓이라고 이내 지워버렸다. 무엇보다, 도오루 자신이 이렇게 친한 시노부에게도 이야기하지 않았는데 내가 이야기할 수는 없다. 그런 의리 같은 건 있었다.

"저런 타입이 좋아, 니시와키에게는. 두 사람 다 바지런하고 현명해 보이는 커플이잖아?"

다카코는 앞쪽의 두 사람을 턱으로 가리켰다.

사실 처음에 우치보리 료코를 보았을 때, 타인을 꿰뚫는 듯한 강한 시선이 닮았구나 싶었다. 그 강한 시선에 주저함이 없는 것도.

"그런가. 난 싫다, 저 두 사람 나란히 있는 것. 엄청 타산적인 커플이란 느낌이 들어서."

"혹독하네. 그렇지 않아."

"아냐. 우치보리는 무진장 타산적인 여자야."

"어째서 그렇게 단언할 수 있어?"

"그야, 나, 옛날에 저 녀석과 사귄 적 있거든."

"뭐어?"

놀라서 시노부의 얼굴을 보았다. 하지만 역시 보이지 않는다. 보이지 않기 때문에 그도 이런 이야기를 할 수 있을 것이다.

"거짓말. 몰랐어. 도다 너, 정말 비밀을 잘 지키는구나."

감탄 반, 빈정거림 반.

"음. 짧은 기간이기도 해서 주위에 들키지 않았을 거야. 미안하지만, 빨리 헤어지길 잘했어."

"1학년 때? 그렇지 않으면 2학년?"

"2학년 초쯤. 그쪽에서 먼저 말을 걸어오고 적극적이어서 사귀었는데, 취향이 맞지 않다고 즉각 차버리데. 난 아직 이유를 잘 모르겠지만, 요는 내가 비밀주의여서 사귀고 있습니다, 하고 모두에게 자랑하지 않는 것이 마음에 들지 않았던 것 같아."

"오호. 놀랍다."

"도다는 내가 그렸던 이미지와 다른 것 같아, 하는 말은 확실히 하더군."

"정말로 확실히 말하네."

"비슷한 경우를 당한 녀석들이 몇 명인가 있었던 것 같아."

"솔직한 아이네."

"솔직하다고 할까, 뭔가 이상해. 사랑이 없어. 타산적이야, 타산적. 연애를 하고 싶은 것뿐이야. 나 남자친구 있습니다, 하고 말하고 싶은 것뿐이라고."

"그럼 그 이야기, 물론 니시와키에게는?"

"하지 않았어."

"어떻게 할 거야? 둘이 사귀게 되면."

반사적으로 목소리를 낮추고 있었다. 도오루에게 들릴 리도 없을 텐데.

"그러게 말이다. 사귀기 시작한 후에 말해 봐야 심술 같을 거고."

"그렇지만 의외로 비슷한 사람들끼리는 잘될지도 몰라. 말하지 않아도 돼."

시노부는 분개한 듯이 말했다.

"꽤 차갑네, 다카코. 비슷한 사람끼리라니—그렇지만 정답이네. 그래. 그런 점만 죽이 잘 맞기도 하지. 그렇지만 도오루, 그런 면만 두드러지면 꽤 재수없는 녀석이 될지도 몰라."

"아, 그런 게 있지. 비슷한 점이 증폭되어 버리니."

"마음에 안 들어."

"혹시 그래서 니시와키를 데리러 가지 않았던 거야?"

"그것도 있고. 꼭 내가 질투하는 것 같잖아. 우치보리는 분명 그렇게 생각할 거야. 상상만 해도 열이 치미네."

"그럼. 그야 열이 치밀 만도 하지."
"도다, 도다."
치아키가 돌아보며 불렀다.
"왜?"
"니시와키가 불러."
"뭐?"
얼굴을 들자 도오루가 앞쪽에서 돌아보며 손짓을 하고 있었다. 시노부는 순간 주저한다.
그러사 함께 뒤를 돌아보던 료코가 도오루에게 무슨 이야긴가 속삭이더니 손을 흔들며 번개같이 뛰어갔다. 다카코는, 이런 단체 보행의 마지막 무렵에 잘도 뛰네, 하고 감탄했다. 그녀, 운동부였던가?

도오루는 멍청히 달려가는 료코를 보고 있었지만, 이윽고 이쪽으로 걸어왔다.

시노부와 다카코는 순간 얼굴을 마주 보았다. 아마 도오루가 시노부를 불러 같이 이야기하며 가자고 했기 때문에, 료코는 어색해져서 돌아갔을 것이다. 시노부와 도오루, 동시에 두 사람의 얼굴을 마주하는 것은 역시 싫었을 테지.

"시노부, 너, 어째서 와주지 않은 거야."
돌아온 도오루는 원망스러운 듯 말했다.
"웃기시네. 완전히 둘만의 세계가 되어 있더구먼."
"네가 오지 않으니까 돌려보내 주질 않잖아. 아, 진짜 엄청나게 긴장되고 피곤했어. 이제나 저제나 기다렸건만, 아무리 시간이 지나도 오지 않아서 결국 불렀잖아."

"그랬냐. 느닷없이 팔을 부축해서 일으켜 세워주는 정도던데. 방해하지 말아줘, 하는 사인인 줄 알았지."

고이치로가 가시 돋친 말을 했다.

"어쩔 수 없잖아, 비틀거리는걸. 냅다 떠밀 수도 없고."

도오루는 진심으로 지친 목소리였다.

"그거 선물? 만져봐도 돼? 좋은 타월이네."

리카가 도오루의 목에 감긴 타월을 찬찬히 바라본다.

"타월이란 게 그렇게 차이가 나나?"

"그럼 나지. 이건 비싼 쪽. 봐, 제대로 이름이 수놓아져 있잖아. TORU.N이라고. 좋겠다."

도오루는 말없이 목에서 타월을 풀어, 등으로 손을 돌려 륙색에 찔러 넣었다.

"젠장, 완전 의욕상실했네."

고이치로가 하품을 했다.

"마마, 따뜻하게 덥혀 왔습니다."

시노부가 진지한 목소리로 도오루에게 캔커피를 건넨다.

"엇, 웬 거야, 이거."

"다카미가 자동판매기에서 사온 거야. 네 생일 축하하려고."

"우와, 기쁜걸. 다른 사람들 것도?"

도오루는 황급히 주위를 둘러보며 각자 손에 들고 있는 캔커피를 보았다.

"그래. 한밤의 파티를 할 생각이었다."

"한밤이잖아."

도오루는 드물게 들뜬 목소리로 말했다.

"분위기 다 깨졌어."

"말도 안 돼. 하자, 하자. 어쨌든 건배. 많이 기다리게 했습니다, 여러분."

"기다리다 지쳤어."

그제야 뚜껑을 따고 캔을 서로 부딪친다. 피식, 하는 소리와 쨍 소리가 겹쳐졌다.

"건배."

"세상에."

모두 커피를 마신다. 달콤함에 눈이 번쩍 뜨이는 것 같다.

"음. 맛있다."

"달다. 그렇지만 이 정도가 딱 좋을지도 몰라."

"이거 나중에 목마르겠지."

"꽤 단 걸 마셨으니 잠자기 전에 반드시 양치질하지 않으면 안 돼."

평소라면 너무 많다고 생각한 설탕의 양이 지친 몸에는 딱 좋다.

"아, 긴장했다. 이렇게 되면 자유보행에서는 차라리 달리는 쪽이 훨씬 쉽겠어."

도오루는 기지개를 켰다. 즉시 고이치로가 끼어든다.

"그래서 어떻게 되었어? 자기랑 사귀자고 해?"

"제대로 이야기 못 했어. 자유보행 어떻게 할 건가 정도."

"흐음. 그래서 함께 골인하자고 약속했어?"

시노부가 탐색하듯 묻는다.

"설마. 나 역시 너하고 달릴 거야. 무릎도 버틸 것 같고."

도오루는 시노부의 어깨를 안았다.

"정말?"

시노부는 진심으로 기쁜 목소리였다. 그는 정말 도오루를 좋아하는구나, 하고 그 소리를 들은 다카코는 생각했다.

도오루는 행복하겠다. 다카코는 두 사람의 뒤를 걸으면서 그렇게 마음속으로 중얼거렸다.

도오루는 어머니와 친구와 여자아이들에게서 무조건적인 사랑(우치보리 료코는 어떤지 모르지만)을 받고 있으며, 그것을 당연하다고 생각하고 있다. 그런데 아마 그 자신만큼은 자신이 행복하다고 생각하지 않을 것이다. 아직 자신은 아무것도 손에 넣지 않았다고 생각하고 있다.

"그러고 보니 그 아이 어떻게 됐을까. 안나의 동생은."

갑자기 치아키가 주위를 두리번거렸다.

"아까 미와링 왔던데, 함께 있지 않았었지."

다카코는 자신도 모르게 소리를 냈다. 도오루의 등이 움찔하는 것을 느낀다.

"돌아가버린 건가. 꽤 시간이 흘렀잖아. 친구가 차에서 기다리고 있다고 했고."

리카가 끄덕인다.

실수했군, 다카코는 생각했다. 어두워서 도오루는 가까이에 자신이 있다는 것 따위 알아차리지 못했을 거라 생각하고 있었다. 엉겁결에 몸을 움츠리며 쭈뼛쭈뼛 구석 쪽에서 걷는다.

갑자기 도오루가 이쪽을 돌아보았다.

물론 얼굴은 또렷이 보이지 않는다. 회중전등의 불빛에 간신히 턱선이 떠오를 뿐.

시선을 돌리려고 했지만, 그러지 못했다. 아니, 시선이 어디로 향하고 있는지를 서로 몰랐을 것이다.

"생일, 축하해."

어느 샌가 그렇게 말하고 있었다.

"고마워."

조용한 목소리가 되돌아온다.

보이지는 않지만, 반사적으로 내민 손끝에서 캔이 쩽, 하고 부딪치는 소리가 났다.

도오루는 얼른 다시 앞으로 몸을 돌려 시노부와 고이치로와 이야기를 시작했다.

하지만 다카코는 어둠 속에서 놀란 얼굴 그대로 캔커피를 들고 있었다.

머릿속에서 뭔가 밝은 것이 터지는 듯한 느낌이다.

나의 내기.

머릿속에서 종소리 같은 것이 울려 퍼지고 있다.

내기에 이겼다.

다카코는 흥분하면서 남은 커피를 꿀꺽꿀꺽 다 마셔버렸다.

정말로, 정말로, 사소한 내기였다. 내기라고 부를 것도 없는, 작은 바람이었던 것이다.

니시와키 도오루에게 말을 걸어, 대답을 듣는 것.

겨우 이것이, 이 단체보행 동안에 자신과 한 내기였다.

얼마나 시시한 내기인지. 그러나 이 간단한 것이 3학년이 된 후―아니, 지금까지 줄곧―정말로 어려운 일이었던 것이다.

이겼다. 나는 이겼다.

흥분은 계속되고 있었지만, 머잖아 이내 시들해져 갔다. 내기에 이기면 그 다음으로 하지 않으면 안 되는 것. 그것은 그녀에게 더욱 어려운 일이었다.

텅 빈 캔을 흔들면서, 다카코는 어둠 속에서 혼자 생각에 잠겨 있었다.

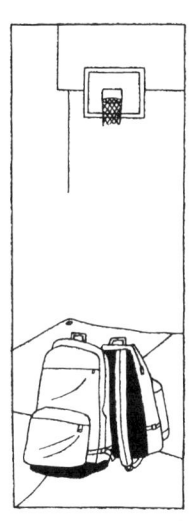

왜 그 녀석과 건배 같은 걸 해버린 걸까.
 커피 캔을 엄지로 문지르면서 도오루는 생각하고 있었다. 어둠 속에서 손가락 끝의 감촉만이 유별나게 리얼했다.

 이상하다. 나도 모르게, 저절로 손이 움직여버린 것이다. 그 순간에는 늘 자신 속에 있던 그 녀석에 대한 혐오도 저항도 없었다.

 아부에게노 들키시 않은 세 행운이군.

 조금 앞에서 걸어가고 있는 고이치로와 시노부를 본다. 그런 모습을 보여주었다가는 또 무슨 말을 들었을지 모른다.

 커피의 달콤함에 당혹스러움과 꺼림칙함을 느끼면서, 일부러 조금씩 목에 흘려 넣는다. 커피는 벌써 옛날에 식어서 혀와 잇몸에 끈적끈적하게 묻어난다. 그 달콤함이 몸이 지쳐 있음을 자각시킨다.

 생일. 축하해. 고마워.

 커피 캔이 부딪치는 감촉.

 캔이 쨍, 하고 소리를 낸다.

 생일. 축하해. 고마워…….

 문득 정신을 차리고 보니, 두 사람의 짧은 대화를 되새기고 있다. 별것 아닌 말을 주고받았을 뿐인데, 몇 번이나 몇 번이나 테이프가 닳아빠질 것 같아질 정도로.

 얼굴은 캄캄해서 보이지 않았지만, 손을 뻗치면 닿을 정도로 가까이 있었던 그 녀석의 기운을 떠올린다.

누구라도 그 정도는 인사치레로 해. 가까이에 생일인 녀석이 있다면.

왠지 들떠 있는 자신에게 그렇게 타이른다. 바보 아냐. 뭘 그렇게 흥분하고 있냐, 너.

하지만 과연 그럴까. 언제나처럼 또 다른 자신의 목소리 하나가 그렇게 속삭인다.

내가 아까 반대 입장이었다면, 똑같이 말을 걸 수 있었을까. 분명 커피만 받아들고 어둠 속에서 마시면서도 그 녀석에 대해서는 무시했을 게 틀림없다.

그 녀석의 생일은 언제더라?

문득 그런 의문이 솟구쳤다. 솟구치기 시작하자, 자신들이 같은 학년이라는 것의 잔혹함, 부조리함이 새삼 가슴에 사무쳤다.

생일, 축하해.

언제부터일까, 어머니가 그렇게 말한 후 반드시 아주 잠깐 시선을 피하게 된 것은. 그것은 역시 어머니가 그 모녀의 존재를 알고 난 후부터라고 생각한다. 아들 생일을 축하할 때마다, 아들과 피를 나눈 딸도 또 한 살 먹는다는 것을 생각했을 것이다.

도오루도 역시 어머니가 자신에게 축하한다는 말을 할 때마다, 자신의 뒤에 있는 또 다른 계집아이의 존재를 느꼈던 것이다.

하필 같은 학년이라니. 너무하네, 아버지.

도오루는 어둠 속에서 쓴웃음을 지었다.

어른들의 사회라는 것은 이상하다. 누구나 입만 열면 훌륭하고 바른 말이 튀어나온다. 일견 대단히 엄격한 룰이라도 있는 것처럼 보이지만 뒤에서는 상당히 엉망진창이며 칠칠맞지 못하다는 것은, 신문과 뉴스를 보면 이내 알 수 있다. 여자들을 무시하고 연애질 따위가 인생의 메인이 아닌 척하는 주제에, 이런 식으로 다른 여자에게서 낳은 아이가 같은 학년에 입학해 버리기도 한다.

아버지도, 입장 곤란했겠군.

양복을 입은 아버지의 모습이 언뜻 떠오른다. 아버지는 이 지역의 지방은행에 근무하고 있었다. 그야말로 완고하고 성실한 직장인 같은 남자. 세상에서, 이것이 은행원이다, 라고 상상하는 이미지에 딱 맞는 남자.

도오루가 노골적으로 비난한 적은 없지만, 다른 데서 아이를 만들었다는 것을 아들까지 알고 있을 때 아버지는 어떤 심경이었을까. 변명도 뭣도 없다. 아내와의 사랑이 아주 옛날에 식어버렸다는 이유도 통하지 않는다. 어쨌든 같은 해에 양쪽에서 아이를 만들었다. 분별없이 마구 씨를 뿌리고 다녔다는 말을 들어도 할 말이 없을 것이다. 나이도 먹을 만큼 먹어서 피임도 제대로 하지 않다니, 후루카와의 사촌동생을 임신시킨 녀석과 같은 수준이다.

아버지가 싫지는 않았다. 온화하고 꼼꼼하며 뭐든 반듯한 면을 존경하고 있었다. 도오루는 당연한 것을 당연하게 할 수 있는 사람을 좋아했고, 자신도 그렇게 되고 싶다고 생각하고 있었기 때문이다. 그런 남자였던 만큼 고다 모녀의 일은, 배신당했다기보다는 오히려 의외라고 생각했던 것으로 기억하고 있다.

프라이드는 강한 남자였다. 몸에 걸치는 것들에도 예민했다. "발을 보면 허점이 드러난다는 말은 사실이다. 남자의 구두는 중요한 거야."라는 것이 입버릇으로, 주말에 정성스레 구두를 닦고 있던 모습을 기억하고 있다.

야비하구나, 아버지는.

무슨 말인가 하다 어머니가 불쑥 중얼거린 적이 있었다. 입원한 아버지를 돌보러 다니던 무렵이었다. 그것도 이미 가망은 없다고 어렴풋이 깨닫기 시작할 무렵의 일이다.

그 이상 어머니는 아무 말도 하지 않았지만, 지금 생각해 보면 그 말에는 여러 가지 의미가 생략되어 있었다―아버지가 자신이 저지른 짓이 스트레스가 되어 위를 다친 것이며, 병이 난 것으로 용서를 받은 거라 생각할 셈이었던 것이며, 두 쌍의 처자를 남기고 혼자 이 세상에서 달아난 것이며.

커피 캔을 마주치는 쨍 소리를 어딘가에서 듣는다.

그렇다, 달아난 것이다, 아버지는.

도오루는 텅 빈 커피 캔을 엄지로 자꾸만 문지른다.

두 쌍의 모자를 지켜보는 것으로부터도, 혼자 처자식의 경멸을 견뎌가는 것에서부터도.

만약 아버지가 좀 대충대충인 남자였거나 애교가 있는 남자였더라면 어떻게든 됐을지도 모른다. 자신이 한 짓에 둔감한 남자들이란 얼마든지 있다. 다시 털고 일어서거나 아내에게 엎드려 사과하는 것이 가능한 사람이었다면 구원받았을지도 모른다. 그러나 아버지는 그런 남자가 아니었다. 어설프게 꼼꼼하며 자존심 강한 남자였던 만큼, 그런 꼴로 달아날 수밖에 없었던 것이다.

도오루는 앞에 가는 시노부와 고이치로의 등을 응시한다. 마치 그곳에 아버지의 등이 있기라도 한 듯이.

고통스러웠을 거야.

불쑥 그런 감상이 떠올라 스스로도 깜짝 놀랐다. 아버지에 대해 그런 감상을 느낀 것은, 태어나서 처음이었다.

주위는 캄캄하여 시노부의 등조차 뚫어지게 보지 않으면 보이지 않는데, 추억은 점점 커져가서 잇따라 머릿속에 선명히 떠오르며 멈추지 않는다.

쫓아내려고 해도 점점 선명해진다.

몇 번이나 반복해서 나타나는 것은 역시 아버지의 장례식에 나타난 고다 모녀다.

그때까지 막연한 이미지뿐이던 모녀를 직접 보는 것은 강한 충격이었다.

두 사람이 시야에 불쑥 들어왔을 때의 충격은 지금도 자세히 기억한다.

불쾌했다. 참을 수 없을 정도로 불쾌했다. 태연한 얼굴을 하고 있는 모녀에게 화가 났다. 도오루는 시선을 돌리지도 않은 채 모녀를 노려보고 있었다.

그러나 지금까지 굳이 인정하지 않았지만, 도오루가 느낀 진짜 불쾌함은 실은 다른 곳에 있었던 것이다.

고다 모녀는 멋있었다.

검은 수트를 말끔하게 차려입은 어머니 쪽은 품격이 있고 당당했으며, 교복 차림의 딸은 아주 침착하며 총명함이 얼굴에 배어 있었다. 거기에 비해 기력을 잃은 유족인 자기네 모자는 어딘지 쓸쓸하고 비참하게 느껴졌다. 그 순간, 자신의 어머니에 대해 열등감을 느낀 것이 그에게는 굴욕적이며 불쾌했던 것이다.

어떤 여자였다면 그런 패배감이나 굴욕을 느끼지 않아도 됐을까.

그런 상상을 해본다.

좀더 망가진 느낌의 여자였더라면 좋았을지도 모른다. 얼굴은 예쁘지만 화장이 진하고 천박한 느낌이 든다거나, 연약하여 이쪽 가정을 원망하거나 저주하는 바보 같은 여자였다면 용서할 수 있었을지도 모른다. 요는 경멸할 수 있었더라면 좋았을 것이다. 동정할 수 있었더라면 좋았을 것이다. 그러면 아버지도 그냥 잠깐 어머니와는 다른 타입의 여자와 논 거라고 생각할 수 있고, 그 여자도 불쌍한 여자라고 동정할 수 있다. 그랬더라면 이렇게 가슴을 쥐어뜯는 일 없이 그 존재를 자신의 세계로부터 차단할 수 있었을 텐데.

어머니 쪽 말고도 더욱 성질을 건드린 것이 다카코였다. 다카코가 자신과 같은 학교에 들어온 것은 용서할 수 없었다. 그녀가 자신과 같은 생활수준에 있으며, 자신과 같은 씨름판에 올라오리라고는 꿈에도 생각지 못했기 때문이다. 다카코가 공부를 못한다거나 불량소녀였다면 한결 안심이 되었을 것이다.

도오루는 괜히 힘을 주어 빈 깡통을 꽉 쥐고 있음을 깨닫고 한숨을 쉬며 손을 풀었지만, 제대로 힘이 빠지지 않는다. 라켓을 쥐는 요령으로 좌우로 흔들어 본다.

두 가정 사이에 별다른 격차가 없다는 사실이 도오루를 괴롭히고 있었다.

그는 그것을 지금 확실히 자각하고 있었다.

하긴 너무 달라도 어땠을까 생각한다. 아버지란 사람이 이런 취향이 있었던가, 하고 두 어머니의 차이에 아연실색하는 것도 충격일 것이다. 하지만 비슷하다는 것도 싫다. 모녀간에 어떤 대화를 나눌지, 다카코가 어떤 나날을 보내고 있을지, 쉽게 상상이 되는 것은 곤란하다.

생일, 축하해.

어머니의 목소리와 다카코의 목소리가 겹쳐져서 들린다.

그것은 정말 축하할 일일까. 그 녀석에게 나의 생일이 축하할 일인가. 그 녀석은 무슨 생각으로 그렇게 말했을까.

도오루는 빈 깡통을 끈질기게 돌리고 있다.

일대 휴식을 취하는 임시수면장까지 앞으로 한 시간 남아 있을 텐데, 어째 조금도 진전하는 것 같지가 않다.

날이 흐릿한 것이, 공기가 무겁다.

무리는 침묵하고 있으며 보폭도 있는 대로 좁혀져 있다. 자신들이 무엇을 하고 있는지 어디로 향하고 있는지도 잊고, 그러면서도 그저 타성에 젖어 앞으로 발을 내딛고 있는 것이었다. 풍경도 달라지지 않고(라기보다는 보이지 않고) 어둠 속에서 지친 몸으로 걷고 있으니, 점점 이것이 꿈 같다는 느낌이 든다. 마음과 몸이 완전히 분리되어, 머리는 꿈을 꾸고 있는 것 같고 몸은 타인의 것 같다. 륙색과 몸은 돌처럼 굳어져 조금이라도 움직이면 금이 가면서 파삭파삭 부서져버릴 것 같아, 모두들 상반신을 전혀 움직이지 않는다.

지금 여기 있는 것은 저주 같은 의지뿐이다.

길고 긴 행렬을 그 강박관념만이 지탱하고 있다.

어쨌든 걸어라. 아무것도 생각하지 마라. 그저 발을 앞으로 내밀어라.

왜 이런 짓을 하고 있는지, 지금 어디에 있는지 생각할 여유도 없다. 그저 목적지를 향하여 그들은 전진한다.

그래도 아직 어느 정도는 사고능력이 남아 있는 학생도 있다.

"얘, 다카코."

치아키가 부른다는 것을 깨달을 때까지, 평소보다 더 시간이 걸렸다. 그렇잖아도 시간이 걸리는데, 이런 상태가 되어서는 말할 것도 없다.

도오루의 생일파티는 옛날에 끝나고, 모두 침묵한 지도 꽤 시간이 경과하고 있다.

"뭐어?"

그렇게 대답하는 것도 힘들었다. 말하는 데에도 체력이 필요하다. 자기 몸을 앞으로 내미는 것이 고작. 한 걸음마다 통증이 전신을 타고 흐르는 것은 끝나지 않는 악몽이다. 그렇다고 해서 지금 멈춰버리면 그 자리에서 무너져버릴 것 같다. 조금씩 앞으로 나감으로써 쓰러지는 것을 애써 막고 있는, 그런 느낌이다.

"다카코, 요시오카랑 사귀지?"

역시 지친 어조지만, 언제나처럼 담담한 말투 그대로 치아키가 물었다.

동요하고 싶지만 지쳐서 그럴 수 없다.

다카코는 마음속으로 조그맣게 쓴웃음을 지었다. 정말, 나란 애는 구제불능. 근성이 없다. 어린아이 같다. 아이들이란 게 피곤해지면 기분이 나빠져서 말을 하지 않게 되지.

"사귀지 않아."

그제야 대답한다.

"사귀지 않아?"

그 이야기는 밤중에, 하고 말한 것을 어렴풋이 떠올렸지만, 이렇게 피로에 지친 상태에서 이런 이야기를 하리라고는 생각도 하지 못했다.

"응. 몇 번 차를 마신 적은 있지만."

"그렇구나."

치아키는 피곤한 목소리로 대답했다. 조금 더 감정을 담고 싶으나, 너무나 지쳐 있어 거기까지 힘이 남아돌지 않는 것 같았다.

다카코는 보행제에서 최고로 지쳐 있을 이런 시간에, 숨을 헐떡거리며 이런 이야기를 하고 있는 자신들이 이상하게 느껴졌다.

"치아키, 근성 있네. 잘도 그런 이야기를 할 여유가 있구나. 난 이제 안 돼."

"에이. 그렇지만 다카코가 밤중이 아니면 이야기 안 한다고 했잖아……."

"하지만 굳이 이렇게 최고로 지쳐 있을 때 묻지 않아도 되잖아. 나 역시, 좀더 귀엽게 '에이, 아니야~.' 하는 반응을 해보고 싶었다고."

"하긴. 이렇게 헉헉거리고 있으면서 '사귀니?' 하는 건 그다지 귀여운 대화가 못 되지."

"너무 분위기 없어."

두 사람은 입속으로 나직하게 웃었다.

웃자, 몸속에 잠들어 있던 부분이 희미하게 눈을 뜨려 하는 기미를 느낀다. 물론 이내 다시 잠들어버렸지만.

"소문이 났었어."

"그런 것 같더라."

조금 사이를 두고 말을 나눈다.

묵묵히 있어도 대화는 계속되고 있었다.

"재미있는 조화라고 생각했는데."

"그 애, 좀 특이해서 말이지. 이야기는 재미있어."

생각난 듯이 조금씩 말을 토해낸다. 어쨌든 한마디 할 때마다 체력이 몹시 소모되므로, 낮에처럼 힘 있는 대화를 할 수는 없다.

"천문반이지? 다카코와 같은 반이 된 적 있었던가?"

"아니. 1학년 때, 천문반에 친구가 있어서 합숙하는 데 놀러간 적이 있어. 그래서 알고는 있었지만."

요시오카 유이치는 이과계에 흔히 있는, 침착하고 그다지 세속에 관심이 없어 보이는 아이다.

언제나 초연하고 감정을 얼굴에 드러내지 않으며, 그렇다고 해서 공부벌레 타입도 아니다. 10대인 주제에 이미 노숙한 분위기를 풍기고 있었지만, 의외로 말도 잘 하고 남의 이야기도 잘 들어주었다.

천문부의 합숙에 갔을 때도, 귀찮아하지 않고 누구에게나 친절히 설명해 주었다. 그 후 가끔 말을 나누게 되었던 것이다.

그래서 플라네타륨에 가자는 권유를 받았을 때도 별로 깊이 생각하지 않고 따라갔다. 자신에게 마음이 있다는 것을 깨달았더라면 피했겠지만, 그에게는 그런 분위기는 전혀 없고, 정말 단순한 동행으로 권유하는 거라는 걸 알았기 때문이다. 그렇다면 의식하는 것이 오히려 바보 같았고, 플라네타륨에는 흥미가 있었기 때문에 오케이했다.

난 말이야, 사람의 얼굴 관찰하는 걸 좋아해.

흐음.

플라네타륨에서 돌아오는 길에, 유이치는 담담하게 말했다. 보통 여자아이와 둘이 걸을 때는 좀 긴장하거나 겉멋을 부리거나 기백 같은 걸 보이려 할 텐데, 유이치는 강의라도 하는 것처럼 침착했다.

얼굴이라는 것에는 모든 게 나타나잖아. 성격이며 자라난 환경이며.

그렇지.

반론할 것도 없어서 맞장구를 쳤다.

다카코는 재미있는 얼굴 하고 있네.

단정적으로 그렇게 말해서 당황했다. 그의 표정을 보니 농담하는 것 같지는 않고, 지극히 진지한 얼굴이다. 다카코는 신중하게 물었다.

재미있다니, 무슨 뜻? 못생겼다거나?

아냐, 아냐. 미추의 문제가 아냐.

그것도 여자의 얼굴로서 어떻다고. 다카코는 그렇게 따져보고 싶었지만, 유이치에게 통할지 어떨지 몰라 그만두었다.

단순한 듯하면서 복잡하여 전혀 읽을 수가 없어.

유이치는 찬찬히 다카코의 얼굴을 보았다.

읽을 수 없어? 읽을 수 없다니?

다카코는 점점 당황했다.

우선 가족 구성을 읽을 수가 없어. 실례지만 다카코네 아버지, 뭐 하시는 분이야?

나. 아버지 안 계셔. 엄마는 사장님이야. 엄마와 둘이 살아.

아아, 과연. 그렇구나.

유이치는 고개를 크게 끄덕였다. 수학문제를 풀었을 때처럼 순수하게 만족스런 표정이어서, 다카코는 왠지 웃음이 났다.

참고로 말하자면 엄마는 싱글마더. 아버지와는 결혼하지 않았어.

그렇게 덧붙인 것은, 유이치라면 색안경을 끼고 보지 않을 거라고 확신했기 때문이었다.

흐음. 그런가. 싱글마더란 그런 의미인가.

아니나다를까, 유이치는 그 말을 학술적으로(?) 받아들이려는 듯하다.

나는 말하자면 사생아지.

그런 말을 거침없이 할 수 있었던 것도, 상대가 유이치였기 때문일 것이다.

하지만 돌아온 말은 의외였다.

러브차일드라고 하는 거야. 그렇구나, 다카코는 러브차일드구나. 그래서 그런 얼굴을 하고 있구나.

유이치는 그렇게 말하며 혼자 고개를 끄덕거리면서 생각에 잠겨버렸다.

깜짝 놀랐다. 어째서 그런 말을 알고 있을까, 하고 생각했다. 희한한 아이다, 하는 것과 대범한 아이다, 하는 생각을 하다 보니 기묘하게 깊은 느낌이 들었다.

일단 비밀로 해주지 않을래? 그런 것, 문제로 삼는 사람들도 있으니까.

다카코는 노파심에서 그렇게 말했다.

그런 것, 어째서 타인에게 말할 필요가 있는 거지?

유이치는 왜 그런 바보 같은 부탁을 하니, 하는 얼굴로 다카코를 보았다. 그것이 또 우습기도 하면서 어딘가 감동적이었다.

한참 걸은 후, 유이치는 다시 뭔가 생각난 듯이 얼굴을 들었다.

다카코가 신기한 얼굴을 하고 있는 것은, 분명 관대한 탓이라고 생각해.

엉?

다카코는 또 의아한 듯이 유이치의 얼굴을 보았다.

다카코의 표정을 볼 때마다 그것을 제대로 표현할 말을 줄곧 발견하지 못했는데, 지금 이야기를 듣고 그것이 '관대함'이라는 것을 알았어. 우리 정도의 나이에는 그런 얼굴이 드물기 때문이지. 다카코는 처음부터 용서하고 있었던 거야.

유이치는 담담하게 계속했다.

처음부터 용서를 한다? 그거, 무슨 뜻이지?

유이치의 말은 해설 없이는 이해가 불가능했다.

모두 눈이 번들번들하거든. 우리는 내심 오들오들 떨면서도 번들번들거리고 있어. 지금부터 세상의 것을 손에 넣지 않으면 안 되는 한편, 자신이 갖고 있는 것을 빼앗기고 싶어하지 않아. 그래서 겁을 내면서도 영악해져 있는 거야. 그런데 다카코는, 번들거리지도 않고 오들오들 떨지도 않아.

다카코는 쓴웃음을 지었다.

그건 처음부터 포기하고 있기 때문 아냐?

아니, 그렇지 않아. 다카코는 용서하고 있는 거야. 타인에게 뭔가 빼앗으려는 생각 따위 하지 않고, 오히려 빼앗겨도 용서할게, 하는 스탠스(야구, 골프 등에서 두 발의 위치나 벌린 폭, 자세)야. 그것도 빼앗기기 전부터.

그때는 스탠스라는 말의 의미를 몰랐던가.

어쨌든 유이치의 이야기는 묘하게 신선했다. 처음부터 용서하고 있다, 라는 말이 강하게 인상에 남았다.

과연 자신은 이미 출발지점부터 마이너스 위치에 놓여 있었으며, 그것을 어릴 때부터 자각하고 있었다. 어머니는 솔직하게 비하하는 것 없이 키워주었지만, 내 마음속 어딘가에는 난 처음부터 출발이 늦었다는 생각이 있다. 그래서 타인을 원망하거나 욕할 마음은 들지 않았다. 아무래도 상관없잖아, 하는 이 나른한 성격은 거기서부터 시작된 것이다. 유이치가 말하는 것은 그 부분일 것이다. 스스로도 인식하지 못한 그런 감정을 간파한 유이치에게 다카코는 솔직히 경의를 느꼈다.

그 후 가끔 유이치와 둘이 만나 이야기를 나누게 되었던 것이다.

유이치에게는 데이트한다는 느낌은 전혀 없었다고 생각한다. 그것은 다카코 쪽도 마찬가지였지만.

까치발을 하고 자신에게 맞지 않는 어려운 이야기를 하는 남자아이도 있지만, 언제나 순수한 호기심에서 나오는 유이치의 그 이성적인 이야기를 듣는 것이 재미있었다. 친구들과의 의미 없는 일상적 대화가 우울해졌을 때, 유이치의 생각 깊은 이야기를 듣는 것은 즐거웠다.

그것을 '사귄다'고 한다면 어쩔 수 없으며, 이 관계를 설명해도 이해해 주지 않을 것 같아서, 친구들이 물으면 적당히 받아넘기게 되었던 것이다.

"머리 좋지, 그 애."

그런 생각을 멍하니 하고 있을 때, 치아키가 입을 열었다.

"좋아. 천문학자가 되려 한다잖아."

다카코도 무심히 대답한다.

"난, 천체관계는 질색이야."

치아키가 생각난 듯이 중얼거렸다.

"이과 시절부터 싫어했었어. 이 그림으로부터 반년 후 몇 월의 하늘은 어떤 상태인가, 하고 물으면 완전 횡설수설."

"나도."

잠시 침묵이 이어졌다.

아직 이 대화가 계속되고 있는지 어떤지 알 수 없었다.

나는 용서 따위 하지 않았다.

갑자기 그런 생각을 했다. 오늘(이미 어제지만) 니시와키 도오루에 대한 태도로 봐도 자신이 관대하다는 건 말도 안 된다. 역시 유이치의 눈은 통찰력이 없다. 아니, 그는 성격이 좋고 이성적이어서 사물을 보는 눈이 부드러운 것이다.

나는 포기하고 있다. 달아나고 있다. 타인에게 부정되거나 받아들여지지 못하는 것이 두려워서 처음부터 포기하고 있는 것이다. 나는 누구도 용서 따위 하지 않았으며 용서할 생각도 없다. 그야말로 지금 이곳을 걷고 있는 누구보다 오들오들 떨며 번들번들거리고 있는 것이다.

"저기, 치아키는?"

"응?"

무의식중에 묻고 있었다.

"치아키가 낙태를 해도 좋은 상대는 누구야?"

"응?"

치아키가 희미하게 놀란 목소리로 되묻는다. 지칠 대로 지쳐 있음을 생각하면, 그것은 상당히 놀란 목소리였다.

다카코는 피로와 싸우면서도 말한다.

"낮에 말했잖아. 이 나이에 낙태를 해도 좋은 상대를 만났다는 건 부럽다고. 그때 치아키에게도 그런 사람이 있구나, 싶었어."

치아키는 말문이 막혔다.

"다카코는 반응은 느리면서 희한한 데서 날카롭다니까."

원망스러운 듯한 중얼거림에 다카코는 희미하게 웃었다.

우우. 웃으니 몹시 지친다.

"내가 아는 사람?"

"응."

조금 두근거리기 시작했다. 너무나 지쳐 있어서, 정신활동은 몸의 저 밑의 밑의 밑바닥에서 행해지고 있는 느낌이다. 심해어가 바다 밑에서 왔다갔다하다가, 간신히 수면 위로 떠오르는 것 같다.

"니시와키 도오루?"

그 이름을 말하자, 역시 가슴이 뛴다.

"아냐."

치아키가 일축해 버리자, 약간 맥이 빠졌다.

"누구?"

짙은 침묵 후. 이윽고 치아키는 탄식처럼 중얼거렸다.

"도다 시노부."

"뭣."

솔직히 의외였다. 치아키가 니시와키 도오루에게 보이는 수줍은 표정만이 인상에 남아 있어서, 도다 시노부 쪽은 전혀 생각 밖이었던 것이다.

"호오."

그 솔직한 마음이 역시 탄식이 되어 다카코의 입에서 새어나오자, 치아키는 그녀를 즉각 째려보았다.

"말하지 마."

"물론. 아무에게도 말 안 해."

"나도 고백할 마음 따위 없어."

"어째서."

치아키는 작게 고개를 저었다.

"그냥. 그렇게 생각해. 고백한다고 어떻게 될 것도 아니고, 별로 어떻게 되고 싶은 것도 아니고. 이제부터 수험준비 열심히 해서 졸업하는 것뿐이잖아. 지금은, 그렇게 생각하는 상대가 있는 것만으로 좋아."

치아키는 나지막하게, 그리고 천천히 중얼거렸다.

이번에는 다카코가 말문이 막힌다.

치아키가 하고 싶어하는 말은 잘 알았다.

좋아한다는 감정에는 답이 없다. 무엇이 해결책인지 누구도 가르쳐주지 않으며, 스스로도 좀처럼 찾을 수 없다. 훗날의 행복을 위해 가슴속에 간직하고 허둥댈 수밖에 없는 것이다.

좋아한다는 마음은 어떻게 매듭을 지으면 좋을까. 어떤 상태가 되면 성공했다고 할 수 있을까. 어떻게 하면 만족할 수 있을까. 고백한들, 데이트한들, 임신을 한들, 어느 것도 정답이라고는 생각할 수 없다. 그렇다면 괜히 행동을 일으켜 후회하기보다 마음속에만 소중히 간직하는 편이 훨씬 낫다.

"흐음. 부럽구나."

다카코는 그렇게만 말했다.

"다카코에게는 없어?"

치아키가 탐색하는 듯한 목소리로 말한다.

"없어."

단호히 대답한다.

"정말로 정말?"

"정말. 지쳐서 거짓말할 힘도 없어."

그건 다카코의 본심이었다. 지금 상태로는 거짓말하는 편이 훨씬 더 체력을 요한다. 그 정도의 체력을 사용하느니, 솔직히 말하는 게 편하다.

치아키도 그것을 실감하고 있는지 고개를 작게 끄덕였다.

다시 침묵이 주위를 뒤덮는다.

"에쓰코, 발견했을까, 그 범인."

치아키가 문득 생각난 듯이 중얼거렸다. 낮에 돌던 사진을 떠올린다.

"누구든 상관없지만, 나는 알고 싶지 않구나."

다카코가 중얼거린다.

"응."

치아키도 끄덕였다.

시간의 감각이라는 것은 정말로 이상하다.

나중에 돌이켜보면 순간인데, 당시에는 이렇게도 길다. 1미터 걷는 것만으로도 울고 싶어지는데, 그렇게 긴 거리의 이동이 전부 이어져 있어, 같은 일 분 일 초의 연속이라는 것이 믿어지지 않는다.

그것은 어쩌면 어느 하루만이 아닐지도 모른다.

농밀하며 눈 깜짝할 사이였던 이번 한 해며, 불과 얼마 전 입학한 것 같은 고교생활이며, 어쩌면 앞으로의 일생 역시 그런 '믿을 수 없는' 것의 반복일지도 모른다.

아마 몇 년쯤 흐른 뒤에도 역시 같은 말을 중얼거릴 것이다.

어째서 뒤돌아보았을 때는 순간인 걸까. 그 세월이 정말로 같은 일 분 일 초마다 전부 연속해 있다는 걸 어떻게 믿을 수 있을까, 하고.

밤의 바닥이 하얘졌다, 라고 표현한 것은 근대문학사 시간에 배운 『설국』에서였던가.

하지만 이 경우는 밤의 위쪽이 하얘졌다, 라고 해야 할 것이다.

더욱이 그 하얀 곳에 도착하려면 아직 조금 더 가야 한다. 미래가 하얘졌다고 하는 편이 지금의 심경에는 어울린다.

다카코는 몽롱한 머리로 그런 생각을 하고 있었다.

예의 학교는 언덕 위에 있다. 임시수면장이 되는 그 학교의 불빛이 보이기 시작했지만, 앞으로 나가지 않는 이 발로는 좀처럼 학교 본체에 가까워지지 않았다.

그래도 술렁임이 서서히 가까이 들려오는 기척이 있다.

아니, 아직 들리지는 않지만 들릴 것 같은 예감만은, 밤의 위쪽이 하얘졌다는 것을 보았을 때부터 있었다.

모두가 초조해하고 있다.

이제 곧, 이제 곧 종점이다. 지금은 아직 자유보행에 대한 생각 따위 머리에 없다. 다시 달려서 모교에 도착해야 한다는 따위의 생각은 하지 않고 있다.

어쨌든 이제 곧 끝난다. 걷지 않아도 된다. 누워서 쉴 수 있다.

그 희망만이 등대처럼 멀리서 반짝이고 있다. 빨리 그곳에 도착하고 싶은데 다리가 움직이지 않는다. 침을 꿀꺽 삼키고, 종점으로 이어져 있는 자신의 발밑을 내려다보며 몸을 앞으로 기울인다. 이 길은 그곳으로 이어져 있다. 이 길은 반드시 끝난다.

그러나 머리로는 알고 있어도, 몸은 결국 불만을 폭발시킨다.

조금만 더, 조금만 더, 라고 하지만 조금도 가까워지지 않고 있지 않은가. 대체 언제 쉬게 해줄 거야. 아까부터 속이기만 하고. 적당히 좀 하라고. 그러지 않으면 여기서 팍 쓰러져줄 거야.

머리는 필사적으로 몸을 달랜다.

정말이야. 이번에는 정말이야. 이번에는 거짓말이 아냐. 정말로 이제 곧 저기에서 누워 쉴 수 있어. 그러니까 조금만 더 참아줘.

언덕길을 오르는 학생들의 얼굴은 이미 인간의 얼굴이 아닌 것 같다. 통증조차 마비되고, 입에서는 헉헉거리는 소리만 새어나올 뿐. 무릎은 지쳐서 힘이 빠지고 발은 감각이 없다. 표정도 사라지고 소리도 없고, 탈보다도 무표정한 생물의 무리.

하지만 역시 모든 일에는 언젠가 끝이 온다. 쉬지 않고 계속 걸으면 결국 밝은 곳으로 나올 수 있는 것이다.

웅성거림은 더 이상 환청이 아니었다.

지금까지 행군하는 동안의 침묵이 거짓말이었던 것처럼 생기발랄한 웅성거림이 언덕 위의 불야성에서 울려온다.

"해."

"냈다."

"정말."

"도착했다."

"걸었어."

"와아."

치아키와 리카와 셋이 대사를 나눠 하고 서로 껴안으면서, 다카코 일행은 드디어 교문을 들어섰다.

"우와, 눈부셔."

그곳은 별세계였다.

교정에도 교실에도 밝디밝은 불이 켜져 있다.

너무나 밝아서 눈이 따끔따끔 아프다.

다카코는 잠시 잊고 있던 시계를 보았다.

오전 두 시 십 분. 시험공부 하느라 깨어 있을 때는 있지만, 이 시간에 이렇게 돌아다니는 것은 역시 이 보행제뿐이다.

지칠 대로 지쳤을 텐데 운동장을 돌아다니기도 하고 수돗가에서 세수를 하고 양치를 하는 학생들에게는 믿음직스러운 활기가 있었다. 단체보행을 해냈다는 만족감이 여기저기에서 넘쳐나고 있다.

그런 그들을 보고 있으니 올해도 단체보행이 무사히 끝났구나, 하는 실감이 서서히 솟아오르기 시작한다.

그러나 몸 쪽은 아직 실감을 받아들이지 않는다. 몸은 지금까지 실컷 혹사당하고, 앞으로 조금이니 참으라고 달래 왔던 명령에 더 친숙해져서, 이제 걷지 않아도 돼, 하는 머리의 명령을 좀처럼 신용하지 않는 것이다.

그렇지만 일단 긴장이 풀려버리면 몸이 삐걱거려 걸을 수 없게 된다. 불과 조금 전까지 어떻게 걸었는지 생각도 안 날 만큼 발의 움직임이 흐트러져 제어할 수 없어진다.

축 늘어져 앉아 있는 학생, 큰 소리로 서로 웃고 있는 학생.

극한 상황을 넘기고 저마다 감개무량해하고 있다.

선잠 시간은 고작해야 두 시간 정도밖에 되지 않으니 얼른 자는 게 좋은 건 당연하지만, 머릿속이 과열되어 바로 잠들지 못하는 것이다.

3학년생은 체육관이 임시수면장이다.

복닥복닥 사람들이 돌아다니는 복도를 벗어나 밝은 체육관으로 들어가자, 많은 자리가 깔려 있고 이미 반 정도의 학생들이 누워 있었다. 모두가 동년배이며 체육복을 입고 있다는 것을 제외하면, 거의 태풍 피난소 같다.

일단 학급 구분은 해놓았지만 단체보행이 끝난 지금, 이미 학급 구분은 흐트러져 있었다. 자유보행 때 함께 걸을 학생들끼리 여기저기 모여 있는 게 눈에 들어온다.

실행위원이 각 반의 깃발을 회수하고 있었다. 아침부터는 개인보행이어서 이제 필요가 없는 것이다. 깃발은 그대로 사진을 찍어 졸업 앨범의 학급 소개에 실린다.

미와링, 어디 있을까?

다카코는 체육관을 둘러보았지만 눈에 띄지 않았다. 양치질을 하러 간 모양이다.

"늘 그렇지만 지금부터 두 시간 후에는 다시 달려야 한다는 사실이 믿어지지 않아."

리카가 한숨 섞인 목소리로 중얼거렸다.

"정말이야. 어찌나 무모한 행사인지."

치아키가 신음소리를 내며 류색을 내렸다.

리카와 치아키는 개인보행에도 함께 걷는 것 같다.

"그럼, 난 미와링이랑 걸을게."

다카코는 두 사람에게 작게 손을 흔들었다.

"그래. 남은 시간 파이팅."

"안녕, 이따 보자. 미와링에게 안부 전해줘."

두 사람도 손을 흔들어준다.

다카코는 륙색을 든 채 세수를 하러 가기로 했다.

역시 남자들은 터프하네.

복도를 뛰어다니는 학생들을 보면서 다카코는 맥이 빠졌다. 사람이 움직이는 걸 보는 것만으로 지친다. 잠시 멈춰 서 있는 것만으로 발언저리가 불안해졌다. 이런 곳에서 엎어지면 바보 같을 텐데.

하지만 학교라는 것은 돌계단이 많은 곳이다. 다카코는 뒤뚱뒤뚱 이상한 자세로 발을 움직이면서, 익숙하지 않은 교내를 걸어갔다.

가장 큰 옥외 세면장은 지금도 줄이 긴 뱀 같지만 줄을 서지 않을 수 없다.

가능한 한 짧아 보이는 열에 선다. 화장실도 붐비겠지.

소란 속에 우두커니 서 있자, 발바닥의 찌릿찌릿한 통증이 전해졌다. 걷는 것도 힘들지만 가만히 서 있는 것도 고통스럽다. 일단 걷기를 멈추면 마비되었던 통증이 큰 소리로 그 존재를 주장한다.

정말 이 다리로 앞으로 20킬로미터를 걸을 수 있을까. 게다가 처음에는 달리지 않으면 안 되는데.

새삼스럽게 보행제의 가혹함을 실감한다.

잘도 이런 행사를 몇십 년이나 해왔군. 역으로 몇십 년이나 모두 잘 해낸 행사라고 생각하면 이런 것 못 할 것도 없겠지. 이렇게 많은 사람들이 함께 하룻밤을 걷는 일은, 평생 없을 거야.

멍하게 주위를 둘러보다 보니, 불쑥 미와코의 하얀 얼굴이 눈에 들어왔다.

그녀는 체육관과 본관 사이의 통로에서 누군가와 이야기를 나누고 있었다.

아, 미와링, 저런 곳에서.

다카코는 손을 들려고 했다. 하지만 함께 있는 소녀를 보고 반사적으로 손을 내린다.

우치보리 료코다.

미와코의 얼굴은 당혹스런 표정이었다. 우치보리 료코는 뭔가를 열심히 미와코에게 이야기하고 있었다.

가슴속이 불안해진다. 무슨 말을 하는 걸까, 이런 시간에.

미와코는 곤란한 듯 고개를 갸웃거리며 두 손을 펴고 설명하고 있다. 료코는 굳은 표정으로 또 뭔가를 말하고 있었지만, 미와코는 눈을 감고 좌우로 고개를 저었다.

료코는 시무룩한 모습이었지만, 이윽고 포기한 듯이 무슨 말인가 하더니 뛰어가버렸다. 미와코는 복잡한 표정으로 료코의 뒷모습을 바라보고 있다.

"미와링!"

다카코가 소리를 지르며 손을 흔들자, 미와코가 깜짝 놀라며 돌아보았다. 안심한 듯한 미소를 띠고 총총걸음으로 달려온다.

으음, 역시 미와코, 아직 여력이 있는걸.

"수고. 찾고 있었어. 양치질하고 갈 테니까 기다려. 아, 체육관에 먼저 가 있어도 돼."

미와코는 황급히 손을 내젓는다.

"아니, 기다릴게. 저기, 지금 우치보리가 개인보행 같이 걷지 않겠냐고 하더라."

"뭐어?"

"니시와키 일행이랑 함께 걷자고."

"니시와키 일행이란, 니시와키와 도다?"

다카코는 조심스럽게 물었다. 료코와 사귄 적 있다는 도다 시노부. 치아키가 좋아하는 도다 시노부. 니시와키 도오루와 우치보리 료코가 함께 있는 것이 싫은 도다 시노부. 과연, 이렇게 보니 실은 시노부는 오늘의 숨은 주요인물이 아닌가.

"으음, 테니스부 사람들과 뛴다던데?"

"니시와키 도오루는 도다 시노부와 달릴 거라고 말했대."

"어머나, 그러니. 그럼 어느 쪽이든 무리겠네."

"좋은 분위기였지, 그 두 사람."

"아, 아까 일."

미와코는 지친 듯한 미소를 지었다.

"그 애, 그런 면에서는 너무 강제적이야. 아까도 느닷없이 선물 주는데 같이 가달라고 하더니만. 개인보행도 나는 다카코와 같이 할 거라고 전부터 말했는데, 갑자기."

"자기하고 걷자는 건, 물론 나도 함께라는 건 아니겠지? 나는 떼어놓고서라는 말?"

"응. 다카코는 반 친구들하고 걷겠지, 하면서."

"정말로······."

제멋대로군, 하는 말을 삼킨다. 왠지 그녀를 비난하면 그녀를 질투하는 듯한 기분이 들 것 같아서였다.

"물론 거절했지. 마지막 자유보행인데. 다카코와 걷는 걸 얼마나 기대하고 있었는데, 말도 안 되지."

"그러게. 선물 작전이 성공했으니까 좀더 니시와키 도오루와 함께 있고 싶었던 거 아닐까?"

"어째서 나까지 함께야."

"테니스부 남자들이 있는 곳에 혼자 끼어드는 게 싫었던 거지. 미와링은 남자들에게 인기도 많고 발도 넓고, 함께 있으면 거절당하지 않을 거라고 생각했을 거야, 분명."

"으음."

미와코는 떨떠름한 표정을 지었다. 그녀는 정확한 성격이어서 그렇게 제멋대로인 것을 참지 못하는 것이다.

그렇다 해도 정말 뻔뻔하네. 굳이 미와코를 자유보행의 상대로 유혹한다는 것은 나에 대한 심술이기도 하겠지.

다카코는 그렇게 직감했다. 분명 그녀는 나와 니시와키 도오루가 사귀고 있다는 소문을 들었을 것이다. 그녀로서는 일석이조인 셈이겠지. 하지만 고등학교 3학년 마지막 행사에서 그런 심술을 부리다니, 대체 어떻게 생겨먹은 성격일까. 정말 타산적인 아이라는 시노부의 관찰은 옳았다.

점점 화가 나서 잠시 피로를 잊었다.

"다카코, 나 화장실 갔다 올게."

미와코는 기분을 바꾼 듯 평소 어조로 말했다.

"그래, 나도 양치질하면 갈 테니까 줄 서 있어."

"응."

미와코는 얼른 돌아서 걷기 시작했다. 이런 점도 미와코답다. 금세 기분을 바꾸어 이러니저러니 험담하지 않으며, 혼자서도 행동할 수 있다.

흠. 나와 미와링을 찢어놓으려 하다니, 그렇게는 못 하지. 멋대로 니시와키 도오루를 쫓아가 봐. 하지만 그의 자유보행은 네가 예전에 일방적으로 차버린 도다 시노부가 함께인걸. 꼴좋구나.

순서를 기다리는 동안 다카코는 불끈불끈 묘한 투지가 끓어올라, 바드득바드득 거칠게 이를 갈았다.

미와코와 다시 체육관으로 돌아오자. 이미 그 안은 완전한 정적에 휩싸여 있었다.

과연 모두 꼼짝도 하지 않고 잠에 빠져 있다. 그토록 미동도 하지 않으니 사체들이 잔뜩 널려 있는 것 같다.

"오, 과연 모두 잠에 빠져들었군."

"우리도 빨리 자자."

둘이서 나직하게 속삭이면서, 발소리를 죽이고 비어 있는 곳을 찾는다.

구석 쪽에 딱 적당한 장소를 발견, 류색을 나란히 베고 누웠다.

베개도 이불도 없다. 정말 그저 눕기만 할 뿐인 혼숙이다.

"안나의 동생이 왔던데."

옆에 누우면서 미와코가 불쑥 중얼거렸다.

"아, 준야. 역시 안나를 닮았더라."

다카코는 맞장구를 쳤다. 그렇다, 그 아이가 있었지. 까맣게 잊고 있었다.
"재미있는 아이지. 얼굴은 닮았지만, 알맹이는 전혀 달라."
"완전 미국인이지."
"맞아, 맞아."
아주 잠깐, 안나와 미와코와 셋이서 누워 뒹굴던 때의 느낌을 떠올렸다.
"그 아이, 벌써 돌아갔을까?"
다카코는 묻는다. 그 후 모습이 보이지 않는다.
"도중에 친구 차로 돌아간 것 같아. 그렇지만 마지막까지 쫓아올 거라고 했어. 어딘가에 차를 세워두고, 안에서 자고 있지 않을까."
"그 아이도 친구도 호기심 왕성하지. 안나도 함께였더라면 좋았을 텐데."
"응. 정말, 나도 그렇게 생각했어."
"그럼, 골인지점인 학교 근처에 있을지도 모르겠네. 기대. 그렇지만 우리도 완전 녹초가 되어 상대할 여유가 없을지도 모르겠군."
"좋잖아, 만약 골인지점에서 기다리고 있어준다면, 집까지 태워다 달라고 하지."
미와코는 당연하다는 어조로 그렇게 말했다. 이런 점이 그녀는 참으로 당차다.
"앞으로 몇 시간이면 보행제가 끝난다 생각하니, 믿기지 않아."
다카코는 팔을 베개 삼아 옆으로 누우며 중얼거렸다.
미와코는 물끄러미 천장을 보고 있다. 과연 그녀도 햇볕에 그을린 것 같다. 코며 뺨이 붉어졌다.

"그러게. 눈 깜짝할 사이였어. 그렇게 고생하며 걸었는데."
미와코는 조용히 끄덕였다.
"고등학교 행사도 끝이구나. 거짓말 같아."
"응."
졸린데, 잠이 오지 않았다.

몸은 이미 잠들어 있고, 머리도 쉬고 싶다고 애원하고 있다. 하지만 아직 잠들 수는 없다. 그런 마음이 드는 것이었다. 나, 미와코에게 뭔가 물어야 하는 것이 있었을 텐데.

기억을 뒤지는 동안 입이 멋대로 지껄이고 있었다.

"저기, 그 아이, 이상한 말 하지 않았니? 미와링이나 나의 남매를 안나가 좋아한다나 뭐라나. 뭔가 착각하고 있지. 미와링이라면 몰라도 나의 남매라니."

다카코는 농담처럼 말할 생각이었다.

그러나 미와코는 "아아." 하고 매정하게 고개를 끄덕였다.

"니시와키 말이지."

그녀는 아무렇지도 않게 그렇게 중얼거렸다.

다카코는 반쯤 잠든 상태에서 숨을 삼킨다.

응? 여기서 그 이름이 나온다는 것은, 어떤 거지? 어? 그래도 되는 건가? 맞지만, 맞지 않는 것 같은 것은?

머리는 필사적으로 생각하려 하고 있지만, 이미 뇌수는 사고하는 것도 거부하고 있다.

사고정지 상태에 있는 다카코의 얼굴을 시침 뚝 뗀 표정의 미와코가 고개를 돌리고 바라보며, 이렇게 말하고 있었다.

"그렇다면 별로 착각한 거 아니지 않니. 니시와키는 다카코의 이복남매잖아."

수면은 극히 한순간이었다.

정말이다. 자리에 머리를 붙였는가 싶었더니, 다음 순간 벌써 두 시간이 지나 있었다.

몸을 일으키려 했지만 온몸이 삐걱거리며 전혀 따라오지 않는다. 중력이 지구의 열 배 정도인 별에서 눈을 뜬 것 같은 느낌이다.

눈이 떠지지 않는다. 습벅거리는 것을 넘어 눈꺼풀이 녹슨 셔터처럼 뻣뻣하다.

"으으."

"아악."

옆에서 시노부가 신음소리를 내고 있었다.

신음소리는 곳곳에서 들린다. 동면에서 깨어난 유충처럼(유충이 동면하는지 어떤지는 기억나지 않지만), 꿈틀꿈틀 움직이기 시작할 기미가 늘어난다.

풍경은 잠에 빠져들기 전과 전혀 달라지지 않았다.

바깥은 아직 캄캄하고, 체육관에는 밝디밝게 불이 켜져 있다. 그리고 무엇보다 축 늘어진 피로가 체육관 전체를 뒤덮고 있다.

고개와 어깨를 휘휘 돌려보지만, 불량 프라모델보다도 접속이 나쁘다.

"으윽."

"벌써 출발인 거야."

물론 아침식사 따위 없다. 지금부터 마지막 점호를 받고, 네 시 반이 지나면 이곳을 출발하는 것이다.

몸을 일으키다 도오루는 움찔했다. 왼쪽 무릎에 이상한 무게감을 느낀 것이다.

살짝 손으로 만져본다. 그렇게 부어 있는 건 아니지만, 꽤 열이 나고 있다.

이거, 큰일인데.

조심스럽게 왼쪽 무릎을 안으면서 일어선다.

걸어보니 그다지 통증은 느껴지지 않아서 안심했다. 그러나 욱신욱신 기분 나쁜 둔통이 사라지지 않는 것도 사실이다.

서서히 불안이 몰려왔다. 자유보행. 20킬로미터. 무사히 걸을 수 있을 것인가.

중단하고 버스를 타는 것보다, 시노부와 함께 골인하지 못한다는 두려움 쪽이 컸다.

"……왼쪽 다리야?"

그런 도오루의 모습을 보고 있었는지, 시노부가 담담한 목소리로 물었다.

도오루가 깜짝 놀라 시노부를 쳐다보자, 그는 일어나 자리 위에서 가부좌를 틀고 있었다.

"걷지 못하는 건 아냐. 아직 대단한 통증은 없어."

도오루는 억지스런 미소를 지어 보였다.

시노부는 자신의 륙색을 끌어당겼다.

"나, 냉습포(冷濕布) 갖고 있어. 보호대 있지?"

"응."

"이거 붙이는 것만으로도 꽤 달라질 거야."

시노부는 륙색 안에서 코를 찌르는 냄새가 나는 약을 꺼냈다.

반으로 잘라 무릎 앞뒤에 붙이자 서늘한 것이 느낌이 좋다. 그것을 보호대로 고정하니 정신적으로 상당히 편해졌다.

"고맙다. 이거라면 괜찮겠는걸."

"달릴 수 있겠어?"

시노부가 무표정하게 도오루의 얼굴을 본다.

도오루는 진지한 얼굴로 끄덕인다.

"응. 달릴 수 있는 데까지 달릴 거야. 그 다음은 걸을 거니까, 너, 나 놔두고 가도 돼."

"그래. 그때는 얼른 놔두고 갈게."

그렇게 말해주는 것은, 시노부의 자상한 배려였다.

"화장실 다녀올게."

"다리 구부리지 마."

"작은 거야."

시노부의 목소리를 들으면서, 도오루는 웃으며 돌아보았다.

역시 이 녀석과 마지막까지 가고 싶다.

조용했던 교사는 다시 살벌함이 어린 웅성거림으로 휩싸였다.

교문 주위를 메운 사람, 사람, 사람의 검은 머리. 줄도 그룹도 없는, 무질서하고 거대한 무리다.

후끈한 열기가 아직 어두운 하늘 바닥에 고여 있다.

어쨌든 이제 북고 학생, 이라는 틀밖에 없다. 반도 남녀도 학년도 사라지고, 북고 전교생이 이곳을 출발하여 오로지 모교로 향한 길을 목표로 하는 것이다.

지금부터 골인지점까지의 주의사항이 되풀이되고 있었다.

학생들은 긴장과 흥분으로 제대로 이야기를 듣지 않는다. 시간 내에 도중의 체크포인트를 통과할 것, 출발 후 다섯 시간 안에 교문의 골인 접수를 마감할 것, 그 이후는 전원 버스로 회송된다는 것.

아직 머리도 몸도 반쯤 잠들어 있는 듯한 상태인데, 그래도 역시 긴장과 흥분으로 몸이 떨리고 있었다.

다카코의 긴장은 혼란이기도 했다.

니시와키는 다카코의 이복남매잖아.

그렇게 말한 미와코의 표정과 목소리가 머릿속에 각인된 채 사라지지 않는다.

미와링이 알고 있었다니.

다카코는 옆에서 아무렇지 않은 얼굴을 하고 있는 미와코를 흘끗 훔쳐본다.

미와코는 굳어 있는 다카코를 무시한 채 "나, 잘게. 너도 잘 자." 하고는 얼른 고개를 돌리고 잠들어버렸다. 다카코도 경직된 채 어느 새 잠들었다.

일어난 후에도 미와코는 아무것도 설명하지 않는다. 빨리 세수하고 오자, 라든가 반창고 다시 붙이자, 라든가 가지고 있던 초콜릿을 다카코의 입에 넣어주면서 준비하느라 바쁜 척하며 아무런 이야기도 하지 않는다.

미와코가 알고 있었다. 대체 언제부터일까?

안나도?

그 생각을 하자 온몸이 얼어붙는다.

그렇다, 안나도 알고 있었던 것이다. 그러니까 그런 이야기를 한 것이다.

친구의 남매.

미와코도 안나도 알고 있었다. 그리고 알고 있는 것을 내게 숨기고 있었다. 필시 내가 신경을 쓸 거라는 것을 알고는.

그럼 그것은? 안나가 내게 보낸 엽서는······.

음, 그 엽서에 대체 뭐라고 써 있었더라.

생각하기 시작하자, 빙글빙글 여기저기서 지금까지의 기억이 얼굴을 내밀어 점점 혼란스러워진다.

미와코는 설명해 줄까?

다카코는 한 번 더 미와코의 옆얼굴을 훔쳐보지만, 여전히 그녀는 모르는 척하는 얼굴로 앞만 응시하고 있을 뿐이다.

쉰 목소리에 거의 자포자기로 부르는 교가가 울려 퍼지고, 응원단원이 둥둥 큰북을 친다.

완주할 수 있을까, 도오루는 차가운 왼쪽 무릎에 의식을 집중시키고 있었다.

지금은 아직 아무것도 느껴지지 않지만 지금부터 뛰기 시작하여 시간이 지나면 어떻게 될까. 뭔가의 충격으로 강한 힘을 받으면, 그대로 걸을 수조차 없게 될 가능성도 있다.

"어떻게 할래? 달릴래, 천천히 갈래?"

옆에서 시노부가 속삭였다.

하지만 역시 이 녀석과 골인하고 싶다. 이 녀석과 함께 고교생활의 추억을 완결시키고 싶다.

"달릴래."

도오루는 망설임 없이 단호하게 대답했다.

"어차피 달릴 거라면 처음에 힘껏 달려서 거리를 벌어두는 편이 좋아."

"알았어."

시노부는 짧게 고개를 끄덕였다.

"뛰자."

"오케이."

시노부는 발목을 돌리기 시작했다.

먼 곳에서 누군가 손을 흔들고 있다. 테니스부 동료였다.

도오루도 같이 손을 흔든다. 시노부와 달리기로 한 것은 잠자기 전에 연락해 두었다.

그 녀석들도 긴 시간 함께 보낸 친구들이었다. 유감스럽긴 하지만 지금은 그걸로 후회하지 않는다. 도오루는 허벅지를 두들기기 시작했다.

문득 왼쪽으로 시선을 보내자, 긴장한 표정의 다카코와 미와코가 눈에 들어왔다.

힘내라, 두 사람.

마음속으로 진심어린 응원을 보낸다.

거대한 무리 사이로 긴장은 더욱 고조되어 갔다. 출발신호를 보내는 실행위원장이 단상에 올라간 것이다. 과연 웅성거림이 멈추고 답답할 정도의 긴장감이 주위에 가득 찼다. 서서히 학생들이 앞쪽으로 나아가고 있다. 상위 입상을 노리는 학생들이 조금이라도 앞으로 나가, 유리한 위치를 차지하려는 것이다. 아마 맨 앞줄에는 어마어마한 긴장감이 떠돌고 있을 것이다. 1천2백 명의 학생들이 일제히 마라톤 스타가 되는 것인 만큼 출발은 중요하다.

기록을 노리는 학생들은 거대한 무리에 휩쓸리기 전에 빠져나가고 싶을 것이다.

실행위원장도 목이 쉬어 있었다.

"지금부터 자유보행을 시작하겠습니다. 여러분이 무사히 우리 학교 교문으로 들어올 수 있기를 바랍니다! 조심하시고! 그러면, 출발합시다!"

큰북 소리와 우와, 하는 환성이 하나가 되어 아직 미명인 하늘에 울려 퍼졌다.

일제히 운동장 가득 울려 퍼진 발소리가 학교 건물 벽에 부딪쳐 되돌아온다.

와, 하는 소리는 좀처럼 사라지지 않는다. 배웅하는 교사들의 박수와 학부모들의 환성이 뒤섞여, 몇 분 동안 경이로운 흥분상태가 계속되고 있었다.

"가자, 다카코."

이윽고 앞 사람들이 움직이기 시작하자, 미와코가 재빨리 신호를 보냈다.

"예엣."

다카코도 서둘러 뛰기 시작한다. 그러나 거대한 무리에 둘러싸인 채 출발해서, 주위가 그대로 이동해 가는 듯한 느낌이 묘하다.

시작되었다. 시작되었다.

머릿속에서는 그런 소리가 빙글빙글 돌고 있다. 아직 마음의 준비가 되어 있지 않은데, 몸만 가져가는 듯한 기분이다.

앞으로 20킬로미터. 교문까지 20킬로미터.

정말 도착할 수 있을까.

미와코와 안나는 어떻게 그것을 알고 있었을까.

이만한 거리, 달릴 수 있을까.

다카코의 머릿속은 엉망진창이었다.

"가자, 도오루."

"좋아."

두 소년도 달리기 시작했다.

몸이, 풍경이 천천히 움직이기 시작한다.

학생들의 호흡이 공기에 녹아든다.

모두의 운동화가 아스팔트를 밟는 둔한 소리가 소나기 소리처럼 몸을 감싼다.

무얼까, 그것은 흥분되는 체험이었다. 모두의 흥분이, 긴장이, 열기가 몸에 에너지를 불어넣어 준다.

도착할 수 있을까. 이 녀석과 함께 골인할 수 있을까.

도오루의 머릿속도 불안으로 가득하다.

하지만 지금은 우선 전속력으로 달릴 뿐이다. 이 녀석과 나란히 갈 수 있는 곳까지 노력하자. 그 다음 일은 그때 생각하자. 시노부와 함께 하기로 한 결단에 대해 나는 분명 후회하지 않을 것이다.
  교문을 나서자, 공기가 상쾌해진 듯한 해방감이 있었다.
  운동장에 모여 있을 때보다 하늘이 조금씩 밝아지고 있다.
  앞을 달리는 많은 학생들의 등이 멀리까지 제대로 보인다.
  여명이 가깝다.
  그렇게 느끼면서, 도오루는 무릎에 대해서도 까맣게 잊고 계속 달리고 있었다.

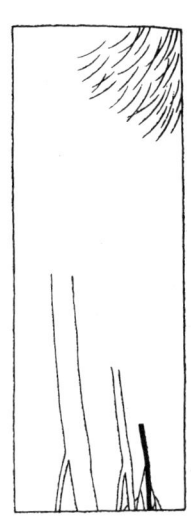

길을 빽빽이 메우고 있던 학생들이 서서히 흩어져간다.

뛰기 시작한 지 오 분도 되지 않은 동안, 선두와 꼴찌 사이가 크게 벌어져버린 것이다.

그것과 동시에 출발 때 주위를 뒤덮고 있던 이상한 긴장과 흥분도 눈 깜짝할 새 사라져버리고, 나머지는 지루하고 가혹한 로드레이스가 된다.

그렇게 겹쳐져서 들려오던 타박타박 뛰어가는 발소리도 사라지고, 들리는 것은 자신의 발소리와 거기에 동조하여 전신에 울리는 호흡소리뿐이다.

어렴풋이 밤이 새기 시작했다.

그것은 문자 그대로 한 겹씩 막이 벗겨져 가는 것처럼, 그때까지 어둠에 가라앉아 있던 것이 우르르 앞으로 떠밀리듯 올라온다. 그리고 어느 틈엔가 주위 풍경의 윤곽이 또렷하게 보이기 시작한다.

토요일 아침이어서 간선도로에도 차들의 모습이 없다. 조용한 아침안개 속에서 전방을 달리는 학생들의 실루엣이 움직이고 있다.

과연, 아직 모두 계속해 달리고 있다. 훨씬 뒤쪽에서는 이미 반은 포기하고 걷는 학생도 있겠지만, 일단 발을 멈추면 더 이상 뛸 수 없다는 것을 알고 있기 때문에 달릴 수 있는 동안 가능한 한 달려두겠다고들 생각하는 것이다.

체육관에서 눈을 떴을 때는 쌀쌀했는데, 금세 온몸이 땀으로 흠뻑 젖었다.
 아직도 미와링은 여유네.
 다카코는 옆을 달리는 미와코를 힐끗 훔쳐보았다.
 표정은 보이지 않지만 그녀의 발걸음은 가볍고, 자신보다 훨씬 여력이 있는 것은 확실하다.
 둘이서 달리는 만큼 여간해서 그만두자는 말은 꺼내기 힘들다. 자신의 박약한 의지 때문에 아직 달릴 여력이 있는 친구를 걷게 할 수는 없다.
 힘들다. 멈추고 싶다. 걷고 싶다.
 머릿속으로 외친다. 아니, 외친다느니 하는 기세 좋은 것이 아니라, 그저 고장 난 레코드처럼 저주가 되풀이하여 울리고 있다고 하는 쪽이 옳다.
 몸은 이미 옛날부터 죽는 소리를 하고 있다. 평소의 기준으로 말하자면 완전히 은퇴한 상태인데, 지금은 타성과 체념으로 발을 움직이고 있다는 느낌이다. 잠깐의 수면으로 체력이 되돌아올 리도 없으려니와, 수면은 피로를 마비시켜 아직 괜찮다고 믿도록 만드는 데 지나지 않는다.
 이런 건, 계속되지 않는다.
 다리는 무거워서 조금도 올라가지 않는다. 간신히 앞으로 내밀지만 한 걸음 내딛을 때마다 고통과도 비슷한 피로가 전신에 둔하게 울린다.
 괴롭다. 힘들다. 멈추고 싶다.
 눈으로 땀이 흘러내린다. 머리카락이 머리에 찰싹 달라붙어 있음을 의식한다.

아, 싫다, 이런 땀범벅. 보행제 때 생리가 아니어서 정말 다행이었다.

보행제 때 생리가 걸릴 것 같은 여학생들 중에서는 생리를 늦추는 약을 처방받아 먹는 아이도 있었다. 약으로 날짜를 늦추는 방법이 입소문으로 선배에게서 후배에게로 전해지고 있는 것이다. 그렇잖아도 가혹한 행사인데, 그런 것까지 걱정하는 것은 딱 질색이기 때문이다.

오로지 달리기만 하면 의식이 몽롱해지고 머리가 텅 비는 것 같다. 그러나 머리가 텅 비어 있는 것을 의식해 버리면, 금세 고통과 한계를 호소하는 말들이 머리를 가득 채운다. 그것이 짧은 주기로 반복되기 때문에 마음도 몸도 소모된다.

문득 뺨에 따뜻한 것을 느꼈다.

오렌지색 빛이 눈을 찌른다.

일출이다.

멀리 큰 철교가 보이고, 완만한 언덕을 올라가는 학생들이 아침의 부드러운 빛 속에 떠오르고 있었다.

달리는 것을 포기하고 걸어가는 학생들도 드문드문 나타나고 있었다. 몇 명씩 무리지어 고개를 숙인 채 터덜터덜 걷고 있다.

오늘 아침은 흐린 것 같다. 희뿌연 빛은 약하디약했다.

일몰에서 일출까지. 그런 말이 머리에 떠올랐다.

어제 본 해변의 일몰이 아득히 먼 기억처럼 느껴졌다.

보행제가 끝나버린다.

문득 후회 같은 것이 빠르게 가슴속에 밀려온다.

이제 곧 끝나버린다. 뭔가 소중한 것을 보행제에서 끝내려 했었는데, 뭔가 특별한 것을 맛보려 했었는데, 아무것도 하지 못한 채 이제 얼마 후면 끝나 버린다.

다카코의 99퍼센트는 얼른 이 행사를 마치고 집에 돌아가서, 샤워를 하고 침대에 쓰러져 자는 것을 갈망하고 있다. 그러나 나머지 1퍼센트는 아직 이 행사가 끝나지 않기를, 좀더 계속되기를 바라고 있는 것이다.

"뭉개진 계란프라이 같구나."

미와코가 숨을 헐떡거리면서 다카코를 보며 소리쳤다.

그녀의 얼굴에 내려앉은 빛을 보고, 다카코도 태양 쪽을 본다.

두 사람은 철교에 걸려, 풍경을 가로지르는 검은 철골 너머로 모습을 드러내기 시작한 태양을 바라보고 있었다.

묵직한 구름 사이에 번져 있는 태양은, 확실히 젓가락으로 집다가 노른자가 흘러내린 계란프라이를 닮았다.

"미와링, 나, 이제 무리."

다카코는 이 기회를 틈타 힘없이 호소했다.

"조금만 더. 제1포인트까지 가면 그때부터 걸어가자."

미와코는 매정하게 다카코의 호소를 물리친다.

"어디야, 제1포인트가."

다카코는 원망스러운 듯이 중얼거린다.

"얼마 안 남았어. 이 다리 넘어서 다음 국도 교차점일 거야. 그곳까지 가면, 나머지는 14킬로미터야."

"우."

"화이팅."

미와코의 여전히 상쾌한 기합소리에 울고 싶어지면서도, 다카코는 거의 기절할 것 같은 상태로 달렸다.

철교 위에서 느낀 강바람이, 다 건너고 나자 뚝 멈추었다.

제1포인트에 도착해도, 이렇게 죽을 것처럼 달려도, 겨우 6킬로미터밖에 벌지 못하는 건가. 남은 14킬로미터. 그 숫자를 떠올리자, 자신도 모르게 정신이 아득해진다. 지금까지의 달리기로 소모된 체력을 생각하면, 그것은 끝없는 거리처럼 느껴졌다.

역시 빨리 끝났으면 좋겠다. 빨리 집에 돌아가 자신의 침대에서 자고 싶다.

불과 조금 전까지 밀려오던 후회는 어디 가고, 원망을 품고 마음속으로 신음한다.

그러나 걷고 있는 학생들을 추월하는 것은 제법 쾌감이었다. 남학생들도 지금은 많이들 달리기를 포기하고 천천히 걷고 있었다. 체력이 남아 있지만 잡담에 전념하기 위해 걷는 학생들도 있다. 신나는 얼굴로 왁자지껄 떠드는 남학생을 보니 얄밉기도 하고 질투도 나고 복잡한 기분이 든다.

"미와코." 하고 성원을 보내는 남학생에게 생글생글 웃으며 손을 흔들어 주는 미와코를 보니, 이미 표정을 꾸미는 것조차 잊고 있던 다카코는 새삼 친구가 슈퍼우먼이란 걸 실감한다.

갓길을 걷고 있는 학생들의 뒷모습에는, 이미 끝이라는 기운이 감돌고 있었다.

1, 2학년에게는 올해 마지막, 3학년에게는 고교생활 마지막 행사의 끝이 다가오고 있는 기운이.

모두의 등이 가볍다. 큰 산은 넘었다고 하는 안도감이다. 지칠 대로 지쳐 있지만 어제와 오늘 아침의 긴장감은 사라져 있다. 과연 끝까지 걸을 수 있을까 하는 불안이 출렁이던 단체보행의 일체감은 이제 없어지고, 귀로를 향하고 있다는 마음 편함, 무방비함만 떠오르고 있다.

그것이 왠지 분했다.

아직 끝나지 않았다. 앞으로 14킬로미터나 남았다. 다카코는 그렇게 모두의 등을 향해 소리치고 싶은 충동에 쫓기는 한편, 더 이상 못하겠어, 미와코는 힘내라 하지만 이 이상 10미터도 달릴 수 없어, 하는 약한 비명도 동시에 가슴속에 소용돌이치고 있었다.

그래도 시간은 확실히 흘러가고, 시계(視界)는 조금씩 밝아진다.

낯익고 익숙한 아침이 세상을 감싸고, 비일상의 세계에서 보통 세계로 돌아왔다는 반가움이 밀려온다.

태양은 위대하다. 오로지 몸뚱이 하나로 세상을 이렇게도 밝게 한다.

천천히 떠오르는 태양도 달걀의 노른자를 닮았지만, 다카코의 머릿속도 마찬가지로 풀어진 달걀노른자 같다.

아직 모두 자고 있겠지.

언제나 일찍 일어나는 어머니조차 아직 자고 있을 것이다. 다른 학교에 다니는 친구들도, 토요일이 휴일인 세상 대부분의 사람들도. 오늘도 일하는 사람들 역시 이 시간에는 아직 자고 있다.

그런데 모두가 이불 속에서 자고 있는데, 우리는 땀투성이로 이런 곳을 달리고 있다.

철교를 넘자, 간선도로는 고지대로 달리고 있다.

밝아진 세계 속에, 오래된 풍경화처럼 아침안개가 드리워진 잡목림과 밭이 펼쳐져 있는 것이 몽롱한 시계 끝에 내려다보인다.

단조로운 도로가 계속되고 있었다. 줄곧 같은 곳에서 발을 움직이고 있으니 조금도 앞으로 나아간다는 느낌이 없다.

학생들의 열은 완전히 흩어져, 넓은 보도에 삼삼오오 이어지고 있었다. 달리는 학생과 걷는 학생이 거의 반반이라고 할까. 상당히 긴 대열이 되어 있다.

선두그룹 학생들은, 이 시간쯤이면 이미 상당히 멀리까지 가버렸을 것이다. 기록과 순위를 노리는 학생들은 약 한 시간 남짓으로 모교에 도착할 계산이다. 도저히 믿기 힘든 인간들이, 이 세상에는 존재한다.

무한히 계속될 듯 느껴지는 시간.

끝없이 이어질 것 같은 고통.

이런 상태로 대체 어디까지 견딜 수 있을 것인가. 아니, 무리다.

머릿속에 고전(古典)의 반어(反語) 어구가 흐른다. 학습이라는 것은 무서운 것이다.

길 건너편에 하얀 덩어리들이 보이기 시작했다.

마음속 어딘가 확 밝아지는 것 같았다.

모여 있던 학생들의 모습이 조금씩은 또렷이 보이기 시작한다.

틀림없다.

저곳이 제1체크포인트다.

많은 학생들이 있는 것을 오랜만에 본 듯했는데, 체크포인트에 있는 것은 고작 십수 명이었다. 모두 재빨리 체크를 하고 계속 달리기 시작한다.

실행위원 몇 명이 문을 열기 전의 주유소를 빌려 두 개의 테이블을 차지하고 명부 체크를 하고 있지만, 자세히 보면 벽 쪽에 앉아 쉬고 있는 학생도 있다.

미와코와 다카코는 호흡을 가다듬으며 실행위원에게 다가갔다.

각자의 반 명부를 체크한다.

꽤 빨리 왔다고 생각했는데, 반 정도가 이미 체크되어 있는 것을 보고 실망했다. 다카미 고이치로의 이름까지 체크되어 있어 놀란다.

그런 좀비에게까지 지다니.

실망과 동시에 그때까지 견디고 있던 긴장감이 완전히 끊겨, 한꺼번에 피로가 몸에서 분출한다. 물론 땀도 줄줄 흘러 닦고 또 닦아도 끈적끈적 관자놀이를 적신다.

다카코는 깊은 한숨을 내쉬며 미와코의 얼굴을 보았다.

"모두들 빠르구나. 나도 열심히 온 것 같은데. 믿을 수 없어, 다카미 고이치로에게도 지다니."

"그건 확실히 충격이야."

미와코는 진지한 얼굴로 대답했다.

"그럼 그 녀석, 어제 단체보행은 속임수를 쓴 거네."

"우리에게 속임수 써서 뭐 하려고."

불평을 하면서 나란히 걷기 시작한다.

"다카코, 아직 뛸 수 있어?"

미와코가 다카코의 상태를 확인하듯 흘끗 돌아보았다.

다카코는 고개를 젓는다.

"이제 무리. 완전히, 실이 끊겨버렸어."

미와코도 둘이서 달리는 것은 포기한 것 같았다.

"그럼, 빨리 걷자. 천천히 걸으면 오히려 피곤해지니까."

"오케이."

씩씩하게 걷기 시작하는 미와코를, 다카코는 황급히 따라간다. 등을 쭉 펴자 또 잊고 있었던 전신의 근육이 비명을 질렀다. 바른 자세에는 근력이 필요하다는 걸 통감한다.

다카코는 나직하게 속삭였다.

"역시 미와링처럼 제대로 자기관리를 할 줄 아는 사람이 아니면 국립이과계는 무리겠지. 물리적으로 이겨내야만 하는 양이 장난이 아닌걸. 어지간히 야무지게 스케줄 세워서 소화하지 않으면, 전체 범위를 끝내지 못하겠지."

"갑자기 그건 무슨 소리야."

미와코는 어이없다는 듯 다카코를 보았다.

"미와링은 여름방학 숙제, 깔끔하게 전반에 끝내는 타입이지?"

"아냐. 힘들어질 것 같은 것만 본능적으로 간파해서 그때그때 해치워. 난 정확히 하는 것처럼 보이지만, 실은 앞뒤만 맞추는 타입이야."

"그것도 재능이야. 나 같으면 해야 되는데, 해야 되는데, 지금 시작하지 않으면 시간이 안 맞는데, 하는 걸 머리로는 알면서도, 게다가 기분 나쁜 예감까지 맛보면서도 결국 끝까지 노는 타입인걸."

"그럴지도."

"그것도 전혀 즐겁지 않아. 그 놀이가. 놀려면 즐거워야 할 텐데, 줄곧 숙제가 걱정되어 조금도 즐기지 못하는 최악의 타입."

미와코는 쿡쿡 웃었다.

"그럴지도."

"분명 말이야, 앞으로의 인생도 그럴 거라고 생각하면 지금부터 우울해져. 수험공부도 그렇게 되면 어떡하지. 지금, 이미 그렇게 되고 있긴 하지만."

다카코는 말하면서도 소름이 끼쳤다.

여름방학 때의 그 불쾌한 느낌. 바로 저기까지 끝이 다가와 있다. 하루하루 확실하게 다가온다. 지금 시작하면 아직 해낼 수 있다. 조금이라도 빨리 시작하면, 시작한 만큼 어떻게든 된다. 그렇게 머리로는 알고 있으면서 도저히 손을 대지 못하는 악순환. 일단 책상에는 앉아보지만 다른 일을 하거나 별로 중요하지 않은 것을 시작하여 핵심 과제의 주위만 어물쩍거리다, 중요한 것을 조금도 시작하지 못한다. 하루하루 미루는 동안 정말로 피할 수 없는 상황에 빠져, 후회막급의 심정으로 해야 할 일의 양에 기겁하게 되는 여름의 끝……

어째 이렇게 칠칠치 못한 아이일까, 다카코는 뜬금없이 자기혐오에 빠진다.

어째서 미와코나 다른 여자아이들처럼 야무지고 노력하는 아이가 아닐까. 어째서 노닥노닥 쓸데없는 생각이나 하며, 쓸데없이 시간을 써버리는 걸까.

"그렇지만 다카코는 꽤 운이 강하잖아."

미와코는 시원스레 말한다.

"어디가."

다카코는 미와코 쪽으로 돌아섰다.

"나 특별히 운을 필요로 하는 일 따위, 지금까지 그리 없었는걸. 운동부나 장기부처럼 승부에 관계된 곳에 있었다면 모르겠지만."

다카코는 1학년 때부터 철저한 '귀가(歸家)부'다. 고작해야 축제 때 친구 동아리 일을 도와주는 정도.

미와코는 작게 고개를 갸웃거렸다.

"글쎄. 어디가 어때서라고 물으면 설명할 수는 없지만, 최고의 행운이라고 할 정도는 아니어도 그럭저럭 좋은 곳에 있으면서, 그다지 고생하지 않고 쉽게 가는 듯한 생각이 들어."

"뭐야, 그건."

"첫째, 다카코는 친구들이 많잖아."

"미와링이라든가."

"그래, 그래. 나라든가."

미와코는 당연한 듯이 크게 고개를 끄덕인다.

다카코는 쓴웃음을 지으면서도, 사교적이지 않은 데 비해서는 정말 좋은 친구들이 주위에 많긴 하구나 생각한다. 그 중에서도 미와코가 일등인 것은 두말할 것도 없다. 그녀가 없었더라면 고교생활은 전혀 달라졌을 것이다. 자신을 언제나 끌어올려 주었던 것도 미와코였다.

불현듯 또 한 사람의 소녀가 떠오른다.

"안나도 함께 걸었으면 좋았을 텐데."

다카코가 중얼거리자 미와코가 흘끗 돌아보았다.

"작년 황금연휴 때 안나랑 같이 다카코네 집에 간 적 있었지. 기억나니?"

"응, 물론."

어머니가 일로 부득이하게 며칠 집을 비우게 된 것과 연휴가 겹쳐져서, 두 사람이 다카코네 집에 자러 온 적이 있었다. 두 사람은 몇 번 어머니를 만났고, 어머니 쪽도 야무지고 귀여운 두 사람을 마음에 들어했었다. 다카코 혼자 두고 가는 것보다 훨씬 안심이라고까지 말했다.

"그때 말이야, 다카코의 어머니가 우리들에게 이야기해 주셨어."

"뭘?"

"니시와키 이야기."

그 대답을 들을 때까지, 까맣게 그것에 대해 잊고 있었던 것이 생각난다.

니시와키는 다카코의 이복남매인걸.

체육관에서 옆에 자고 있던 미와코의 얼굴이 되살아난다.

다카코는 눈을 번쩍 뜬 것 같은 심정이었다.

그렇다, 그 일이 있었지.

반사적으로 등을 편다. 또 근육이 비명을 질러서 얼굴이 일그러졌다.

"다카코가 말이야, 어머니 심부름으로 동네 케이크 가게에 케이크 사러 갔었잖아. 그 동안에 '너희들에게만큼은 이야기해 두고 싶은데' 하시며 이야기해 주셨어."

미와코는 담담히 말했다.

"아. 그때였니. 전혀 눈치 채지 못했어."

다카코는 두 친구의 시치미에 어이가 없었다. 미와코가 일년도 더 니시와키 도오루에 대한 자신의 반응을 몰래 지켜보고 있었던가 생각하자, 왠지 부끄러워서 견딜 수 없어진다. 얼굴이 화끈거리는 것을 느꼈다.

"'저 아이는 이걸 너희들에게는 말하지 않을 거라 생각해.'라고 하셨어."

미와코는 앞을 보고 걸으면서 말을 이었다.

"엄마의 추측은 맞아떨어졌네. 역시 우리 엄마야."

다카코는 쓴웃음을 지으며 입을 다물었다.

그러나 스멀스멀 올라오는 의문이 입을 뚫고 나왔다.

"……왜 얘기했을까."

미와코가 얼굴을 흘끗 보는 걸 알았지만, 다카코는 고개를 숙인 채였다.

엄마에게는, 말하자면 자신의 수치가 아닌가. 그것을 딸의 친구에게 이야기해서 어쩌자는 것일까. 비참해질 뿐이며, 딸에게도 수치가 되리라고는 생각하지 않았을까. 그런 어머니에 대한 비난의 마음이 차갑게 가슴에 치밀어 오른다.

그것을 꿰뚫어 본 듯 미와코가 침착한 목소리로 말했다.

"'그 아이는 아마 니시와키 도오루에 대해 죄의식을 갖고 있을 거야.'라고, 어머니가 말씀하셨어."

깜짝 놀랐다.

죄의식. 그런 건 없다고 생각했지만, 엄마에게는 그렇게 보였던 걸까.

"'그건 원래 내가 가져야 할 것, 짊어져야 할 것이지, 다카코가 가질 필요는 전혀 없어. 하지만 그 아이는 죄의식을 가져, 그런 아이야. 그 아이는 아무에게도 그런 말은 하지 않겠지만, 다카코의 그런 마음을 너희들만은 알아주지 않겠니. 그건 내가 너희들에게 책임전가하는 것, 내가 해야 할 고통스러운 일을 너희들에게 떠맡기는 것이란 걸 알고 있어. 하지만 학교 안에까지는 내가 보이지 않으니까, 적어도 친구인 너희들만은 그 아이의 마음을 알아주었으면 해.'라고. '부디 다카코를 잘 부탁한다.'라고."

미와코는 미와코다운 차분한 목소리로 또렷하게 말해주었다.

다카코는 순간 목이 멨다.

놀람, 분노, 부끄러움, 기쁨, 우울함. 그 모든 것이 뒤섞인, 설명할 수 없는 감정이 몸속을 맹렬한 속도로 뛰어다닌다.

엄마.

그 이름을 필사적으로 삼키며, 다카코는 일부러 밝게 물었다.

"그래서? 처음 그 이야길 들었을 때의 감상은?"

미와코는 눈을 한 바퀴 굴리며 화난 듯한 얼굴로 말했다.

"깜짝 놀랐지. 앗, 정말로요, 하는 느낌. 어머니 앞에서는 두 사람 다 일단 태연한 척했지만, 나중에 다카코네 집에서 돌아올 때 안나와 마음껏 놀았잖아."

그 장면을 상상하자, 웃음이 나왔다.

버스 정류장에서 생글생글 손을 흔들다 다카코의 모습이 사라지자마자 두 소녀가 얼굴을 마주보며, 말도 안 돼, 악, 너무 놀랐어, 그 두 사람이! 하고 소리치는 장면이 눈에 보이는 것 같았다. 다카코는 웃으면서 끄덕였다.

"그야, 놀랄 만하지."

"특히 안나는 놀랐을 거야."

"그건 그렇겠지. 분명 그 애, 장래에 나와 시누올케가 된 장면까지 상상했을걸."

잠시 사이를 두고, 두 사람은 동시에 침묵했다.

다카코는 탐색하듯 미와코를 보았다.

"알고 있었지, 미와링은. 안나가 좋아하는 사람이 니시와키 도오루라는 것."

미와코는 조그맣게 고개를 끄덕였다.

"응. 안나에게 직접 들은 적은 없었지만."

"미와링은 눈치가 빠르니까. 언제부터 눈치 챘어?"

"글쎄, 언제더라. 모두 남자아이들 이야기 할 때였나. 안나가 그를 눈으로 쫓고 있는 것을 몇 번 본 적이 있어서 이건 분명하다, 싶었지."

"안나가 미국 가기 전에 편지 보낸 사람, 니시와키 도오루였겠지."

"그럴 거라 생각해."

빠른 걸음으로 걷기 시작한 것 같은데, 어느 사이엔가 두 사람의 발은 느릿느릿해져 있었다. 더욱이 보조가 딱딱 맞다.

주위는 완전히 밝아졌다. 날이 흐릴까 생각했지만, 점점 구름이 걷히고 개기 시작한다. 동시에 기온이 올라가기 시작한 것 같다. 길가의 풀에 내린 이슬이 반짝반짝 빛났다.

"또 더워질 것 같구나."

"비 오는데 골인하는 것보다야 낫지만, 햇볕에 타는 건 우울해."

미와코가 얼굴을 찌푸렸다. 피부가 흰 그녀는 햇볕에 타면 팔과 얼굴이 빨개지는 체질이었다. 집에 돌아갈 무렵에는 분명 따끔따끔 아플 것이다.

"인기 많구나, 니시와키 도오루."

다카코가 불쑥 중얼거리자, 미와코가 빙긋 웃으며 얼굴을 들여다보았다.

"질투하니? 우치보리 료코."

다카코는 당황한다.

"내가 왜 질투해."

"나, 솔직히 말하면 다카코에게 조금 질투했었어."

"어째서."

"니시와키 도오루와 남매라니, 멋있잖아."

팔에 둔한 통증을 느낀다. 다카코는 손을 저었다.

"관둬. 난 미움만 받는걸."

미와코는 놀란 듯이 돌아보았다.

"그렇지 않아. 무슨 소리 하는 거야."

"작년까지는 복도에서 마주쳐도 서로 무시하니까 다행이었지만,

올해 같은 반이 된 후로 노려보기만 하는걸. 어젯밤에도 단체사진 찍으러 가까이 갔더니, 차가운 시선이 정신없이 날아오더군."

"다카코와 니시와키가 사귄다고 소문난 적 있었잖아?"

미와코는 다카코의 불평은 들은 척도 하지 않고, 질문으로 되돌렸다.

"그런 것 같더라. 그걸 알면 니시와키 도오루, 엄청 열 받을 거야."

다카코는 한숨 섞인 소리로 대답했다. 또 그 차가운 눈을 떠올리니 기운이 빠지는 것이다.

그러나 미와코는 검지로 턱을 문지르면서 허공을 바라보고 있다.

"역시 아니 땐 굴뚝에 연기 나지 않는다는 식으로, 뭔가 상통하는 것이 있어. 애들 사귀는 거 아닐까 생각하게 하는 뭔가가."

다카코는 힘없이 웃었다.

"어제부터 도다가 끈질기게 묻더라. 너희들 뭔가 있지, 나한테 고백해 봐, 하고. 꼬치꼬치 물어서 어찌나 조마조마했는지."

"그럼 도다는 모르는구나, 니시와키와 다카코의 일. 그렇게 친한데."

미와코는 의외라는 얼굴이었다.

"응. 그거야말로 니시와키 도오루는 누구에게도 절대 말하지 않을 거야."

그에게는 굴욕적인 화제인걸.

그렇게 속으로 중얼거리지만, 미와코는 고개를 크게 끄덕였다.

"봐, 그런 면도 닮았잖아, 두 사람. 두 사람 다 서로의 관계를 너

밤의 피크닉 *261*

무 의식하기 때문에 그런 소문이 나는 거야."

"그야, 의식하지. 같은 반에 아버지가 바람피운 상대의 자식이 있으니, 의식하지 않는 게 이상하지."

"아마 니시와키 도오루도 다카코와 같은 기분이 아닐까."

"같다고?"

"그도 다카코에 대해 죄의식을 느끼고 있지 않을까. 특별히 다카코를 미워하는 게 아니라."

"죄의식? 어째서 그쪽이 내게 죄의식을 가질까. 그쪽은 피해자잖아."

자기도 모르게 어이없다는 목소리가 되어버린다.

하지만 미와코는 자신에 찬 얼굴로 다카코를 쳐다본다.

"그는 자신이 피해자라는 것에 화를 내고 있을지도 모르지만, 다카코를 미워할 만한 사람은 아니라고 생각하는데. 다카코를 가해자 취급하는 것에 대한 죄의식이 있어서, 다카코에게 쌀쌀맞게 구는 것 같아."

"그건 너무 아름다운 의견이라고 생각하는데. 걔, 꽤 잔혹한 데가 있어. 도다 역시 그렇게 말했는걸."

그 차가운 시선을 떠올리자, 도저히 미와코의 의견에는 동의할 수 없었다.

"그런가. 나, 니시와키의 팬이거든. 어쨌든 나는 그렇게 생각해."

"우치보리와 어울려. 그 두 사람도 닮은 데 있어."

"나는 싫어."

미와코는 예쁜 이마에 주름을 지었다. 다카코는 그녀의 얼굴을 보았다.

"우치보리가?"

미와코는 끄덕인다.

"그 애, 이상해. 어젯밤 그 태도, 뭐냐, 그게."

"난 부럽다는 생각도 들던데."

"그것도 그렇구나. 그렇게까지 솔직하면 인생 편할지도 모르지."

미와코가 자기 대신 확실하게 불평을 해주어서, 다카코는 우치보리 료코에 대해 관대해질 수 있었다.

"그럼 다카코는 니시와키와 전혀 이야기한 적 없어?"

"없어."

"같은 반인데?"

"없어."

미와코는 과장스럽게 한숨을 쉬었다.

"두 사람 다 외동이잖아. 모처럼 남매가 생겼는데, 아깝다."

"기쁘다고 생각하기 전에, 큰일이라는 생각이 먼저였어."

그건 다카코의 솔직한 기분이었다. 문득 안나 동생을 떠올린다.

역시 안나도 알고 있었다. 그러면서 잠자코 있어주었다. 어머니와 이야기를 하다 얼핏 흘렸을 때 외에는.

다카코는 팔랑팔랑 손을 흔들었다.

"저기, 이야기가 다시 원래대로 돌아가지만, 안나의 동생도 미와링에게 물었지, 안나가 좋아하는 남자가 누구냐고. 친구의 남매라고."

"응, 물었어."

"가르쳐줬어?"

"설마. 맞춰봐, 라고만 했지."

미와코는 말도 안 된다는 듯 고개를 저었다.

다카코는 주위를 두리번두리번 둘러보았다.

"그 애, 지금 어디 있을까. 아직 자고 있으려나."

"차에 있겠지. 왠지 골인지점 근처에 있을 것 같은 느낌이 들어."

서서히 뺨에 와 닿는 햇살이 강해지고 있었다.

물을 마시고, 땀을 닦는다.

니시와키 도오루의 이야기로 잠이 깨는가 싶었지만, 그것도 두 사람 사이에서 기정사실이 되어버리자 뭔가 맥이 빠져 발의 통증이 한층 고통스러워진다.

"……이대로 졸업해 버릴 거야?"

잠시 후, 미와코가 물었다.

"이대로라니?"

질문의 의미를 알고 있으면서, 다카코는 시침을 뗀다.

"니시와키와 이야기를 하지 않고, 이대로 졸업해서 그냥 그대로 지낼 거야?"

미와코는 고쳐 말했다.

뭔가 푹, 하고 가슴을 찌른다. 그것이 무엇인지 모른다.

"아마도. 분명 졸업하고 나면 얼굴도 보지 않겠지. 걔, 국립을 목표로 하고 있고."

다카코는 느릿느릿 대답했다. 가슴을 찔렀던 뭔가는 아직 사라지지 않는다.

"그것도 뭔가 이상해."

미와코는 어디까지나 솔직하다. 다카코는 힘없이 반론한다.

"그렇지 않아. 그 편이 자연스러울 거라 생각해. 나랑 니시와키 도오루가 사이좋게 지내는 게 더 이상하지 않니."

"나라면 사이좋게 지낼 수 있을 텐데. 당당히 친하게 지낼 거야, 양쪽 어머니들 보란 듯이."

"미와링이라면 그렇게 할지도 모르겠구나."

다카코는 천천히 끄덕였다.

정말로 미와코라면 그렇게 할 것이다.

우린 이복남매야, 하고 스스럼없이 반 친구들에게 선언하고, 스스럼없이 안녕하세요, 하고 니시와키네 집 앞에서 그의 어머니에게 인사하는 그녀를 상상할 수 있다. 등을 곧게 펴고 우리는 엄마들과 관계없는걸, 신경 쓸 것 없잖아, 하고 단호히 선언하는 모습도 눈에 선하다. 그리고 미와코가 눈을 똑바로 보며 그렇게 말하면 니시와키 도오루도 순순히 동의할 것이다.

엄마는 우리가 사이좋게 지내는 거 마음에 안 드는 모양이야. 너, 신경 좀 써, 적어도 우리 엄마 눈에는 띄지 않게 하라고.

자전거를 밀면서 니시와키 도오루가 공범자처럼 미소를 띠우며 미와코와 이야기하고 있다. 치아키에게 보였던 것 같은 밝게 웃는 얼굴. 옆을 걷는 미와코는 새치름하여 니시와키 도오루를 본다. 어머나, 나 별로 나쁜 짓 하는 것 아닌데. 자기 남매를 만나러 가는 게 뭐가 나빠. 정말 대책 없는 녀석이군, 하고 쓴웃음을 지으면서도 그는 기뻐할 것 같다.

바보 아냐. 다카코는 스스로가 어이없었다.

그녀는 상상 속의 미와코에게 질투하고 있었던 것이다. 자기가 내 입장이었다면 분명 그와 사이좋은 친구 같은 남매가 될 수 있을 미와코에게. 그리고 니시와키 역시 이렇게 예쁘고 늠름한 소녀가 이복남매라면 피를 나눴다고는 하지만, 어슴푸레 연심조차 품을지도 모른다······.

다카코는 황급히 그런 망상과 질투를 마음속에서 쫓아냈다.

역시 캐릭터라는 거로군. 상대가 나니까 이런 어색한 관계가 되어버린 거야.

한심한 기분에 속으로 한숨을 쉰다.

"나 있지, 헤어졌어."

갑자기 미와코가 그렇게 말했다.

"응?"

그 경쾌한 어조에 순간, 의미를 파악하지 못했다.

"시가하고."

"어어?"

미와코가 태연하게 덧붙이는 말에, 다카코는 자기도 모르게 소리를 지르고 말았다.

"말도 안 돼. 언제?"

미와코에게 바짝 다가선다. 물론 그녀는 동요하지 않는다.

"지난 주. 이제 만나지 않기로 둘이 결정했어."

"왜. 어째서. 그렇게 친했으면서."

다카코 쪽이 횡설수설한다.

미와코는 다시 허공을 바라보다, 잠시 생각한 후 입을 열었다.

"으음. 지금도 좋아하지만, 앞으로 계속 사귀어도 더 이상 발전할 것 같지 않다는 걸 서로 알고 있으니까."

"말도 안 돼."

"있잖아, 요즘 커플을 맺는 애들 많지 않니? 이제부터 고독한 수험기간을 함께 극복하자, 하듯이. 우리도 새삼스럽게 서둘러 헤어지지 않고 졸업 때까지 사귀어도 되겠지만, 그런 건 싫다는 데 의견이 일치했어. 그만 매듭을 짓자, 하고."

"매듭이라고."

그런 말을 쓰는 것이 미와코답다면 미와코답다.

시가 교타카와 유사 미와코는 1학년 가을부터 사귀고 있다. 온 학교에 알려진 퍼펙트 커플이었다. 시가 교타카는 성적이 항상 톱일 뿐만 아니라 스포츠맨에다 핸섬하고, 인격적으로도 누구보다 훌륭한 남학생. 미와코는 세상이 다 아는 재색 겸비한 규수. 두 사람을 동경하는 사람들은 수없이 많지만, 너무나 이상적이며 완벽한 조화를 이루는 두 사람 사이에 끼어들 용기 있는 자는 없었다.

"너무해. 그 편이 훨씬 아까워. 그렇게 잘 어울리는 커플이 어디 있다구. 왜 또 그런."

다카코는 비명 같은 소리를 질렀다.

미와코가 피식 웃는다.

"다카코니까 말하는데 말이야, 나도 그렇게 생각했어."

"뭐라고?"

"아마 그도 그렇게 생각했을 거야. 우리 무척 교만했다고 생각하는데, 서로 우리 커플은 환상적이라고 믿었어. 물론 그는 멋있었고 좋은 점도 많아 거기에 끌렸지만, 우린 좋은 점이 많은 멋진 상대에게 걸맞는 자신을 자화자찬하고 있었을 뿐이야. 우리 정말 멋지지, 하고 함께 자기만족에 빠져 있었을 뿐이라고."

그녀의 솔직함에는 익숙해져 있다고 생각했지만, 이 잔혹함이라고 할 정도의 솔직함에 다카코는 기가 질렸다.

"서로 작년쯤부터 어렴풋이 그런 생각은 했지만, 올해 들어 확실히 그걸 자각한 거지. 그러고 나니 둘 다 그걸 견딜 수 없게 된 거야."

"모두 알고 있니."

다카코는 머뭇머뭇 물었다.

"만약 그 사실을 안다면 분명 시가에게도 미와코에게도, 그럼 나하고, 그럼 나랑, 하고 고백하는 애들이 몰려들 텐데."

"그런 게 귀찮아서 졸업까지는 사귀는 척하기로 했어."

미와코는 아무렇지도 않은 듯 대답했다. 그리고 다카코를 가볍게 째려본다.

"그러니까 비밀이야. 아직 사귀고 있는 걸로 해줘."

"어, 응."

다카코는 그 기세에 멈칫했다.

미와코는 금세 무덤덤한 얼굴로 앞을 보았다.

"뭔가 허무하네. 고교시절에 진짜 사랑을 못 하고 결국 자기만족으로 끝나다니."

"고교시절에 진짜 사랑을 하는 사람 쪽이 훨씬 소수파야."

다카코는 유감스러운 목소리로 말했다. 미와코가 하고 싶은 말은 알겠지만, 그래도 그렇게 멋진 남자아이와 커플인 것만으로 좋지 않을까.

미와코는 단호하게 대답한다.

"그렇지만 말이야, 사랑을 사랑하는 건 가능하지 않니? 나 그것조차도 못 했어. 그 애와 1학년 때부터 사귀기 시작한 후 줄곧 이게 연애다, 나는 연애를 하고 있다, 하고 세뇌하고 있었는걸."

"음. 사치스런 고민이랄까, 뭐랄까."

문득 치아키의 얼굴이 떠올랐다.

도다 시노부에게 고백할 마음은 없다고 한 치아키. 그렇게 생각하는 상대가 있는 것만으로 좋다고 한 치아키.

대체 어디까지가 사랑을 사랑하고, 어디서부터가 사람을 사랑하는 것일까. 그 차이는 무엇일까.

"외로워."

미와코는 서늘한 목소리로 말했다.

"지난주에 그 애하고 그런 이야기를 하는데, 정말 외로웠어. 2년 동안이나 시간을 공유해 왔으니까. 그런데 더 외로웠던 것은 오히려 후련하다는 생각이 들어버렸다는 거야. 결국 그 아이가 아니어도 상관없었던 거라는 걸, 확실히 인정해 버린 거지."

미와코는 보기 드물게 감정을 억누르고 있었다.

분노일까, 후회일까. 뭔가 패배감 같은 것이 그녀의 내면에 꿈틀거리고 있음을 느낀다.

"그래도 사랑이었지 않을까."

다카코는 그렇게 대답하고 있었다.

미와코가 뭔가 말하고 싶은 듯 다카코의 얼굴을 본다.

하지만 다카코는 말을 끊지 않고 계속한다.

"나 줄곧 니시와키 도오루에 대한 내 감정이 무엇인지 생각했어. 그런데 전혀 모르겠어. 남매로서 애정을 느끼는 것인지, 죄책감인지, 아부인지, 원망인지. 계속 생각했지만 도저히 모르겠어. 미와링이 보기엔 둘 다 죄책감을 안고 있는 것처럼 보이지? 하지만 당사자인 나도, 아마 니시와키 도오루도 그렇게는 생각하지 않아. 그러니까 분명 마찬가지야. 한쪽에서 보면 미움이고, 한쪽에서 보면 죄책감이고. 연애 역시 비슷한 거라 생각해. 좋잖아, 누가 봐도 멋있는 사람이 있었고, 함께 있고 싶다고 생각했고, 2년 동안 함께 있을 수 있었으니까."

미와코는 어안이 벙벙한 얼굴로 다카코를 보고 있었지만, 이윽고 쑥스러운 듯이 얼굴을 돌렸다.

"……그러네."

짧게 대답한 후 말없이 걷고 있다. 분명 헤어진 지 얼마 안 된 그를 생각하고 있을 것이다. 다카코는 다카코대로, 완벽한 사람들에게는 완벽한 만큼의 고민이 있구나 하는 생각을 하고 있었다.

내 고민은 역시 니시와키 도오루인 건가.

다시 전방의 길이 간선도로에서 갈라져 논둑길로 이어지는 것이 보였다. 서서히 차량이 늘어나고 있어서, 조용한 길로 가게 된 것에 안도한다.

엄마는 어떻게 하길 원할까.

그런 의문이 문득 생겼다.

그러고 보면 지금까지 그런 생각을 해본 적이 없었던 게 신기했다. 엄마는 나와 니시와키 도오루가 친해지는 편이 좋을까, 전혀 교류가 없는 편이 좋을까. 엄마가 친구들에게 한 말이나 지금까지의 태도를 보아도 알 수가 없다. 그와 같은 반이 되었다고 말했을 때도 거의 반응이 없었고.

부디 다카코를 잘 부탁한다.

엄마가 친구들에게 그런 말을 했다니.

냉정하게 생각해 보면, 의외이기도 하고 기쁘기도 했다. 언제나 의연하며 방임주의처럼 보이는 엄마도 역시 평범한 엄마였던 것이다. 니시와키 도오루와 딸의 관계를 은근히 걱정하고 있었다고 생각하니, 왠지 가엾어졌다. 그러나 미와코와 안나에게 그런 것을 부탁했다니 과연 사람을 보는 안목이 탁월하다고 생각한다.

그런 엄마라면 친하게 지내는 쪽을 기뻐할 것 같다.

갑자기, 그런 확신이 쏟아져 내렸다.

아마 표면상으로는 반응이 없을 것이다. 내가, "오늘 니시와키 도오루와 만났어." "이런 이야기를 했어." 하고 저녁 식사 자리에서 이야기해도 "아, 그러니." 라든가 "흐음." 하는 정도밖에 말하지 않을 것이다. 하지만 내심으로는 그런 딸에게 조금 복잡한 감정을 느끼면서도 안도할 것 같은 기분이 든다.

엄마, 혼자서 정말 잘 살아왔네.

그런 깊은 감정이 솟구쳤다.

남편과 헤어지며 회사를 물려받고, 자식의 아버지는 자신의 가정으로 돌아가 이윽고 세상을 떠나고. 엄마는 줄곧 혼자였다.

누구에게도 기대지 않고, 언제나 의연하게.

다카코가 머릿속으로 떠올리는 아버지는 엄마와 헤어진 남자 쪽이다. 니시와키 쪽은 떠오르지 않는다. 어느 쪽이든 제대로 얼굴을 모르는 것은 마찬가지지만, 유전상의 아버지인 니시와키 도오루의 아버지를 떠올릴라치면 니시와키 도오루의 얼굴이 가로막고 방해하는 것이다. 어차피 아버지라는 이미지는 실체가 없는 기호에 지나지 않는다.

"국도는 싫어."

길이 갈리고 조용해지자 미와코가 안심한 듯이 중얼거렸다.

"맞아. 옆으로 차들이 쌩쌩 달리니까 안정이 안 돼."

다카코도 끄덕인다. 걷기 쉬운 길과 걷기 편한 길은 반드시 일치하지는 않는다. 국도의 훌륭한 아스팔트길은 걷기는 쉽지만, 차가 늘어나자 무방비한 느낌이 들어 불안했다.

"역시 다카코는 니시와키와 이야기를 해야 한다고 생각해."

미와코가 새삼스럽게 말을 꺼냈다.

"그럴까."

그렇게 대답하면서 다카코는 자신이 그다지 동요하지 않는 것에 놀라고 있었다. 지금 막, 엄마도 그것을 반길 거라 생각한 탓일까.

"나, 아까 다카코 말 듣고 반성했어. 나란 애는 정말로 말만 번지르르하게 하는 징그러운 애구나, 하고. 그 애와 순조롭지 못해서 헤어졌다는 걸 솔직히 인정하자고. 하지만 다카코의 경우 원하는지 원하지 않는지에 상관없이 평생 지워지지 않는 관계잖아. 그렇다면 정면에서 부딪쳐봐야 하지 않을까. 결렬되면 어쩔 수 없지만, 어쩌면 좋은 남매가 될지도 모르잖아. 둘 다 내면적으로 닮은 것도 많으니까. 더할 수 없는 이해자가 될 수 있을지도 몰라."

"응."

미와코의 말에 내심 동의하고 있지만, 역시 대답은 약해진다. 실제로 그에게 말을 거는 장면을 상상하면 마음이 위축되는 것이다.

역시 나는 소심하기 짝이 없는 애다. 그 내기 또한 실행할 수 있을 것 같지 않다.

"보행제가 끝나면 말을 걸어볼게."

다카코는 그렇게 중얼거렸다.

"편지를 쓰는 건 어때? 얼굴을 마주 보면 서로를 의식하게 될 테니, 그 편이 냉정해질지도 모르겠다."

미와코가 그렇게 말했을 때, 머릿속에 왠지 안나의 얼굴이 떠올랐다.

그거, 어째서일까.

잠시 생각하다 안나가 보내준 엽서를 떠올렸다.

불현듯 그 문장이 떠오른다.

아마 나도 함께 걷고 있을 거야. 작년에 주문을 걸어두었거든. 다카코네의 고민이 해결되어 무사히 골인할 수 있기를 뉴욕에서 기도할게.

안나가 니시와키 도오루와 나의 일을 알고 있다고 한다면, 그 문장은······.

"저기, 미와링."

"왜."

갑자기 다카코가 큰 소리로 부르는 바람에 미와코가 깜짝 놀랐다.

"안나에게 엽서가 왔었어."

"언제?"

"열흘쯤 전에. 거기에, '작년에 주문을 걸어두었거든.'이라고 쓰여 있었어. 그게 뭔지 짐작 가는 게 있니?"

"주문? 무엇을 위한 주문이야?"

미와코는 의아한 듯한 표정이다.

"우리의 고민이 해결되도록, 이라고."

"우리? 우리의 고민이란 게, 뭐야?"

다카코는 "앗." 하고 생각했다.

그런가. 안나가 말하는 '다카코네'라는 것은, 다카코와 니시와키 도오루를 가리키는 것이었던가. 안나는 두 사람의 관계를 알고 있어서 그것이 해결되도록, 이라는 의미를 담아 그 엽서를 쓴 게 틀림없다.

그러면 '작년에 걸어둔 주문'이라는 것은······.

작년 보행제.

안나도 참가했던 보행제.

그곳에서 뭔가를 했다는 말이 아닌가.

"뭐야, 전혀 이야기의 감이 안 잡히는데."

이런저런 생각에 잠겨 있자, 미와코가 설명을 재촉하듯 얼굴을 들여다본다. 다카코는 자신의 생각을 안타깝게 설명했다.

"흐음, 과연. 그러나 주문이라고 해도―안나는 보행제에 남들보다 많은 애착이 있었으니, 작년 보행제에서 무슨 장치인가를 마련해 두었다는 의견에는 찬성하지 않는 것도 아니지만, 언제 무엇을 어떻게? 게다가 일년이나 지났는걸. 그 주문이 어떻게 올해 보행제에서 효력을 발휘할 수 있다는 거지?"

미와코의 의견은 하나하나 지당하다.

"그렇긴 하지만 분명 뭔가 했을 거야. 그래도 안나인걸. 엽서에 쓰면서 그렇게 적당히, 무책임한 말은 하지 않아."

"그건 그래. 음. 대체 뭘까."

안나의 성격을 알고 있는 만큼 미와코도 고개를 갸웃거린다.

"어, 아무도 없어졌어."

"정말이다."

두 사람은 텅 빈 전방을 바라보았다. 자세히 보니 한참 떨어진 곳에 그림자가 보이지만, 바로 앞을 가는 학생과의 사이가 뻥 뚫려버린 것 같다.

"왠지 불안해지네. 길, 맞지?"

"맞아, 간판도 제대로 있는걸."

둘은 불안하게 뒤를 돌아보았다. 떨어져 있긴 하지만, 뒤쪽으로 십수 명의 학생들이 오고 있는 것이 보여 일단 가슴을 쓸어내린다.

"우리, 전체의 어디쯤에 서 있을까."

"짐작도 가지 않네."

"선두는 벌써 슬슬 학교에 도착할 무렵이지 않을까?"

"우리가 도착할 무렵에는 이제 집에 돌아가 자고들 있겠지."

"매년 하는 생각이지만, 자유보행은 걷기 시작한 후부터가 정말로 길다니까."

완전히 페이스를 잃어버리고 있지만, 에너지를 짜고 남은 찌꺼기 같은 이 몸으로 다시 페이스를 되찾는 것은 무리다. 보폭은 좁아지기만 하고, 다리도 전혀 올라가지 않는다. 문자 그대로 다리를 질질 끌며 앞으로 나아가는 것이 고작이다.

더욱이 설상가상으로 기온마저 올라가 푹푹 찌기 시작했다. 점점 얼마 남지 않은 에너지마저 빼앗겨버릴 게 확실하다.

"얘, 저기, 누가 쓰러져 있지 않니?"

미와코가 다카코의 팔을 잡았다.

"앗."

전방의 갓길에 하얀 그림자가 보인다. 확실히 그것은 옆으로 뻗어 있는 것 같다.

"정말이네. 쓰러진 건가, 앉아 있는 건가."

둘이서 그 그림자를 응시하며 앞으로 나아간다.

조금씩, 그 하얀 그림자는 커져갔다. 가까워짐에 따라, 그것이 갓길에 거의 눕듯이 앉아 있는 남학생과 그를 간호하고 있는 또 한 명의 남학생이라는 것을 알게 되었다.

"무슨 일일까. 몸이라도 안 좋은 걸까."

"실행위원, 근처에 없나."

"꼭 이럴 때 옆에 없더라."

작은 소리로 이야기하며 걸어가다, 미와코가 또 다카코의 팔을 꽉 붙잡았다.

"왜 그래."

세게 잡는 바람에 놀라, 다카코가 미와코의 얼굴을 바라본다.

"얘, 저기, 니시와키 아니니?"

깜짝 놀라 다카코도 한 번 더 갓길에 주저앉아 있는 학생에게 눈을 돌렸다.

지금은 이미, 그녀의 눈에도 선명하게 보인다.

갓길에 얼굴을 찡그리고 몸을 눕히고 있는 니시와키 도오루와 그 모습을 걱정스러운 듯이 들여다보고 있는 도다 시노부, 두 사람 아닌가.

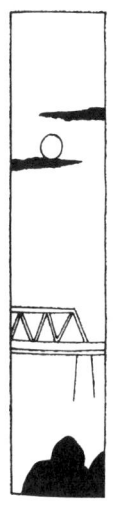

처음에는 쾌조였다.
 오히려 쭈뼛거리며 단체보행에서 걸을 때보다, 리듬을 타고 달리는 편이 해방감이 느껴져 상쾌했을 정도다.
 아픈 부위에 테이프를 단단히 감고 있어 통증은 없었다.
 타닥타닥 뛰어가는 주위의 발소리가 조금씩 줄어들고 학생들의 대열이 흐트러져갈 즈음에는, 몸이 따뜻해지며 생각 탓인지 호흡도 편안해진 듯했다. 마지막에는 시노부의 발소리와 둘만 남았다.
 새벽이 아침으로 바뀌어간다.
 천천히 바뀌어가는 풍경 속을, 자신의 호흡소리와 시노부의 발소리만을 들으며 달리고 있으니 신비로운 충족감이 온몸을 가득 채운다.
 가을 아침빛이 뺨에 와 닿자, 그곳만 차가운 열을 느낀다.
 러너스 하이(중간강도 이상의 운동을 장시간 하게 되면 느껴지는 황홀감이나 도취감)가 왔는지 피로를 느끼지 못했다. 언제까지고 계속 이렇게 달리고 싶을 정도다.
 행복하다고 느꼈다.
 '행복'이라는 말을 지금까지 의식한 적이라곤 없었지만, 방금 머릿속에 떠오른 것은 바로 그 단어다. 아무것도 걱정하지 않아도 된다. 아무 생각 없이 골인지점을 향하면 된다. 순위도 결과도 신경 쓰지 않아도 된다. 골인지점을 향해 완주하고, 집에 돌아가서 자면 된다.

묵묵히 철교 위를 달린다.

강 위로 나서자 공기가 움직이고 있는 것이 느껴진다. 강을 따라 흐르는 바람이 물결과 함께 아침 공기를 살랑이게 하는 것이다.

이따금 생각이라도 났다는 듯이 트럭이 차도를 달려가며, 다리〔橋〕를 희미하게 흔든다.

어제부터 복잡하게 가슴속에 소용돌이치던 쓸데없는 생각과 잡념은 완전히 어딘가로 가버렸다.

문득 어제 시노부가 한 말을 떠올린다.

도오루는 말이야, 훌륭해.

옆의 시노부는 언제나처럼 담담한 얼굴로 계속 달리고 있다.

하지만 말이야, 잡음 역시 너를 만들고 있는 거야. 잡음은 시끄럽지만 역시 들어두어야 할 때가 있어.

그 대사는 언제 했던 거였지? 낮이었던가, 밤이었던가. 아니, 밤이다. 어두웠다. 어젯밤이었다. 그런데 벌써 아주 옛날 일 같기만 하다.

네게는 소음으로밖에 들리지 않겠지만, 이 잡음이 들리는 건 지금뿐이야. 나중에 테이프를 되돌려 들으려고 할 때는 이미 들리지 않아. 너, 언젠가 분명 그때 들어두었더라면 좋았을걸, 하고 후회하는 날이 올 거라 생각해.

솔직히 그때는 시노부가 무슨 말을 하는지 확 와닿지 않았다. 보기 드물게 머뭇거리며 진지하게 이야기하는 친구의 모습에 어리둥절했을 뿐.

그러나 지금은 뭔가 그가 하고자 했던 말을 알 것 같다.

지금은 지금이라고. 지금을 미래를 위해서만 쓸 수는 없다고.

나란 놈, 어지간히 바보인가 보다. 이제 학교생활도 얼마 남지 않았는데, 이제야 그런 걸 깨닫다니.

도오루는 자기도 모르게 씁쓸하게 웃었다. 웃으니 치아에 바깥 기운이 닿아 차갑다.

이렇게 해서 고교생활 마지막 행사를 마음이 맞고 존경할 수 있는 친구와 함께 마무리할 수 있을 것 같다는 사실에, 그는 몹시 만족하고 있었다.

거기서 방심했는지도 모른다.

체크포인트도 일찌감치 통과한 두 사람은 리드미컬하게 계속 달렸다. 반에서도 두 사람은 상위에 속했다. 아무 말도 하지 않고 다시 도로에 선다.

국도에는 서서히 차량이 늘어나기 시작하고 있었다.

주말의 이른 아침이어서 차들은 하나같이 속력을 내고 있다. 차도와 나란히 달리고 있으니 묘한 경쟁심이 생긴다. 물론 속도로는 이길 수 없지만, 추월당하니 왠지 기분이 나빠진다.

국도 끝에서 또다시 시골길로 바뀌는 것은 지도를 보아 알고 있었기 때문에, 두 사람 다 빨리 통과하자며 걸음이 빨라졌다.

슬슬 힘이 다되어 가는 걸까.

러너스 하이도 끝나가는 것 같다. 동아리 활동을 그만둔 지도 꽤 되어서 지구력의 한계가 가까운 것은 확실했다.

앞쪽에 길이 갈라지는 곳이 보였다. 앞에 드문드문 혼자 달리는 남학생들이 보인다. 크게 휘는 국도에서 벗어나 다시 논두렁으로 하얀 길이 계속되고 있다.

뭔지 모를 안도감에 속도가 둔해졌다.

주위는 눈에 익은 시골마을의 아침으로 바뀌었다. 온몸이 땀으로 젖어 머리부터 발끝까지 빠짐없이 열을 내뿜고 있는 게 느껴졌다. 이럴 때는 생물이라는 것이 일개의 연소기관이구나, 하는 걸 실감한다.

포장되지 않은 하얀 길은, 요즘 비가 내리지 않은 탓인지 말라 있었다.

발바닥에 작은 돌이 밟힌다. 보기보다 달리기 힘든 길임을 직감한다.

더욱이 미묘하게 경사가 져서 금세 왼쪽 다리에 부담이 오는 것이 느껴졌다.

위험한걸.

마음 한구석이 서늘해진다.

이런 어중간한 경사에서는 쉬이 지칠 뿐만 아니라 넘어지기도 쉽다. 적어도 경사진 방향이 반대였더라면 좋았을 텐데, 얼핏 보아 왼쪽으로 기운 길이 계속되고 있다. 한 걸음 디딜 때마다 왼쪽 다리에 기분 나쁜 어색함이 쌓여간다.

가능한 한 신경 쓰지 않도록 하고 있었지만, 도중에 어색함은 둔한 통증으로 바뀌었다.

큰일이다. 오늘 아침 일어났을 때 느꼈던 통증이 되살아나고 있다.

인정하고 싶지는 않았지만, 어쩐지 그렇게 판단할 수밖에 없을 것 같았다.

드디어 왔는가.

그렇게 생각하면서도 통증에 신경 쓰지 않기 위해 시간을 번다.

그렇지만 조금씩 늦어졌다. 서서히 시노부의 등과 거리가 벌어져 간다.

시노부가 희미하게 돌아보는 몸짓을 했다. 그런 그에게 말을 걸려고 하는 순간.

덜컥 몸이 기울었다. 동시에 머릿속에 섬광이 번뜩이는 듯한 느낌이 들었다.

아픔이라기보다 뭔가가 끊긴 듯한 충격을 다리에 느낀다.

"아악."

엉겁결에 비명을 질렀다.

"도오루?"

시노부의 목소리가 들리고, 다음 순간, 마른 길 위에 뒹굴고 있다.

큰일났다. 한 번 더 머릿속으로 소리친다.

손바닥에 작은 돌멩이가 닿는 아픔이 생생했다. 황급히 손을 들자 모래가 풀풀 떨어진다.

"어이, 괜찮아?"

시노부가 달려왔다.

눈을 끔벅거리며 길에 주저앉은 채 다리에 의식을 집중한다.

통증은? 심장이 고동쳤다.

무릎을 다친 건가?

그러나 특별히 통증은 없다. 안도하는 것과 동시에 예감이 약간 안 좋았다.

아니, 그럴 리는 없어. 아까 뭔가 결정적인 충격이 있었는데.

"무릎이야?"

시노부가 웅크리고 앉아 그의 왼쪽 다리를 본다.

"아니, 무릎이 아냐."

도오루는 조심스럽게 일어나려고 했지만 발목에 전기충격 같은 통증을 느끼자 비명을 지르면서 주저앉았다.

그렇다. 발목이다. 반사적으로 무릎을 감싸려다, 심하게 다리를 접질린 것이다.

"어이, 뒤에 사람들 온다. 좀 비키자."

뒤에서 달려오는 학생들을 발견하고, 두 사람은 조심스럽게 길 옆에 있는 풀숲으로 이동했다. 도오루도 아픈 다리에 힘이 가지 않도록 오른쪽 발을 축으로 몸을 돌려 풀숲에 주저앉는다.

"너무해. 결국 당해 버렸어."

도오루는 한숨 섞인 비명을 질렀다.

"보여줘 봐."

"발목을 삔 것 같아."

신발을 벗고 풀 위에 두 다리를 뻗는다. 다리를 곧게 펴니 아프지 않다. 단지, 발목을 돌리려고 하면 마비되는 듯한 엄청난 통증이 밀려온다. 완전히 삐었다.

"빌어먹을. 정말 구급버스행일지도 모르겠군."

그리 말하고 나니, 이 사고의 의미가 묵직하게 가슴에 밀려온다.

여기서 끝인가. 여기서. 말도 안 돼. 불과 일 분 전까지 남은 것은 시노부와 함께 골인하는 것뿐이라고 기세등등했었는데.

순간, 눈앞이 캄캄해진다.

우와. 이렇게 대미를 장식하는 것은 너무하군. 말도 안 돼, 여기까지 와서.

1학년 때, 버스를 타기 싫어 울던 상급생의 모습이 떠오른다. 자신과는 무관한, 불운한 남자라고 생각했었는데, 어쩌다 지금 내가 그와 똑같은 상황에 빠져버린 것인가.

머릿속에서 땡, 땡, 하고 절망의 종소리가 울리고 있다.

그런 한편으로, 위로하는 듯한 다른 목소리도 들려온다.

앞으로 얼마 남지 않았으니 됐잖아. 단체보행은 전부 걸었고, 대부분 소화했잖아. 이걸로 충분해. 시노부에게 민폐 끼치지 마.

그러나 종소리는 멈추지 않는다. 어이, 웃기지 마. 골인 못 하면 보행제에 참가했다고 할 수 있겠냐고. 끝이 좋으면 모든 게 좋다고 하잖아.

머릿속에서 들려오는 소리들을 덮어씌우듯, 어디까지나 담담한 시노부의 목소리가 들려왔다.

"냉습포가 남아 있으니까 붙여줄게."

주섬주섬 륙색을 뒤지는 소리가 난다.

"발을 삐었을 때는 한참동안 움직이지 않으면, 우선 걸을 수는 있게 될 거야."

"버스를 타야 하려나."

"도저히 안 되겠으면 태워줄게. 여기까지 시간을 벌어뒀으니까, 아직 버스가 올 때까지 시간이 있을 거야."

시노부는 풀 위에서 가부좌를 틀고 앉아 습포를 벗겼다. 약 냄새가 코를 찌른다.

그 모습을 보고 있으니 흔들리던 마음이 겨우 안정된다.

그렇다. 버스가 올 때까지 아직 두 시간은 걸릴 터. 끝난 게 아냐.

무심결에 휴우, 하고 한숨이 나오며 상반신이 떨렸다.

"앞으로 몇 킬로미터지?"

"10킬로미터 정도일 거야."

"맙소사. 한참 남았구나."

시노부에게 습포를 받아들어 조심스레 발목에 붙였다. 서늘한 느낌이 좋았지만, 동시에 상당히 환부에 열이 나고 있다는 게 느껴졌다. 앞으로 부을 거란 걸 확신했다.

어제부터 자르고, 붙이고, 이런 짓만 하고 있구나.

"1킬로미터를 열 번 걷는다고 생각하면 돼."

시노부가 나직하게 속삭였다.

"1킬로미터를 열 번이라. 반으로 깎아주면 안 될까."

침묵이 내려앉는다.

바람소리가 났다. 뺨에 닿아 차갑다.

뭔지 모르게 어색한 긴장이 감돌았다. 두 사람 다 같은 생각을 하고 있는 것이다.

내가 먼저 말해야지.

도오루는 그렇게 생각하고 있었다.

시노부는 부탁하면 곁에 있어줄 것이며, 그렇게 하고 싶어할지도 모른다. 하지만 여기서는 내가 먼저 말해야만 한다.

그렇게 머리로는 알고 있는데, 좀처럼 말을 꺼낼 수 없다.

나부터 말하지 않으면. 시노부가 먼저 말하면 몹시 후회할 거야.
어색함은 점점 고조되어, 서로가 긴장하고 있음을 안다.
"……너 말이야, 가도 돼."
도오루는 간신히 그렇게 입을 떼고는, 작게 헛기침을 했다.
"가도 된다는 건?"
시노부는 불퉁한 목소리로 되묻는다.
"그러니까. 약속했잖아. 내가 도중에 못 가게 되면 먼저 가라고."
"아직 못 가게 되었다고 결정된 건 아니잖아. 그다지 기록을 목표로 하고 있는 것도 아니고."
"그렇지만. 나, 쉰다고 정말 걸을 수 있을지 어떨지 몰라. 버스가 온 후라면 늦어."
이야기를 시작하자 긴장이 풀렸다. 어쨌거나 현안사항은 말을 해 버리는 게 편하다.
"뭐 하냐."
"뛰어."
지나가는 친구들의 목소리가 들려온다.
"휴식 중이야."
그렇게 대답하자, "바아보." 하고 웃는 소리가 멀어져갔다.
점점 추월당하고 있군. 기껏 좋은 기록 내고 있었는데.
좀 분한 마음이 들었다.
아니, 많이 분하다. 잠깐의 방심으로 이런 꼴이 되다니.
몸속에 아무 생각 없는 상태가 뭉게뭉게 커져간다. 땀이 마르고 머리카락이 열을 내기 시작했다.

"우선 잠깐 상태를 보자. 널 두고 갈지 어쩔지는 그 다음에 정하자고."

시노부가 이온음료를 마시면서 이 얘기는 이것으로 끝, 이라는 어조로 말했다.

"응."

그 이상 반론할 마음도 없어, 두 사람은 풀 위에 다리를 뻗고 휑뎅그렁하고 살풍경한 경치를 바라본다.

"시시한 풍경이구나."

도오루는 그렇게 중얼거렸다.

"그러게."

시노부도 동의한다.

아무것도 없는 논에 방풍림으로 둘러싸인 주택이 간간이 흩어져 있을 뿐. 논을 가로지르듯 송전선 철탑이 점점이 이어져 있다. 확실히 풍경이 좋다고는 하기 어렵다.

"그러나 이제 평생 두 번 다시 이 자리에 앉아서, 이 각도에서 이 경치를 바라보는 일은 없겠지."

시노부는 담담하게 말했다.

"그러게. 발목 삐어서 여기 앉아 있을 일도 없을 거고."

그렇게 생각하니 이상한 기분이 든다. 어제부터 걸어온 길의 대부분도 앞으로 두 번 다시 걸을 일 없는 길, 걸을 일 없는 곳이다. 그런 식으로 해서 앞으로 얼마만큼 '평생에 한 번'을 되풀이해 갈까. 대체 얼마만큼 두 번 다시 만날 일 없는 사람을 만나는 걸까. 어쩐지 무서운 느낌이 들었다.

십 분이 지나고, 이십 분이 지났다.

의외로 시간을 견디기 지루해 도오루는 안절부절못했다. 그렇잖아도 마음이 급해서 쉬고 있는 기분이 들지 않는다. 점점 뒤에 오던 학생들이 추월해 가는 것도 초조하다. 보고 있는 동안 50명은 지나갔을 것이다. 시노부는 그런 그의 심경을 눈치 채고 있겠지만, 그에게 압박을 주지 않으려는 것인지 태평스럽게 잡담이나 하고 있다.

그러는 동안도 발은 조금씩 부어올라 수상한 열을 내고 있었다. 습포도 지지 않고 열을 흡수하고 있어서, 가만히 있어도 지금 그의 왼쪽 발목을 둘러싸고 장렬한 싸움이 펼쳐지고 있음을 알 수 있다. 뭔가 자신의 발이 아닌 것 같다. 차가운 것인지 뜨거운 것인지 점점 알 수 없어져가고, 그곳에서 열이 상쇄되고 있다는 것만 전해져온다.

도오루는 그런 생각을 멍하니 하고 있었다.

기계 역시 상태가 나빠지면 열이 나. 뭔가 맞지 않는 것이 있으면, 그곳에서 정상인 것과 이상한 것이 싸우겠지. 싸우니까 열이 날 테고.

삼십 분이 지나자, 더 이상 견딜 수 없어졌다.

"야, 가자."

"괜찮은 거냐."

"안 되면, 나 혼자서 버스 기다릴게."

도오루는 왼쪽 발을 허공에 든 채 일어서기를 시도했다.

"신중히 가."

"우……. 복근이 아파."

근육통으로 얼굴을 찡그리면서 왼쪽 발에 힘을 실었을 때, 도오루는 깜짝 놀랐다.

건너편에서 걸어오는 두 명의 여학생이 눈에 들어왔기 때문이다.

그것을 보았는지 시노부가 돌아서 두 사람을 보았다.

"어, 유사하고 고다잖아."

"어쩐 일이야, 니시와키. 어디 안 좋아?"

먼저 말을 건 것은 미와코였다.

"그래. 이 녀석, 바보 같아. 아무것도 없는 곳에서 넘어졌다니까."

도오루를 부축하면서 시노부가 끄덕였다.

"발 삐었어? 괜찮아? 걸을 수 있어?"

미와코는 눈썹을 찡그린다.

"괜찮아, 괜찮아. 쉬기까지 했으니까."

그 태연한 어조와는 반대로 살짝 일어서려던 도오루는 똑바로 선 순간 참으로 한심한 얼굴이 되었다.

보고 있던 세 사람도 따라서 얄궂은 표정이 된다.

"아파?"

다카코도 엉겁결에 묻고 있었다.

"응. 아니."

도오루는 어영부영 대답하고 천천히 그 주변을 걷기 시작했다. 순간, 통증이 오는지 펄쩍 뛰어오른다.

"쯧쯧."

"이거 안 되겠다. 버스를 타야 하려나."

"아냐, 좀 기다려줘."

도오루는 황급히 손을 저으며 다시 천천히 걷기 시작한다. 처음보다 발걸음이 확실해지고 표정도 차분해졌다.
"응. 이거야."
"무리하지 마. 너는 얼른 버스나 타. 나는 미녀 두 사람과 함께 양손에 꽃을 들고 골인할 테니."
"바보 같은 놈, 그렇게 하게 내버려둘 줄 아냐."
도오루의 어조가 거칠어지며, 한층 걸음을 빨리한다.
멈춰 서더니, 고개를 크게 끄덕였다.
"좋아, 됐어. 요령은 획득했다. 곧장 다리를 내리면 아프지 않아."
"정말이냐."
"정말이야. 단지, 발목을 좀더 고정할 필요가 있겠어. 테이프 줘."
"알았어. 무릎도 한 번 더 보강해 두자."
다시 풀 위에 주저앉은 도오루의 발치를, 미와코와 다카코가 내려다본다.
습포를 바른 왼쪽 발은 오른쪽 발에 비해 훨씬 굵어져 있었다.
"우와. 부었네."
"아플 것 같아……."
"아프지 않아, 안 아파."
도오루는 허세를 연발한다.
"니시와키, 륙색 들어줄까. 짐이 가벼우면 좀 나을 거야."
미와코가 제안했다. 도오루는 황급히 손을 젓는다.
"괜찮아, 괜찮아. 그럴 수는 없어. 이제 별로 중요한 것도 들어 있지 않고, 무겁지도 않아."

"그렇지만 물통 같은 게 있잖아. 그렇지. 그럼 물통이며 도시락 통이며 모두 나눠 들고 가면 어떨까? 륙색을 한 개 더 드는 것은 힘들지도 모르지만, 한 개씩 더 드는 것은 별로 부담되지 않을 거야. 그렇지?"

미와코는 빙그레 웃으며 다카코와 시노부에게 동의를 구한다.

그녀의 웃는 얼굴에 이끌려 두 사람도 엉겁결에 끄덕인다.

"그래. 멋진 제안이야. 감사히 맡겨라, 도오루."

시노부가 진지한 얼굴로 말한다.

도오루는 복잡한 표정으로 미와코와 시노부의 얼굴을 교대로 보았다.

역시 미와코. 혹시 나를 위해 일부러 그런 걸까.

도오루와 생글생글 이야기하면서 나란히 걷는 미와코의 등을 보며, 다카코는 그녀의 거리낌 없는 전략에 혀를 차고 있었다.

그녀가 도오루의 짐을 나눠 갖자고 제안하는 바람에, 물통은 미와코, 도시락 통은 다카코, 점퍼는 시노부가 들게 되었다. 자연스럽게 네 명이 함께 걷게 된다.

도오루는 끝까지 모두에게 짐을 나눠주는 것을 탐탁치 않아했고, 걷기 시작했을 때는 흠칫거리며 경둥거렸지만, 미와코가 옆에 나란히 서서 자연스럽게 이야기를 시작하자 겨우 안정된 표정이 되었다. 지금은 발은 견딜 만한가 보다.

"멋있는데, 미와코 공주."

옆에서 시노부가 휘파람 부는 시늉을 한다. 그도 같은 생각을 하고 있었던 것을 알자 우스워졌다.

"왜 웃어. 기분 나쁜걸, 혼자 웃고."

시노부가 얼굴을 들여다보자, 다카코는 "그게 아니고." 하며 손을 저었다.

"꼴좋게 됐잖아."

"엉? 누가?"

"우치보리 료코."

"어째서."

"그 애, 지금 미와코 자리에서 걸을 계획이었거든."

"그랬어? 어떻게?"

다카코는 우치보리 료코가 미와코에게 자유보행을 함께 걷자고 제안했다는 얘기를 했다. 다카코는 반 친구들이랑 가면 된다고 말한 것도.

시노부는 분개했다.

"우와, 정말 싫다. 재수없는 계집애."

"그렇지. 그래서 걔는 이런 식으로 니시와키와 함께 걷기를 노렸던 거라 생각해."

"응, 나도 그렇게 생각해. 빌어먹을, 나도 말해줘야지, 꼴좋다."

"꼴좋다."

"뭐야, 뭐가 꼴좋다는 거야."

미와코가 휙 이쪽을 돌아보는 바람에, 두 사람은 당황하며 입을 다물었다.

"아무것도 아냐, 아무것도 아냐."

"이상한걸."

하여간 귀는 무섭게도 밝다니까, 미와코는. 다카코는 마음속으로 살짝 혀를 내밀었다.

"다카코, 보행제가 끝나가고 있다고. 이게 마지막 기회일지도 몰라."

시노부가 소리를 낮춰 속삭이는 바람에, 다카코는 쓴웃음을 지어 보였다.

"정말, 어지간히 끈질기구나, 너도."

"끈기가 있는 거라고 말해줘."

"그래, 끝나가고 있네, 보행제."

다카코는 한숨을 쉬었다.

"응. 끝나가고 있어."

"고교생활도."

"응."

"평범했고 남자친구도 없었지만, 꽤 즐거웠어."

"거짓말, 다카코 남자친구 있잖아."

"누구."

"요시오카 아냐?"

"아냐, 아냐. 친구일 뿐 그런 관계는 아냐."

다카코는 고개를 좌우로 크게 흔들었다.

"응, 실은 나도 그렇지 않을까 생각했어."

"뭐야, 넘겨짚은 거구나."

"요시오카, 괜찮은 놈이지만 좀 애늙은이 같지. 뭔가 초월해 버린 듯한. 도저히 같은 나이라고는 생각되지 않아."

"응. 정말 어른스러워. 그래서 이야기를 하면 마음이 차분해져."

시노부가 갑자기 진지한 얼굴로 다카코를 보았다.

"다카코도 참 재미있구나."

"왜."

"그런 녀석과도 어울릴 수 있고, 폭넓게 커버하는걸."

"별로 커버할 생각은 없지만. 그런 얘기라면 미와코지."

앞을 가는 미와코의 등을 턱으로 가리킨다.

도오루의 등과 미와코의 등.

이들도 꽤 잘 어울리는 커플이지 않을까.

문득, 다카코는 그런 생각을 했다. 이복남매로서가 아니라 커플로서.

그렇게 생각해도 질투가 생기지 않으니 신기하다.

미와코라면 도오루의 독선적인 부분을 잘 바로잡아 갈 수 있을 것이며, 도오루도 미와코라면 존경하면서 한 수 접고 대할 수 있을 것이다.

"있지, 저 커플의 조화도 훌륭하지 않니?"

다카코가 앞의 두 사람을 가리키자 시노부는 어이없는 표정을 지었다.

"혹시 고다, 마조히스트? 남은 됐으니 자기 일이나 걱정하시지."

"그 대사, 도다에게 돌려주고 싶은걸. 도다 역시 니시와키는 내버려두고 자기 일이나 걱정하면 될 텐데. 그 서고의 여자아이 일도."

그렇게 말하려다 순간 시노부의 표정이 굳어지는 것을 깨닫고,

다카코는 입을 다물며 고개를 숙였다.
"……미안. 쓸데없는 참견이었어. 이제 절대 말하지 않을게."
"괜찮아. 그 말이 맞는걸."
시노부는 쓴웃음을 지었다.
"우린, 동지 사이?"
"그럴지도. 요즘 세상에는 상대방을 위해 뒤로 물러서는 짓이 유행하진 않지만."
"난 유행하고 거리가 머니까."
"그렇구나. 다카코, 그런 느낌 들어."
문득 치아키의 표정이 뇌리를 스쳤다.
간절한, 안타까운, 하지만 포기에 가까운 표정.
뭔가 치아키의 마음을 이해할 수 있을 것 같기도 하다.
분명 치아키는 그의 이런 점을 좋아하겠지. 절대 자신의 감정을 우선하지 않고 드러내지도 않고 타인에 대해 세심하게 배려하는 점. 담담한 듯하면서도 실은 뜨거운 것을 지니고 있는 점.
치아키의 안타까움이 전염되는 것 같았다.
치아키, 사람 볼 줄 아는걸. 그러나 역시 그녀는 자신의 마음을 전하지 않고 그대로 졸업하겠지.
대체 얼마만큼의 여자아이들이 이렇게 표현하지 못하는 마음을 안은 채 졸업하는 걸까.
아까 미와코가 한 이야기를 떠올린다.
어쩐지, 허무하네.
어딘가 자학적인 주제에 늠름하던 옆얼굴.

결국 자기만족으로 끝나, 모처럼의 고교시절에 진정한 연애를 못 했다니.

모두가 제각기 쓰디쓴 마음을 안고 있다. 동경인가, 사랑인가, 자존심인가 몇 번이나 자문자답을 되풀이하며, 그것조차도 눈치 채지 않게 하고 떠나간다.

"나도, 너무 고상한 건가. 도오루가 눈에 띄니까 균형을 잡게 되는 건지도 모르겠어."

시노부가 중얼거렸다.

"그래. 도다, 너도 괜찮은데 말이야. 니시와키보다 훨씬 괜찮아."

"정말? 그럼 우리 사귀어볼까."

그렇게 말하는 시노부의 눈이 순간, 너무 진지해 보여 다카코는 당황했다.

하지만 그 잠깐의 동요도 시노부는 금세 간파하고 "아하하." 웃으며 손을 저었다.

"생각해 봐, 언제라도 환영이니까."

"응. 생각해 볼게."

그렇게 웃으며 장단을 맞추면서도 다카코는 어딘가 꺼림칙한 기분이 든다.

치아키의 생각에 동화되었던 탓일지도 모르겠다. 그러나 다카코는 여자들만이 느끼는 감으로, 지금 시노부의 말이 진심이었다는 것을 알아차리고 있었다.

설마 일이 이렇게 전개될 줄이야.

다리를 신경 쓰며 미와코와 담소를 하면서도, 도오루는 희한한 기분이었다.

아까의 절망이 거짓말 같다. 조금 전까지 구급버스행인가 하고 패닉에 빠져 있었는데, 이렇게 밝은 햇빛 속에 여자아이와 걸으면서 잡담을 하고 있다니.

다리는 생각보다 순조롭게 움직이고 있다. 가끔 고정된 부분을 움직여버려 날카로운 통증이 흐를 때가 있긴 하지만, 천천히 지면과 직각으로 다리를 내리면 통증은 거의 없었다.

끈질기게 고사했지만, 미와코의 제안대로 짐을 줄이자 확연히 몸이 가벼워 훨씬 편해졌다. 여자에게 자신의 짐을 들게 하다니, 남자가 할 짓이 아니라고 생각하지만, 지금은 미와코의 제안에 진심으로 감사하고 있었다.

정말로 착한 아이야. 가정교육을 잘 받았나 봐.

미와코의 웃는 얼굴을 보면서 도오루는 다시 한 번 감탄했다.

힘든 보행제가 끝나기 직전인데, 이렇게 웃을 수 있다는 것은 체력도 근성도 상당하다는 말이지.

미와코에게 감탄하면서도, 실은 등뒤 쪽이 신경 쓰이는 게 사실이다.

뒤에서 다카코와 시노부가 즐겁게 떠들고 있다.

뒤에서 그 녀석이 걷고 있다.

그것을 등 전체가 센서가 된 것처럼 느끼고 있는 것이다.

하지만 싫지 않았다. 싫지 않다는 사실도 그는 의식하고 있다.

불쾌감이나 혐오감은 이미 없다. 오히려 이렇게 되어 다행이라는 안도감이 있었다.

"어젯밤에는 아주 화끈한 구경을 시켜주던걸."

미와코가 태연히 말했다.

"그래. 같은 반이었지, 참."

우치보리 료코 얘기라는 것을 눈치 챘지만, 미와코에게 들으니 별로 불쾌하지 않았다.

"사실은 그 애가 같이 자유보행하자고 그랬거든."

"아, 그래?"

"물론 거절했지. 나는 다카코랑 하기로 약속했으니까."

"사이가 좋구나."

"응. 나 다카코 좋아하잖아. 마지막인데 함께 걷고 싶었어."

왠지 가슴이 두근거렸다.

단순히 친구로서 한 말이라는 것을 알면서도 '좋아한다'는 말에는 마음이 반응한다.

"니시와키와 도다도 사이좋잖아. 테니스부 친구들과 같이 가는 줄 알았더니."

"응. 아무래도 고등학교 마지막이니까, 마음 맞는 녀석이랑 걷고 싶어서."

도오루는 맞장구를 쳤다.

미와코는 웃는 얼굴로 끄덕인다.

"나, 다카코의 어머니도 좋아해. 여자다우면서도 강하고 꿋꿋하고, 멋진 분이거든."

이번에는 화들짝 놀랐다.

자기도 모르게 미와코의 얼굴을 본다.

거기에는 예상하지 못했던, 강하게 뭔가를 호소해 오는 눈동자가 있다.

도오루는 눈을 떼지 못했고 미와코도 시선을 돌리지 않았다.

비난하고 있지도 않고 뻔뻔스러운 것도 아닌 강렬한 눈동자.

설마. 혹시 이 애는 알고 있는 것일까? 다카코에게 들어서?

도오루는 혼란스러웠다.

미와코가 순간 눈을 떼고 앞을 보았다.

"다카코가 원래 좀 둔하거든."

미와코의 말투가 다소 가벼워진다.

"남 일에는 무척이나 신경을 쓰는 주제에, 자기는 통 뭘 숨기지를 못하는 거야. 힘든 일이 있어도 남한테 매달린다거나 떠든다거나 화풀이하고 그러지를 못해. 그저 멍하니 혼자서 다 끌어안고 있는 거야. 정말 바보 같지 않니. 냉정하게시리. 정 떨어지지 않니. 나 같은 훌륭한 친구를 두고서 말이야."

미와코가 흥, 하고 화난 기색을 보였다.

"뭐, 다카코는 그런 둔한 면이 장점이긴 하지만."

도오루는 혼란스러웠다.

갑자기 생글거리며 다가와서 갑작스럽게 이런 이야기를 시작한 미와코의 진의를 알 수 없었기 때문이다. 어느 새 옆구리 아래로 식은땀이 흐른다.

"그러면 서운하단 말이야. 제일 친한 친구라고 믿었던 애가, 제일 큰 고민을 털어놓지 않다니."

목구멍이 턱 막혔다.

미와코의 말이 가슴에 울렸다. 그녀의 말이 자신과 시노부를 가리키고 있다는 것을 눈치 챘기 때문이다.

알고 있구나. 역시 이 애는 나와 다카코 사이를 알고 있는 거야. 어떻게? 지금 얘기로 보면 다카코가 말한 것은 아닌 것 같은데.

"……유사, 너."

겨우 그렇게 입을 열었는데, 목소리는 확 쉬어 있었다.

미와코가 이쪽을 본다. 조금 전과 다름없는 당당하고 도전적인 눈이다.

"내가 뭐?"

"너 혹시."

말을 막 꺼내려는 참이었다.

"미와코, 다카코, 좋은 아침!"

낭랑하고 밝은 목소리가 허공에 울렸다.

넷이 동시에 그 천연덕스러운 목소리 쪽으로 눈을 돌렸다.

"앗."

"어, 너 아직도 있었냐?"

"좋은 아침!"

뒤에서 다카코와 시노부가 스스럼없이 아는 척을 했다.

갑자기 대화가 끊긴 도오루와 미와코는, 소리가 난 쪽을 보고 입을 떠억 벌리고 말았다.

"어머, 준야 아니니! 이런 데서 또 만나네."

미와코도 웃는 얼굴로 손을 흔든다.

20미터쯤 앞의 삼거리 한쪽에 하얀 RV(레크리에이션용 차량)가 서 있고, 그 천장에 펼쳐진 담요 위에서 야구모자를 쓴 소년이 크게 손을 흔들고 있었다. 또 한 명의 소년은 담요 위에서 잠들어 있는 듯했다.

하얀 얼굴이 눈에 확 들어온다.

티셔츠 차림의 소녀가 그 위에 겹쳐진다.

닮았다. 도오루는 가슴을 찔린 듯한 심정이었다.

사카키의 동생인가.

"정말로 아직까지 있었네. 잘 잤니?"

뛰어오는 소년에게 미와코와 다카코가 저마다 한마디씩 한다.

"응, 잘 잤어. 오랜만에 노숙해 보니 재미있던걸. 어젯밤은 구름이 잔뜩 끼어서 별을 거의 못 본 것이 유감이지만. 안나가 별이 잔뜩 보인다고 해서 엄청 기대하고 있었는데."

소년은 천연덕스럽게 상큼한 미소를 보인다.

어딘가 무국적의 자유로운 분위기도 누나를 많이 닮았다. 항상 혼자만 주위와 다른 바람을 느끼고 있는 듯한 것도.

도오루는 무척이나 낯익은 느낌이 들었다. 쓸쓸하고 어쩐지 불안한 느낌도.

왠지 자신이 이제까지 많은 것들을 버리며 살아왔구나 하는, 강한 후회의 마음에 휩싸인 것이다.

"아침밥은?"

"응, 저기 들판에서 불 피우고 물 끓여서, 컵라면 먹었어."

"제법인걸."

소년은 정말 솔직하고 자유로웠다. 어젯밤에 처음 만났을 텐데, 벌써 미와코와 다카코와 친해져 있다. 그 솔직함이 몹시 눈부시다. 자신이 갑자기 늙은이가 된 기분이다.

"흠, 생각했던 것보다 건강해들 보이네."

소년은 흥미진진한 얼굴로 도오루와 시노부의 얼굴을 들여다보며 손을 흔들어 인사한다.

"하이."

"하이."

얼떨결에 대답을 한다. 이 녀석 미국인이군.

"사카키 준야입니다."

"니시와키 도오루입니다."

예의바르게 이름을 말하자, 소년은 문득 뭔가를 떠올린 듯한 표정을 지었다.

"니시와키 도오루."

소년이 빤히 얼굴을 들여다보는 바람에 도오루는 당황한다. 미와코도 그렇고 이 녀석도 그렇고, 정면에서 사람의 눈을 이렇게 빤히 들여다보다니.

소년은 허리에 손을 얹고 고개를 갸웃거린다.

"거기, 안나 알아?"

"그야 알지."

"흐음."

소년은 끈질기게 도오루의 얼굴을 보고 있다. 그러다, 다카코를 돌아보더니 빙긋이 웃었다.

"다카코, 그 얘기, 나 알 것 같아."

다카코가 그 말을 듣고 당황하는 것이 느껴졌다. 확실히 허둥대고 있다.

뭔데 이렇게 당황하는 거지, 이 녀석?

소년은 도오루 쪽을 다시 보고, 친한 척 미소를 짓더니 이렇게 말했다.

"저기, 거기 남매 있지? 안나의 친구 중에. 안나랑 친했다고 하던데."

"하아?"

그 소리를 낸 것은 시노부였다.

"뭔가 오해한 거 아냐? 도오루에게는 남매 같은 거 없어."

당했다.

그렇게 마음속으로 소리를 지른 것은 다카코였다.

설마 일이 이렇게 될 줄이야. 미국에서 찾아온 친구의 동생이 이런 촌구석의 보행제에 나타나서, 생글거리며 당사자 앞에서 그런 말을 하다니, 누가 예상이나 했을까.

도오루는 아연실색했다.

너무도 당당히 대놓고 말을 하는 바람에 대꾸할 말조차 잃고 만 것이다.

그것은 다카코도 마찬가지였다. 그와 똑같이 전신이 굳어져버렸다. 지금 이 순간, 자신이 도오루와 같은 얼굴을 하고 있다는 것을 통감했다.

"아니, 있을걸."

소년은 끝까지 천연덕스러웠다.

"뭔가 가정 사정이 있어서 같은 학년에 다니게 됐다던데."

아야야야. 다카코는 다시 마음속으로 비명을 질렀다.

아마 도오루도 똑같이 비명을 지르고 있을 것이다.

"같은 학년."

시노부는 그렇게 말하려다 말고 흠칫했다.

퍼뜩 다카코의 얼굴을 본다. 다카코는 너무도 놀라 표정관리조차 할 수 없었다.

몹시 얼빠진 모습으로, 다 들통났습니다, 하는 표정을 짓고 있겠지.

시노부는 다카코의 얼굴을 본 순간 모든 것을 깨달은 모양이다.

그 눈에 확신의 빛이 떠올랐다. 그리고 점점 얼굴이 붉어진다.

시노부는 감정을 간신히 억누르듯 한숨을 토했다.

"이봐, 도오루. 그게 정말이냐?"

시노부는 앞으로 나와, 도오루에게 다그쳐 물었다.

도오루의 표정을 보고 한층 확신이 굳어진 모양이다.

"그 말이 맞느냐고."

시노부는 몹시 상처받은 얼굴이 되었다.

너무나도 미안하다. 다카코의 가슴에 그런 말이 떠오른다. 미안해, 도다.

시노부는 상처받은 표정으로 다카코를 흘끗 훔쳐본다.

"왜 진작 말해주지 않았어?"

조그맣게 중얼거리며 시노부는 고개를 숙였다.

불편한 침묵이 찾아왔다.

야구모자를 쓴 피부가 하얀 소년만이, 영문을 모르겠다는 얼굴로 눈앞에 있는 네 사람의 표정을 번갈아 지켜보고 있다.

"내가 뭐 잘못 말했나?"

준야가 조심스럽게 물었다.

그토록 여유만만했던 그도 조금 전 자신의 발언 때문에 모두가 놀라 얼어붙어 버린 것을 눈치 챈 모양이다.

"아니, 별로. 오히려 말해주길 잘했어."

태연한 얼굴로 미와코가 대답한다.

"그래? 정말이야, 다카코?"

준야는 다카코의 얼굴을 들여다본다. 다카코는 고개를 끄덕이며 그를 안심시키려는 듯이 웃어보였다.

"응. 정말이야."

"그래."

준야는 안심한 표정을 지었다.

그래, 우리는 괜찮지.

다카코는 마음속으로 그렇게 중얼거리며, 앞에 걸어가는 두 사람을 슬쩍 보았다.

도오루와 시노부는 아까부터 둘이 나란히 걷고 있지만, 보아하니 전혀 말을 나누고 있지 않다. 그저 고개를 약간 숙인 채 묵묵히 걷고만 있다.

그럴 만도 하지. 다카코는 속으로 한숨을 쉬었다.

아까 시노부의 상처받은 얼굴.

친구가 그런 얼굴을 하는데, 아무리 도오루라도 마음에 걸리지 않을 리 없다. 그러나 그는 자신의 수치이기 때문에 더욱 친구에게는 털어놓을 수가 없었다고 생각하고 있다.

다카코는 두 사람의 생각이 빤히 눈에 보였다.

시노부는 시노부대로 친구를 비난한 것을 후회하고 있다. 하지만 역시 말해주지 않았던 것에 대한 서운함은 사라지지 않을 것이다. 게다가 그는 다카코에게 끈질기게 도오루를 추천했다. 그 일로 다카코에게 몹시 부끄러움을 느끼고 있을 것이다.

다카코는 시노부에게 몹쓸 짓을 했다고 생각하지만, 그래도 역시 자기가 시노부에게 말할 수는 없었기에 어쩔 수 없었다고 스스로를 달랜다.

"돌아가서 이 얘기 했다간 화내겠지, 안나."

준야가 하늘을 쳐다보며 어깨를 움츠렸다.

"괜찮아, 괜찮아, 화 안 낼 거야."

"말 안 하면 되잖아."

미와코와 다카코가 입을 모아 위로한다.

"그렇긴 하지만, 나 아마 말해 버리게 될 거야. 숨기는 게 도저히 적성에 맞지 않는 성격이라서."

"알 것 같아."

미와코가 쿡쿡 웃자 준야는 콧등을 긁었다.

"안나는 우등생이어서 말이야, 옆에서 보고 있으면 자꾸 약 올리고 싶어져."

"흐음."

"안나는 감정을 겉으로 드러내지 않지."
"그렇지."
"그게 너무 답답해. 화가 나. 좀더 솔직해지면 좋을 텐데."
"그래, 그런 경향이 좀 있지."
"안나, 저 사람을 무척 좋아했다고 생각해."

준야는 앞에서 걷고 있는 도오루 쪽을 힐끔 턱으로 가리켰다.

"말을 하면 될 텐데 말이야. 그렇지? 안나는 너무 신중해서 그렇게까지 좋아질 만한 남자도 별로 없을 거라 생각해. 그러니까 생겼을 때 말을 하면 될 텐데."

준야는 안타까워했다.

"아하."

그 얼굴을 보고 있던 미와코가 고개를 끄덕였다.

"뭐야 준야, 이러니저러니 해도 누나 걱정 많이 하고 있네. 그래서 일부러 미국에서 안나 대신 마음 전하러 왔던 거야?"

"뭐?"

준야는 깜짝 놀란 얼굴이 되었다.

"그럴 생각은 아니었는데."

그렇게 말하며 눈동자를 한 바퀴 돌린다.

"글쎄. 사실은 그게 목적이었던 거 아니니?"

"으음, 그런가. 흐음, 그래. 그럴지도 모르겠군."

미와코가 다그쳐 묻자, 준야는 뜻밖이라는 얼굴을 하면서도 수긍하고 있다.

날카롭네, 미와링. 다카코는 감탄한다.

확실히 별로 사이가 좋지 않다고 말하면서도, 이 소년은 내내 안나 이야기만 하고 있고, 줄곧 안나의 사랑의 상대를 찾고 있었다. 그것은 고지식한 누나가 제대로 상대해 주지 않은 데서 생긴 반발이자, 한편으로 감추고만 있는 누나의 사랑을 어떻게든 도와주려고 하는 나름대로의 착한 마음인 것이다.

"앗."

갑자기 미와코가 큰 소리를 내며 멈춰 섰다.

"왜 그래?"

둘이서 미와코를 보자, 미와코는 생긋 웃었다.

"뭐야? 왜 웃는 건데?"

다카코가 묻자 미와코는 준야의 어깨를 툭하고 쳤다.

"괜찮아, 안나는 이 얘기해도 분명 화내지 않을 거야."

"왜?"

"괜찮다니까. 안나에게 전하렴. 그 주문이 효과 있었다고."

"응? 뭐야? 주문이라니?"

준야는 멍한 표정을 지었다.

"안나의 주문이야."

"그렇게 말하면 알아?"

"응. 알아."

미와코는 힘껏 끄덕였다.

"흐음. 안나의 주문이었단 말이지. 아, 너무 멀리까지 와버렸네. 그만 차로 돌아가야겠다. 다음은 교문 있는 데서 기다릴게."

준야는 뒤를 돌아보더니, 차가 한참 작아져 있음을 깨닫고 걸음을 멈추었다.

"어머나, 마중 나와 주는 거야?"

"완주증명서 받으면 집까지 태워다 줘."

미와코가 재빠르게 부탁한다.

"오케이. 그럼 나중에 봐."

준야는 손을 흔들며, 가볍게 사라져갔다.

준야에게 한참 손을 흔들다가, 다카코는 의아하다는 듯이 미와코를 돌아보았다.

"저, 대체 무슨 소리야? 주문이 효험이 있었다니."

미와코는 의미 있는 미소를 지었다.

"나, 알아냈어. 안나가 다카코에게 보낸 엽서의 의미."

"에엣? 어떻게?"

다카코는 당황했다. 미와코에게는 조금 전에 말했을 뿐인데. 역시 나는 둔한 건가. 알고는 있었지만.

"준야를 보니까 알겠더라."

"뭐? 어째서?"

"안나가 작년에 걸은 주문이라는 건. 아마 준야 얘기일 거야."

"준야? 그 애가 왜?"

다카코는 아연실색했다.

미와코는 빠르게 걷기 시작한다.

"안나는 준야의 성격을 제대로 파악하고 있어. 절대로 안 된다고 하는 것은 일부러 하지. 너는 모를 거라고 하면, 필사적으로 그것을 알려고 해. 그 애, 안나가 한 말에 일일이 반응하며 신경을 곤두세

우잖아. 이 먼 일본까지 와서 보행제에 끼어들기까지 하며."

"응."

"작년에 보행제에 참가해서 안나에게 엄청 혼났다고 하잖아. 너 같은 게 뭘 알겠느냐고 했다지."

"응. 나도 그 얘기 들었어."

"그거 일부러 그런 거 아닐까."

"일부러?"

"내가 보기에는 안나가 일부러 화낸 거야. 그리고 좋아하는 남자 아이에게 가정 사정으로 같은 학년에 남매가 있다고, 일부러 준야 귀에 들어가게 한 것 같아. 그 애 성격으로 보아, 안나에게 그렇게까지 혼이 나면 또 보행제에 참가하려고 할 것이고, 그 조건에 의지하여 반드시 상대를 찾아내겠다고 생각할 거다, 하는 데까지 예상한 게 아닐까."

"에이, 설마."

다카코는 웃었지만 미와코는 진지한 얼굴이다.

"아니, 몰라. 안나는 의외로 그런 거 계산할 수 있는 애거든. 나랑 다카코가 안나의 제일 친한 친구였던 것은 알고 있으니까, 먼저 그 애가 우리를 찾아내서, 우리부터 훑어갈 것이라는 것은 예상할 수 있잖아."

"그야 그렇지만."

"그 애는 봤다시피 겁없이 행동으로 나서는 타입이고, 천연덕스러운데다 애교도 있어서 분명히 니시와키 도오루도 찾아낸다. 실제로 찾아냈잖아. 그러고는 분명히 본인에게 직접 남매 얘기를 캐물어대겠지. 그러면 니시와키 도오루도 고다 다카코도, 지금까지처럼 모르는 척하고 있을 수는 없게 될 거다 이거야. 그런 계획이었던 게 아닐까."

"으음. 그렇다면 너무 무시무시한걸. 정말로 거기까지 계산하고 있었을까."

안나가 그렇게까지 뱃속이 검은, 아니 타인의 행동을 계산하는 인간이라고는 생각되지 않았다.

미와코가 목소리를 높였다.

"실제로 그렇게 됐잖아. 어디까지 예상대로 잘될 거라고 생각했는지는 모르지만 말이야. 어디까지나 안나에게는 '주문'이었을 테니까."

"무시무시한 주문이네. 과연 스탠포드."

그렇게 말하면서도 다카코는 아직 반신반의다.

"안나가 어디까지 계산했었는지는 모르겠지만."

미와코는 가만히 다카코를 보았다.

"안나가 다카코와 니시와키가 화해하기를 바란 것은 확실한 거 아닐까."

"응. 그건 알 것 같아."

그 의견에는 솔직하게 수긍했다.

안나는 도오루와 다카코를 모두 좋아하고 있었기 때문에, 둘이 처한 상황을 불행이라 생각했을 것이다. 그렇기 때문에 일부러 미국에서 동생이라는 폭탄을 보낸 것이다. 둘의 성격을 알고 있던 안나는 그 정도의 독한 치료가 아니면 안 된다는 것을 알고 있었다.

그리고 안나의 생각대로 동생은 움직여주었던 것이다.

이제야 서서히 안나의 배려가 얼마나 깊은지에 대한 실감이 전해져 왔다.

미국에 있으면서, 거기까지 걱정해 주었다니.

감격하는 동시에 상대가 니시와키 도오루가 아니었다면 이렇게까지 하지 않았을 테지, 하고 생각한 것도 사실이다.

"그래. 이걸로 잘된 거야."

다카코는 다시 한 번 고개를 끄덕였다.

"아까는 터무니없는 짓을 했다고 생각했지만, 확실히 미와링이 말한 대로 그 애가 말을 해준 게 다행인지도 몰라."

"그렇지."

"니시와키 도오루가 그렇게 생각하고 있는지 어떤지는 모르겠지만 말야."

"분명히 지금은 그렇게 생각하고 있을 거야."

미와코는 자신이 가득한 표정으로 장담했다.

"그럴까."

"그래. 만일 지금 그렇게 생각하고 있지 않다 해도, 언젠가는 분명히 그렇게 생각할 거야."

"미와링이 그렇다고 하면 정말 그럴 것 같은 생각이 드니, 참 희한하네."

"그야 진짜로 그러니까 그렇지."

둘은 어느 쪽이라고 할 것 없이, 앞에 가는 두 사람의 등을 보았다. 어느 샌가 사이가 조금 벌어져 있었다.

불편한 침묵은 좀처럼 깨지지 않았다.

보아하니 시노부는 자기가 먼저 입을 열 생각은 없는 듯하다.

도오루가 침묵을 깨지 않으면 안 된다는 것은 알고 있었지만, 뭐라고 말해야 좋을지 알 수가 없다.

그러는 한편, 무릎도 발목도 아까 그 소년의 말을 듣고 난 후로는 거의 아픔을 느끼지 않고 있는 것이 놀라웠다. 뭔가에 정신을 빼앗기면 사람은 아픔을 잊어버리는 모양이다. 오히려 걷는 속도가 빨라져 있다.

단조로운 길.

뒤에서는 안나의 동생을 사이에 두고, 미와코와 다카코가 두런두런 이야기하고 있는 기척이 느껴진다.

하여간 남의 속도 모르고.

도오루는 한숨을 쉬고 싶은 기분이었지만, 이상하게도 저 소년을 책망하거나 원망하고 싶은 마음은 생기지 않았다. 바보 같은 놈, 하고 욕은 했지만, 오히려 어깨의 짐을 내려놓은 듯 어딘가 안도하는 마음이 더 컸다.

"말하고 싶지 않았단 말이야."

불쑥 입에서 말이 새어나왔다.

"왜?"

그 순간을 기다리고 있었을 것이다. 말이 끝나기 무섭게 시노부가 퉁명스럽게 대꾸했다.

"집안의 수치니까."

그렇게 대답한 순간, 뺨이 화끈 달아올랐다.

부끄럽다. 고다 모녀가 아니라 아버지가. 이런 소리를 아들 입에서 나오게 하는 아버지가.

그것은 한동안 잊고 있던 생생한 감각이었다. 아버지의 존재가 감정적인 대상으로서 되살아난 것은 정말로 오랜만이었다.

"왜?"

시노부는 똑같이 물어왔다. 도오루는 쓴웃음을 짓는다.

"왜냐니, 대충 짐작은 갈 거 아냐. 우리 아버지가 그 녀석 엄마랑 바람 피워서 생긴 것이 그 녀석인걸."

"그래서 고다를 싫어했던 거냐?"

"별로 싫어한 적 없어."

"전에 그렇게 말했잖아."

"내가 했나, 그런 말을."

"말했어. 고다도, 니시와키가 자기를 싫어하는 모양이라고 그랬고."

"별로 싫어한 적 없어. 다만 어떻게 대해야 좋을지 몰랐던 것뿐이라고."

"나, 고다에게 정말 나쁜 짓 했다."

"무슨 짓?"

시노부의 말투가 어두워졌기에, 도오루는 그를 쳐다보았다.

"도오루를 좋아하지, 좋아하지, 하고 엄청 지겹게 몰아붙였어. 상처받았을 거야, 고다. 이것저것 캐묻고. 다카미와 함께 놀려대기도 했으니. 정말 바보네, 나도."

시노부는 얼굴을 찡그리며 분하다는 듯 혀를 찼다. 그 말투에는 격렬한 자기혐오와 깊은 후회가 배어 있었다.
 도오루는 그렇잖아도 늘 타인에게 세심한 배려를 하는 그에게 그런 생각을 하게 만든 것이 진심으로 미안했다.
 "괜찮아."
 "뭐가, 말도 안 해주고 있었던 주제에."
 시노부는 도오루를 노려보았다.
 "그건 사과할게. 하지만 그 녀석은 강하고 관대하니까 시노부가 모르고 한 말이라는 거 다 알고 있을 거고, 그런 걸로 너를 원망하거나 하진 않아."
 "너에게 그런 위로받아 봤자야."
 투덜대는 시노부에게, 도오루는 정중하게 머리를 숙였다.
 "정말로 잘못했다. 사과할게. 네가 나를 인정해 주고 있었기에 더 말하고 싶지 않았어."
 "아버지가 바람을 피운 것과 네 평가와는 아무 상관없잖아."
 "없지는 않지. 그럼 네가 나였으면 말할 수 있었겠냐?"
 "으음."
 시노부는 잠시 생각을 하더니 작게 중얼거렸다.
 "그래, 못 할 수도 있겠다."
 "그것 봐."
 "하지만 미리 듣고 싶었어. 네 입으로."
 "그러니까 사과하잖아. 미안해. 체면 때문에 말 못 했어. 미안하다."
 "그만 됐어."

이제야 두 사람 사이의 긴장이 풀리며 걸음걸이도 느릿해졌다.

그러자 현실이 살아나면서 무릎과 발목이 열과 고통을 발산하기 시작한다.

"괜찮냐, 다리?"

그것을 느꼈는지 시노부가 도오루의 발밑을 보았다.

"그럭저럭. 이대로만 가면 완주는 할 수 있겠어."

도오루는 그렇게 되었으면 하는 바람을 말한다. 약한 소리를 하면 그것이 사실이 되어버릴 것 같은 생각이 들었기 때문이다.

"둘이서 만난 적은 없냐?"

시노부가 평소의 분위기로 돌아와서 물었다.

"없어."

도오루는 틈을 주지 않고 대답했다.

"그것에 대해 같이 얘기한 적도?"

"없어."

도오루는 짤막하게 대답하고 쓴웃음을 지었다.

"올해 같은 반이 될 때까지 반경 3미터 안에 있어 본 적도 없어. 게다가 올해 반에서 나눈 말보다도, 어제부터 시작한 보행제에서 나눈 말이 더 많은 정도인걸."

"어떤 의미로는 너답다고나 할까."

시노부는 질린 얼굴로 한숨을 쉬더니만, 문득 목소리를 낮춰 덧붙였다.

"많이 힘들었겠지, 고다도."

"하지만 강한 녀석이야."

도오루는 화난 듯한 목소리로 말했다.

"알잖아? 그 녀석은 속이 넓다고. 나를 미워하거나 원망하거나 하질 않아. 오히려 미워하고 원망하고 그러면 차라리 나도 좀더 편했을 텐데. 도리어 그 녀석이 나를 불쌍히 여기고 있어."

"그렇지는 않아."

"그 녀석은 훌륭해. 내가 그 녀석 입장이었다면 그렇게는 못할 거야."

시노부는 탐색하는 듯한 눈초리로 도오루의 얼굴을 보았다.

"칭찬하는 거냐? 아니면 욕하는 거냐?"

"나도 잘 모르겠다."

"어머니는 뭐라고 하셔?"

"뭐에 대해서?"

"너희들이 같은 반이 된 거 말이야."

"아무 말도. 표면상으로는 내가 그 녀석과 한 반이 된 걸 모르는 것으로 되어 있어. 하지만 학급명단을 보고 알 거라고 생각해."

"그렇겠지."

시야에는 아무도 보이지 않았다. 하얗고 마른 길이 강을 따라 이어지고 있을 뿐. 앞에 가는 학생과의 거리가 벌어져 있는 것이다.

"앞으로 얼마나 남았을까."

도오루가 중얼거렸다.

"8킬로미터 정도 아닐까."

"아직도 그렇게나 남았단 말이야?"

"응. 걸어서 가면 한참 걸리지. 보폭도 좁아진 마당에."

주변은 완전히 환해져서, 언제나의 낯익은 그 아침이었다.

아까 뛰면서 맛보았던, 날이 새기 직전부터 날이 새기까지의 신비로운 분위기는 이미 흔적도 없고, 주말의 늘어지고 한가로운 공기가 풍경을 가득 채우고 있다.

"이 정도 남았을 때가 제일 늘어진다니까."

시노부는 반짝거리는 수면을 바라보며 눈을 가늘게 떴다.

진녹색의 물이 유유히 흐르고 있다. 물빛으로 보아 제법 깊을 것 같다.

"그대로 졸업해 버릴 생각이었냐? 내게도 가르쳐주지 않고, 고다 하고 말도 안 하고."

시노부는 강에 시선을 둔 채 물었다.

"응. 분명히 그렇게 됐겠지. 그 참견하기 좋아하는 사카키의 동생이 없었다면 말이야."

"재미있는 녀석이었지. 어라, 없네. 그냥 가버린 모양이네."

시노부는 뒤를 돌아보며 말했다.

"하지만 유사도 알고 있었어. 물론 사카키도."

도오루는 앞을 보면서 중얼거렸다.

"고다가 가르쳐준 건가."

"아니, 틀려. 아까 유사가 살짝 풍기는 분위기로는, 그 녀석에게서 들은 게 아닌 것 같았어."

어머니다. 도오루는 문득 그런 생각이 들었다.

그 녀석의 어머니가 둘에게 가르쳐준 것이 아닐까. 다카코는 누군가에게 도움을 청하는 타입이 아니다. 분명, 고다 모녀를 미워하고 있는 도오루로부터 딸을 지켜달라고 부탁했을 것이다. 그녀는 니시와키 모자가 자신들을 미워하고 있다는 것을 잘 알고 있었다.

"과연, 매정하다는 점에서도 너희들은 꼭 닮았군."

시노부가 다소 비꼬는 듯한 어조로 중얼거렸다.

"완전히 속았어. 엄청나게 공통점이 느껴졌단 말이야. 확실히 둘이 사귀는 줄로만 알았다니까. 나뿐만이 아닐걸, 그렇게 느끼고 있었던 게."

"그런 것 같더라."

도오루는 순순히 인정했다.

"이상하지. 얼굴은 전혀 닮지 않았는데, 뭔가 성분이 닮았어. 그게 혈연이라는 건가."

시노부도 순수하게 감탄하고 있다.

"그렇겠지."

도오루도 부정하지 않는다.

"하지만 생각해 보면 정말 엄청난 이야기야. 이복남매가 같은 반에 있다니. 순정만화나 텔레비전 드라마 같잖아."

시노부가 새삼 감탄했다.

"재미있어하지 마."

도오루는 얼굴을 찡그렸다.

"아무튼 엄마가 다르다 해도 이촌간인 것은 사실이니, 결혼은 못하겠네."

"당연하지."

"용서받지 못할 사랑. 점점 더 드라마틱해지는걸."

"그만 해."

도오루는 시노부를 쿡 찔렀다. 하지만 그가 의미 있는 눈으로 자신을 보는 바람에 "뭐야." 하며 시선을 피한다.

시노부는 야릇하고 은근한 목소리로 물었다.

"저기 혹시 말이야. 고다가 이복남매라는 것을 몰랐다면?"

"뭐?"

"모르고 같은 반이 되었다면 어떻게 되었을 것 같아?"

도오루는 그 순간 왠지 오싹했다.

몰랐다면. 모르고 만나게 되었더라면.

"그런 거 생각해 본 적도 없어."

도오루는 한기를 느끼면서 애써 태연하게 대답했다.

"어쩌면 닮았다는 것을 느끼고 서로 끌렸을지도 모르지."

"그만 해. 불쾌해."

뿌루퉁하게 말했지만, 도오루는 자기보다 시노부가 더 뿌루퉁해 있음을 알았다.

"불쾌할 건 또 뭐냐."

시노부는 휙 고개를 돌렸다.

"왜 네가 화를 내는데?"

도오루는 무안하다.

다시 서먹한 긴장감이 둘 사이에 감돌았다.

느긋하게 이동하는 수면의 커다란 거품. 하늘과 수면의 빛을 반짝반짝 반사하고 있다.

"이상한 기분이야."

도오루가 중얼거린다.

"뭐가?"

얼굴을 돌린 채 시노부가 묻는다.

"그 녀석의 존재를 안 이후로 줄곧 봉인해 왔던 사실이거든. 그 녀석의 존재를 부정하고 있는 것조차 아무에게도 알리고 싶지 않았어. 그런데 생각해 보니, 어제 아침부터 그 녀석 이야기만 하고 있는 것 같아."

실제로 그랬다. 어제 아침에 등교했을 때부터 시작하여 점심 먹을 때도, 날이 저물고 나서도, 그 후로도, 뭔가를 구실 삼아 그 녀석 이야기만 하고 있었다.

"그러니까 내가 말했잖아."

시노부가 고개를 돌려 도오루의 얼굴을 보았다.

"내 눈에는 너희들이 사귀고 싶어하는 것처럼 보였다구."

"근친상간은 안 된다니까."

"그런 의미가 아니라."

이번에는 시노부가 도오루를 쿡 찔렀다.

"다가가고 싶어하고 있다, 서로 이해하고 싶어하고 있다, 그런 생각이 들었단 말이야."

작은 마을로 들어섰다.

한적한 주택가를 걷기는 오랜만이어서 몹시 신선하게 느껴진다.

길가의 가로수들은 아침 햇빛 속에 조용히 그림자를 드리우고 있다.

주말의 주택가는 아직 잠에서 덜 깨어난 듯, 거리에는 거의 인기척이 없었다.

완만한 언덕 중턱에 얼마 안 되지만 사람들이 무리지어 있었던 것은, 제2체크포인트인 동시에 마지막 체크포인트가 마련되어 있기 때문이었다.

우체국 주차장. 긴 테이블 위에서 실행위원이 묵묵히 명부를 체크하고 있다.

그러나 사람은 그리 많지 않다. 간헐적으로 몇 명 지나가는 것이 보였을 뿐, 다카코 일행이 도착했을 때는 그들 외에 아무도 없었다.

"이제 조금만 더 가면 됩니다. 모두들 힘내세요."

실행위원인 여자아이가 체크를 하고는 발랄한 목소리로 말했다.

변함없이 무서운 체력이다.

"버스는?"

도오루가 물었다.

"출발은 벌써 했지만, 오려면 한참이에요."

그 대답을 듣고 안도의 표정을 짓는다.

다리는 괜찮을까 싶어, 다카코는 흘끗 그의 다리를 보았다. 부어 있긴 하지만, 걸음걸이는 다른 사람들과 별로 다르지 않다. 저 정도라면 골인할 수 있을 것이다.

저 애랑 함께 골인하는 거야, 생각하니 묘한 기분이 든다. 어제까지는 누구보다도 멀었는데 이렇게 함께 걷고 있다니, 거짓말 같기만 하다.

어머니에게 말해야겠다고 다카코는 생각했다.

집에 돌아가면, 니시와키 도오루와 함께 골인했어, 라고 말하고는 철퍼덕 침대에 쓰러지는 거야.

침대에 쓰러지는 장면을 상상하니 갑자기 피로가 확 몰려왔다. 종점까지 아직 한참 가야 하다니 참을 수가 없다. 한시라도 빨리 집에 가고 싶어 미칠 것 같다.

"어이구."

"이런 곳에 좀비가 있네."

앞쪽에서 도오루와 시노부의 밝은 목소리가 들렸다.

가로수 주변에 몇몇 남학생이 쭈그리고 앉아 있는 것이다.

그 중 한 사람은, 이제는 완전히 밤의 신통력을 잃어버린 다카미 고이치로. 보기에도 무참하게 숨이 턱까지 차서 주저앉아 있다. 체구가 작은 탓에 하얀 강아지가 쭈그리고 앉아 있는 것 같다.

"대단한걸. 우리보다 앞에 있었다니."

히죽히죽 웃으면서 도오루가 몸을 구부리고 앉았다.

"제기랄. 하늘이 우리를 버렸는가."

꺼질 듯한 목소리로 고이치로가 중얼거렸다. 밤새 목청껏 소리를 지른 탓이겠지. 완전히 목이 쉬어 걸걸해졌다.

"버렸네, 버렸어. 그러니 그만 포기해."

"안녕. 이따 저녁때 만나자."

도오루와 시노부는 인정사정없이 얼른 손을 흔들고 지나쳐 간다.

"괜찮니, 다카미?"

미와코가 말을 걸자, 고이치로는 초점 잃은 눈으로 고개를 들고 미와코와 다카코를 보더니, 눈을 깜박거렸다.

"어?"

"포기하지 말고 가자."

다카코가 말을 걸자, 눈밑이 시커멓던 고이치로의 얼굴이 갑자기 환해졌다.

"이런, 너희들 같이 걷고 있었냐?"

고이치로는 방금 지나쳐 간 도오루와 시노부, 그리고 다카코와 미와코에게 분주히 시선을 준다.

"그래. 같이 골인할 거야."

미와코가 으쓱하며 대답한다.

"아, 그래, 그래. 해냈구나. 뭐야, 걱정시키더니, 베이베!"

고이치로는 마구 들떠서 기쁜 듯이 웃었다. 완전히 오해하고 있는 것이 확실했지만, 굳이 부정하지는 않기로 했다. 설명하자면 괜히 더 귀찮아질 테니까.

"그럼 간다."

다카코는 쓴웃음을 지으면서 고이치로에게 손을 흔들었다.

"행복해라, 베이베."

고이치로는 비틀비틀 일어나 손을 흔들어 답한다.

미와코가 키득거리며 웃고 있었다.

"정말 웃기지 않니, 다카미?"

"뭔가 단단히 오해를 하고 있긴 하지만."

"하지만 성격 좋아, 저 애."

미와코는 입을 가리고 웃음을 삼키더니, 무심코 앞을 보고는 흠칫하는 표정이었다.

"왜 그래?"

다카코는 미와코가 바라보는 쪽을 돌아본다.

"이번엔 성격 나쁜 인간이 나타났어."

미와코가 불온(不穩)한 목소리로 중얼거렸다.

도오루와 시노부 앞에 우치보리 료코가 서 있었다.

누군가가 갑자기 눈앞에 달려왔을 때, 그것이 누구인지 도오루는 바로 알아보지 못했다.

하지만 옆의 시노부가 "웩." 하고 마치 목 안에서 토하는 듯한 소리를 내는 바람에, 얼굴도 보기 전에 그것이 누군지 깨달았다.

근처에 작은 아동공원이 있어서, 그곳 공중 화장실을 지정화장실로 확보해 둔 모양이다. 그 외에도 학생들이 몇 명 있는 것을 보고, 여기서 기다리고 있었다는 걸 알아차렸다. 그녀의 짓이다. 도오루가 통과했는지 어떤지 체크하고 있었던 것이다.

"다행이네, 이제 못 만나는 줄 알았어."

우치보리 료코는 의기양양한 목소리로 말했다.

그 좋아 죽을 것 같은 얼굴을 보자, 도오루는 구토가 치미는 것을 애써 참았다.

"이제 곧 골인지점인데 거기까지 같이 걷자. 정말 기뻐, 마지막에 만날 수 있어서. 조금 쉬길 잘했네. 잠깐 기다려, 친구들에게 얘기하고 올게."

우치보리 료코는 상대의 의향은 듣지도 않고 그렇게 제안하더니, 얼른 뛰어가서 공원 안에서 쉬고 있던 반 친구로 보이는 두 여자아이에게 다가가 짧게 설명하고는, 자기 짐을 들고 천연덕스럽게 손을 흔들며 돌아왔다. 터프한 아이군, 하고 도오루는 생각했다.

마음 같아서는 후딱 떼어놓고 가고 싶었지만 그렇게도 못하고, 도오루와 시노부는 얼굴만 마주 보며 우물쭈물하고 있다.

"다리 왜 그러니? 괜찮아?"

"응, 그럭저럭. 오다가 넘어졌거든."

"우와! 부었네. 아프겠다. 그래서 늦은 거구나."

료코는 호들갑스럽게 목소리를 높였다.

"견딜 만해. 그보다, 괜찮아? 친구들이랑 같이 걷기로 했던 거 아니야?"

도오루는 괜히 속이 끓어 그녀가 남기고 온 친구들을 돌아본다.

"응. 괜찮아, 괜찮아. 나는 원래 니시와키랑 같이 걷고 싶었는걸. 아, 다행이다. 그냥 골인했으면 재미없을 뻔했어."

료코는 생긋 티 없는 미소를 지으며 도오루를 올려다보았다. 그것이 남자를 사로잡는 자신의 최강의 표정이라고 확신하고 있는 듯한 미소였다.

다른 때라면 휘청거리며 흔들렸을지도 모른다. 확실히 대부분의 경우, 대부분의 남자들에게 그것은 더할 나위 없이 효과적인 표정일 것이다.

그러나 그 순간, 도오루는 격노하고 있었다.

하지만 더 분하게도 그는 그 분노를 료코에게 직접 표출하지 못하고, 그렇게 못하는 자신에게 몹시 화를 내고 있었다.

그렇잖아도 상대의 기분에 둔감한 료코는 당연히 그런 사실을 조금도 눈치 채지 못하고, 신이 나서 그의 옆에 나란히 붙어 걷기 시작한다. 옆에서 걷고 있는 시노부 따위는 아예 존재를 모르는 듯이 처음부터 무시하고 있다. 그 뒤에서 걷고 있는 미와코와 다카코는, 아마 눈에도 들어오지 않거나, 들어왔다 해도 더욱 철저히 그 존재를 말살당하고 있을 것이다.

시노부는 실망한 표정으로 도오루 옆에서 걷고 있다가, 너무도 완전히 무시당하자 더 이상 견디기 힘들었는지, 화가 난 듯 슬쩍 뒤로 빠져버렸다.

여기서 둘만 있게 되면 정말로 이 애랑 골인하게 되는 꼴이 될지도 모른다.

도오루는 필사적으로 시노부에게 남으라는 눈짓을 보냈지만, 그새 그는 뒤에 합류했다. 무리도 아니라고 생각하면서도 괜히 야속한 생각이 든다.

무슨 영향을 받았는지 무릎과 발목이 아까와 달리 지끈지끈 아프기 시작했다.

분노와 아픔과 절망으로 머릿속이 새하얘진다.

하지만 옆의 소녀는 그에게 몸을 찰싹 붙이고는 뭔가를 신나게 계속 떠들고 있다. 물론 그런 말 따위 머리에 전혀 들어오지 않는다.

"믿을 수가 없네."
"뭐 저런 인간이 다 있냐."
"대역전극이네."

도오루와 료코의 등을 보면서 셋은 저주의 목소리를 높였다.

너무도 깔끔하고 너무도 폭력적으로 빼앗겨버렸기 때문에, 다카코는 반쯤 감탄하고 말았다.

"역시 저만큼 하지 못하면, 사랑의 승리자가 될 수 없지."

"그런 소리 하고 있을 때가 아니잖아."

몹시 화가 나 있는 시노부는 그 분노의 일부를 태평스런 소리나 하고 있는 다카코에게 돌렸다. 드물게 얼굴이 시뻘게지고 목소리도 거칠어졌다.

"불쌍하잖아, 도오루가. 이대로 저 계집애랑 골인하게 되면."

시노부는 검지로 료코의 등을 가리켰다.

"하지만 내가 나서 봤자 괜히 경쟁의식만 불태울 뿐이잖아. 도다, 어떻게 좀 해줘."

다카코는 한심한 소리를 했다.

"나도 저 계집애는 자신 없어."

시노부는 벌레 씹은 표정을 짓는다.

"내가 갈 수밖에 없는 건가."

미와코가 매서운 얼굴로 앞으로 나서려고 하는 바람에 다카코는 당황했다.

"잠깐만, 미와링은 저 애랑 같은 반이잖아. 여기서 미와링이 나서면, 졸업할 때까지 분위기 안 좋을 거야."

"나는 별로 상관없어."

"졸업반인데 괜한 시비 안 만드는 게 좋아. 저 계집애, 속에 담아 두는 타입이거든."

시노부도 미와코를 말렸다.

"그럼 어떻게 하라고. 저 계집애가 맘대로 하게 내버려둬?"

미와코가 둘을 쏘아보자 둘은 찔끔했다.

계속 떠들어대는 료코의 옆얼굴. 옆에서 걷는 도오루의 넓은 등에서, 머리끝까지 화가 나 있는 것이 들여다보인다. 다리가 아픈지, 자세히 보니 걸음걸이도 이상하다.

괜찮을까. 저렇게 걷다니. 상당히 아픈가 봐.

다카코는 그의 아픔을 상상하며 저도 모르게 얼굴을 찡그렸다.

그때 누군가가 탁, 하고 다카코의 어깨를 쳤다.

아픔보다 놀라움이 더 컸다.

돌아보니 눈 밑이 시커먼 좀비의 얼굴이 있다.

"여기는 나에게 맡겨, 베이베. 남의 사랑의 길을 방해하는 녀석 같으니라고."

"다카미."

고이치로는 참으로 서툴기 그지없는 윙크를 하고(솔직히 눈에 먼지가 들어간 것으로밖에 보이지 않았다), 다카코를 향해 엄지손가락을 치켜세워 보이더니, 휘적휘적 다카코 일행을 앞질러 갔다. 그와 같이 있던 두 명의 남학생도 함께 뛰어간다.

"베이베, 행복합니까아?"

금세 그는 도오루와 료코를 따라붙더니, 료코의 등을 세게 쳤다. 튕겨나듯이 료코가 돌아보았다.

"이야, 우리의 마돈나 료코 양 아니십니까. 나, 한번이라도 좋으니 천천히 대화를 나누고 싶었답니다. 이 녀석들도 마찬가지. 모두 그대의 팬이랍니다. 잠깐 얘기 좀 할까요. 이 녀석들의 순정을 받아주세요, 네? 제발."

료코가 눈을 끔벅거리고 있다. 뭔가 말하려고 입을 열려고 했다.

그러나 마구잡이로 자신의 페이스로 끌어들이는 거라면 고이치로도 지지 않는다. 금세 다른 남학생 둘과 함께 료코를 둘러싸더니, 어제 아침의 일부터 차례대로 이야기하기 시작했다.

"이야, 작은 새들이 말이야. 록이 나를 잠들게 해주지 않아서 말이야."

쉰 목소리를 쥐어짜며, 끼어들 틈을 주지 않고 계속 떠들어댄다.

무슨 일이 일어났는지 모르는 듯, 멍한 표정으로 도오루가 혼자서 우두커니 서 있다.

휘익, 하고 휘파람을 분 것은 시노부가 아닌 미와코였다.

"멋져, 다카미. 과연 록커로구나."

"아침인데 좀비가 살아나다니. 좀 있으면 재가 되겠군."

시노부가 중얼거린다.

"우리도 거들러 가자. 응, 도다?"

미와코가 시노부에게 고개를 끄덕여보였다. 시노부도 같이 고개를 끄덕인다.

"그래. 미와코 공주가 함께라면, 나도 한판 붙어볼 만하지."

두 사람은 다카코를 버려두고, 걸음이 빨라졌다.

"앗."

순식간에 혼자 남겨졌다.

두 사람은 우두커니 서 있는 도오루도 추월했다. 지나가면서 시노부가 "천천히 와. 저 계집애가 달라붙을 틈을 주지 말라고." 하고 말하는 것이 들렸다.

"다카미."

"같이 가."

둘이 고이치로를 향해 외친다.

"예이, 토요일 밤은 파티를 하는 거야."

이판사판이라는 식의 고이치로 목소리가 울렸다.

"뭐야, 저 녀석들."

도오루가 그렇게 중얼거리는 것이 들릴 만큼, 다카코는 그의 바로 뒤에 서 있었다.

그 기척을 느꼈는지 그는 반사적으로 뒤를 돌아본다.

그리고 다카코를 발견하더니 "아아." 하고 말했다.

그의 눈에 서려 있는 것은, 놀람도 혐오도 긴장도 아닌 안도감이었다.

간신히 여기에 이르렀구나. 드디어 이 순간이 왔구나. 그 눈은 그렇게 말하고 있었다.

다카코는 그와 같은 것이 자기 눈에도 어려 있음을 알고 있었다.

두려움도 비하도 아부도 아닌, 드디어 이 순간이 왔구나, 너무 오래 걸렸잖아, 하는 안도감인 것이다.

"다리 괜찮니? 아까부터 걸음걸이가 좀 이상하던데."

다카코는 도오루의 다리를 보았다.

"솔직히 말해 안 좋은 것 같아. 엄청 아파."

도오루는 무릎을 문지르며 고분고분하게 대답했다.

"그러니, 뭔가 관심을 돌릴 만한 얘기를 해주지 않을래?"

"그럴까."

둘은 어느 쪽이 먼저랄 것도 없이 나란히 걷기 시작했다.

앞쪽에서 큰 소리로 연신 떠들어대는 여섯 사람이 보였지만, 꽤 멀어져 있었다.

"그럼 내가 보행제에서 몰래 내기 건 게 있는데, 그 얘기 해줄까?"

"좋아."

길은 마을을 벗어나 다시 강변으로 나왔다.

그리고 강 건너로 멀리 커다란 시가지가 보이기 시작했다. 저 안에 그들의 모교가, 그들의 종점이 기다리고 있는 것이다.

놀랍게도, 나란히 걷고 있어도 전혀 위화감이 없었다.

좀 긴장되기도 하고, 분위기가 어색하기도 할 줄 알았는데.

다카코는 지금 느끼고 있는 것을 말로 하려고 했지만, 좀처럼 딱 맞는 표현이 떠오르지 않았다.

뭐라면 좋을까. '옳다'는 느낌. 바로 이거야. 이렇게 되어야 했던 거야. 제대로 있어야 할 곳에 겨우 찾아들었다, 하는 그런 느낌.

옆에서 걷는 도오루에게서도, 이제까지 느꼈던 것 같은 거부감이나 긴장감은 감돌고 있지 않다. 그것이 뜻밖이면서, 기뻤다.

만일 이것이 보행제의 자유보행이 아니라 평소의 하굣길이었다면, 이렇게 멀쩡히 걷고 있지 못했을 것이다. 피곤에 절어 있는 이런 시간이기에 태연한 얼굴로 걷고 있을 수 있는 것이다. 다카코는 왠지 소리를 지르고 싶은 기분이 든다.

지금 나는 니시와키 도오루와 나란히 걷고 있어. 단둘이 걷고 있는 거야. 둘이서 이야기하고 있다고. 이건 좀, 대단한 일이라고요, 여러분.

머리 한구석으로는 몹시 흥분하고 들떠 있었지만, 온몸은 납덩어리처럼 무거워 들뜬 기분은 전혀 새어나오지 않는다. 그 흥분이 어디 먼 세상의 것처럼 느껴졌다.

거짓말 같아. 정말로 이런 날이 오다니.

다카코는 몇 번이나 옆에서 걷고 있는 도오루를 확인하고 싶어져 당황스러웠다.

도오루는 도오루대로 자신이 무척이나 솔직하고 자연스런 기분으로 다카코와 걷고 있는 것이 신기했다. 다카코는 이렇게나 자신과 닮아 있었구나. 어째서 지금까지 알아차리지 못했을까. 도오루는 신선한 놀라움을 느꼈다. 동시에 후회도 하고 있었다. 한 번이라도 이렇게 나란히 걸어봤더라면, 좀더 빨리 이런 기분을 맛볼 수 있었을 텐데. 아니다, 이제까지의 자신이었다면 분명히 지금 같은 느낌을 알아차리지 못했을지도 모른다.

의식의 레벨, 감정의 레벨이 말없이 걷고 있어도 서로 몹시 비슷했다.

틀림없이 다카코 안에는 자신과 동질인 뭔가가 있다. 그것이 무엇인지는 구체적으로 말할 수 없지만, 그녀에게는 자신과 같은 것이 상상 이상으로 많이 포함되어 있다.

"눈 깜짝할 새였구나."

도오루는 혼잣말처럼 중얼거렸다.

"뭐가?"

다카코는 무뚝뚝하게 묻는다.

"보행제."

"응."

"여름방학이 끝날 무렵부터 줄곧 보행제 생각을 하잖아. 생각한다고 할까, 내내 신경 쓰이잖아. 그런데 실제로는 겨우 하루, 다리가 아프니 힘드니 투덜거리기만 하다 끝나고 마네."

"그러게. 시작하기 전에는 좀더 극적인 것이 있지 않을까 싶었는데, 그저 걷는 것뿐이라 별다른 것도 없고, 대부분은 힘들어서 아주 질려버리는데, 지나고 보니 즐거웠던 것밖에 생각이 안 나."

"맞아, 맞아."

"그래서인지 수학여행보다 이게 더 좋아. 졸업한 선배들이 그렇게 말하는 거 이해하겠어."

"응. 나도 이쪽이 더 좋아."

특별할 것 없는 대화가 편안했다.

다카코는 문득 안나의 말을 떠올렸다.

모두 같이 밤새 걷는다. 단지 그것뿐인데도 왜 이렇게 특별한 것일까.

그러게, 안나. 참 신기하지.

다카코는 안나에게 그렇게 대답했다.

나란히 함께 걷는다. 단지 그것뿐인데, 신기하네. 단지 그것뿐인 것이 이렇게 어렵고, 이렇게 엄청난 것이었다니.

눈앞에 이어지는 것은 희끄무레한 외줄기 흙길이다. 미와코 일행은 한 무리가 되어 한참 앞을 왁자지껄 걷고 있다. 다카미 고이치로도, 우치보리 료코도, 도다 시노부도, 멀리 떨어진 곳에 있다.

신뢰하는 친구가, 떨어져 있긴 하지만 눈에 보이는 곳에 있다. 그것만으로 만족했다.

아직 밭 가운데였지만 주위에 조금씩 주택가가 늘어나는 것으로 보아 시가지가 가까워지고 있음을 느낄 수 있다. 멀리 떨어진 국도에는 교통량이 늘어 차들이 오가는 소리가 들려온다.

세상이 한층 밝게 느껴진다.

왠지 눈부시네, 하고 도오루는 생각했다. 세계는 넓고 너무나 눈부시다.

"아까 말했던 내기라는 게 뭐야?"

도오루는 물었다. 다카코가 살짝 목을 움츠리며 머뭇거리는 것이 보인다.

"으음. 이제 와서 말하려니 쑥스럽네."

"뭐 어때, 말해봐."

"같은 반에 이야기해 보고 싶은 애가 있었는데."

다카코는 작게 한숨을 쉬고는 결심한 듯 말을 시작했다.

물론 그것이 자기 이야기라는 것은 도오루도 금방 눈치 챈다.

"이대로 있다간 평생 말 한마디 못 하겠다고 생각했어."

"그래서?"

"보행제 동안에, 단 한 마디라도 말할 수 있음 좋겠다 싶었지."

"그래서?"

"한 마디라도 말을 나눌 수 있으면 실행하려고 생각했어."

"뭘?"

다카코는 머뭇거리다 이윽고 웃음을 터트렸다.

"그렇게 서두르지 마. 다리, 아프잖아. 니시와키 도오루가 아픈 걸 잊을 수 있도록 천천히 얘기하려고 하는데."

"그렇지만 그 다음이 궁금한걸."

도오루는 그렇게 투덜거렸지만, 정말 자신이 다그치듯 말을 끊었던 것 같아 우스워졌다. 다카코와 함께 웃는다.

소리를 맞춰 웃으니, 또 한층 기분이 가벼워졌다. 세상이 더욱 밝아진다.

"같이 가자고 말하려고 했어."

다카코가 고개를 약간 숙이고 중얼거렸다.

또 "어디를?" 하고 다그쳐 묻고 싶어졌지만 도오루는 꾸욱 참았다. 하여간 나는 성질이 급해서 안 된다니까. 다카코는 가만히 발밑을 보고 있다가 얼굴을 들어 입을 열었다.

"처음에는 있지, 산소에 가볼 생각이었어."

"산소?"

"아버지의. 나는 얼굴도 모르지만."

도오루는 흠칫했다.

아버지. 다카코의 입에서 들은 그 말은 너무도 뜻밖이었다.

나와 이 녀석은 아버지가 같다.

이치대로면 알고 있었지만, 막상 그 사실을 현실로 맞닥뜨리자 충격이었다. 그것이 이런 것이라고는 생각지도 못했던 것이다.

옆에서 걷는 여자아이가 산소에 가자고 하는 것. 그 여자아이가 최근 반년 동안 같은 반에서 함께 지내온 것. 그 애는 자신과 마찬가지로 같은 공기를 마시며 친구들과 같이 웃기도 하고, 시험을 망치기도 하고, 어머니에게 대들기도 하고, 누군가를 좋아하기도 하면서 같은 햇수를 살아온 것. 그리고 지금 눈앞에 있는 그 여자아이는—나와 피를 나눈 남매다.

"그렇지만, 중간에 바꿨어."

다카코는 시원스런 어조로 말한다.

"물론 산소 가는 것도 중요하지. 그 분이 없었으면 어쨌거나 우리도 이렇게 존재하지 않았을 테니까. 하지만 내내 생각했는데, 앞으로의 일이 더 중요한 것 같아."

"앞으로의 일?"

"응."

다카코가 고개를 돌려 도오루의 얼굴을 보았다. 이렇게 가까이서 서로의 얼굴을 본 적이 없었기에 둘 다 순간 당황했지만, 그래도 다카코는 시선을 돌리지 않았다.

"있지, 다음에 우리 집에 놀러와."

"뭐?"

도오루는 깜짝 놀랐다. 다카코는 이렇게 조용한 눈을 하고 있었구나, 하고 생각한다.

"졸업한 다음이라도 괜찮아. 입시니 뭐니 다 끝나거든 우리 집에 놀러오지 않을래?"

순간 대답을 할 수 없었다. 그건, 싫었기 때문이 아니다. 오히려 그의 마음속에는 멋진 제안이다, 라는 인상이 있었다. 그러나 마음 어딘가에서 그것을 부정하는 자신이 있다. 비굴하고 증오 어린 표정을 한, 소극적인 자신이다. 그 녀석이 다카코의 제안에 무조건 달라붙으려는 것을 방해하고 있다.

다카코는 가만히 도오루의 표정을 살펴보고 있다. 그러고는 앞을 향해 담담하게 중얼거렸다.

"역시 무린가. 니시와키 도오루의 어머니가 싫어하시겠구나."

"아냐."

얼른 부정하고 나서, 어머니는 어떨까, 하고 생각했다.

어머니의 쓸쓸해 보이는 옆얼굴이 떠오른다. 항상 뭔가를 참고 있는 듯한 얼굴. 줄곧 뭔가를 억누르고 있는 듯한, 표정을 지워버린 눈. 만일 이 일을 안다면 뭐라고 할까.

도오루는 곰곰이 생각했다.

싫어할지는 모르지만, 용서하지 못한다는 분위기는 아닐 것 같다. 어머니가 용서하지 못하는 것은 오히려 아버지가 아닐까. 일체 도움을 받지 않겠다, 두 번 다시 접근하지 않겠다는 약속을 지킨 고다 모녀보다는, 자신을 배신한 남편에게 지금도 석연치 않은 감정이 남아 있는 것이 아닐까.

"갈게."

도오루는 그렇게 대답했다.

그의 침묵을 부정적인 대답이라 생각하고 있었는지 불안한 표정이던 다카코의 눈에 밝은 안도와 기쁨이 번지는 것을 보고, 그의 마음은 들떴다.

"정말? 우리 엄마도 만나줄래?"

다카코는 금방이라도 울 것 같은 얼굴이었다.

"응."

그렇게 짧게 대답하자, 다카코는 잠깐 입을 다물고 있더니 작게 "휴우." 하고 숨을 내쉰다.

"고마워. 기뻐. 아아, 너무 잘됐다."

목소리가 가늘게 떨리고 있다.

"이걸로 내기에 이긴 셈이네."

도오루는 그것을 못 본 척했다.

"으응."

다카코는 우물거리는 목소리로 웃었다.

"만일 졌다면? 나랑 한 마디도 못했다면?"

문득 물어보고 싶어졌다.

"분명히 그대로 졸업해 버리고, 다신 이야기할 일도 없었지 않을까."

다카코는 태연히 대답한다. 그 태연한 구석도 다카코답다고 생각했다. 그녀에게는 아주 엄격한 데가 있다.

"신기하다. 이렇게 아무 접점도 없이 졸업하는구나, 하고 나도 어제까지 생각했었어."

정말로 신기했다. 지금도 이렇게 둘이 나란히 이야기를 하고 있다는 것이 믿을 수가 없다.

"역시 우리를…… 미워했니?"

다카코가 머뭇거리며 물었다.

"미워했던 것은."

도오루는 생각하면서 대답한다.

"이 상황이라고 생각해. 이런 상황에 놓여 있는 내 입장이 화가 났어. 지금까지 계속."

"그 장례식 때도?"

"그때는 모든 것에 화가 나 있었지. 아버지에 대해서도, 너희 모녀에 대해서도, 내 자신에 대해서도, 모두."

"그래. 무서운 얼굴을 하고 있었지, 니시와키 도오루."

"그랬었나?"

"응. 무서웠어. 그때 말을 나눈 것은 아니지만, 다시는 말상대를 해주지 않을 거라고 생각했어."

"그랬나."

도오루는 시치미를 뗐지만, 마음속에서는 그때 느낀 격렬한 분노가 생생히 되살아나고 있었다. 지금은 그런 감정은 남아 있지 않지만, 그것은 그것대로 뭔가 그리운 감정인 듯한 기분이 들었다.

"저기, 안나에게 편지 왔었지?"

다카코는 화제를 바꾸었다.

"언제?"

도오루는 왠지 그녀가 화제로 등장할 것 같은 예감이 들었기에 놀라지 않았다. 미와코, 다카코, 안나, 이 세 명은 이어져 있기 때문이다.

"안나가 미국에 가기 전에."

"왔어."

"러브레터?"

"그런 것 같아. 그런 분위기의 말은 단 한 마디도 적혀 있지 않았지만."

"안나답네."

"동생, 꼭 닮았더군."

"응. 성격은 정반대지만. 그래도 기특하지, 그 애. 누나가 좋아하는 사람을 일부러 찾으러 오다니 말이야."

"정말? 그런 거야?"

"그렇다니까."

"이상한 녀석들이네."

"이상할 건 없지 뭐. 요즘 니시와키 도오루, 너무 인기 좋은 거 아니니?"

"실감 안 나. 사카키는 워낙 드러내지 않고, 다가오는 것은 저런 착각녀고."

도오루는 앞쪽의 무리를 턱으로 가리켰다. 다카코는 쓴웃음을 지었다.

"도다가 용서해 줬니? 내 애기 말 안 한 거?"

"심하게 인상을 쓰긴 했지만 용서해 주더라."

"도다, 참 착하다니까."

"그래. 정말 좋은 녀석이야."

"보행제 출발 전에 안나에게서 엽서가 왔었어."

도오루는 흘끗 다카코를 보았다. 목소리의 톤이 달라진 것 같은 생각이 들었기 때문이다.

"안나, 우리 애기 알고 있었어."

"유사도 그렇지?"

"응?"

"아까 그런 분위기의 말을 하더라."

"그랬구나. 나 그 두 사람이 알고 있는 거, 오늘 아침까지 몰랐거든. 훨씬 전에 엄마가 그 애들에게 얘기해 준 모양인데, 전혀 눈치 채지 못했어."

"고다답네."

"그러니?"

놀라는 다카코를 보며 도오루는 이런 점도 이 녀석답네, 하고 생각했다. 자신의 일에 대해서는 묘하게 냉정하고 침착한 데가 있다.

문득 자신이 그녀를 잘 알고 있다는 사실을 깨달았다. 반경 3미터 이내에 다가가지도 않고 상관도 하지 않겠다고 생각하고 있었으면서도, 그녀를 늘 관찰하여 어떤 아이인지 아주 오래 전부터 알고 있었음을 깨달았다.

"안나는 우리가 화해했으면 하는 생각을 했었나 봐. 화해라는 것도 조금 이상하긴 하지만."

"응."

두 사람은 입을 다문다.

어느 샌가 국도에서 들려오는 차 소리가 커져 있다. 분주한 일상이, 일시정지 버튼을 눌러 뒀던 현실이 바로 저기까지 다가와 있다.

그것을 깨달은 다카코는 자신이 동요하고 있음을 알았다.

혹시 지금뿐인 것은 아닐까? 이렇게 도오루가 솔직히 자신과 이야기해 주는 것도, 보행제라는 평소와 달리 들뜬 세계가 만들어준 마법이 아닐까? 어쩌면 내일이 되면 다시 그 차가운 시선으로 돌아오는 것이 아닐까?

그런 근거 없는 불안감이 솟구쳐 올라온다.

붙들어두고 싶다, 이 시간을. 이대로 계속.

불가능하다는 것을 알면서도 다카코는 그걸 바라고 있었다.

"세상에는 한가하게 참견하기 좋아하는 인간들이 꽤 많다니까."

다카코의 비통한 마음 따위 알지 못하고, 도오루는 태평스럽게 중얼거린다.

"응."

다카코는 동요를 억누르면서 건성으로 대답한다.

그의 말이 안나와 미와코, 시노부 등 자기네 둘만 있을 수 있도록 마음 써준 친구들을 가리키고 있다는 것은 안다. 하지만 다카코는 그렇게 남 일인 것처럼 말을 내뱉는 도오루가 은근히 원망스럽다. 역시 그는 그것을 당연하게 여기는 것일까. 무조건적인 사랑을 당연한 거라 생각하는 것일까. 자신이 우치보리 료코나 그의 환심을 사려고 하는 다른 여자아이들과 그다지 다를 바 없는 것 같아, 다카코는 갑자기 비참한 기분이 되었다.

"사카키 말이야, 스탠포드에 간다면서?"

"응."

"겉보기엔 멍한 게 공부 잘할 것 같지도 않은데 똑똑한가 보네, 그 녀석."

도오루는 신기하다는 듯 말했다.

그래, 안나는 똑똑해. 다카코는 마음속으로 중얼거린다.

결국 우리와 말도 한 번 나누지 않고, 바다 너머에서 동생을 보내 이렇게 우리를 나란히 걷게 만들었으니까.

조금 전까지 그 일에 감탄하며 감사하고 있었는데, 왠지 지금은 그것도 원망스러웠다. 기껏 도오루와 말을 하게 된 것이 새로운 우울의 시작인 듯한 생각이 들어 다카코는 무서워진 것이다.

기분이 가라앉은 다카코 옆에서, 도오루는 전혀 다른 것을 생각하고 있었다.

그의 속에서, 세계는 점점 넓어지고 있었다. 순식간에 지평선이 멀어지며 바다 너머로 먼 세계가 어렴풋이 보이기 시작한다.
　신기한 감각이었다.
　도오루는 세계에 감싸인 듯한 느낌이 들었다.
　자신이 그 사카키 안나라는 소녀를, 그녀가 남기고 간 공기를, 그리고 그녀와 이어져 있는 유사 미와코와 고다 다카코라는 소녀들을 줄곧 사랑하고 있었다는 것을 깨달은 것이다.
　'사랑하고 있었다' 하는 말 따위 낯설어서 앞으로도 별로 사용할 것 같지는 않지만, 그것 말고 달리 적당한 말을 찾을 수 없었다.
　그는 지금까지 그런 것을 거부해 왔고, 의도적으로 못 본 척해 왔다. 그리고 그것은 성공했다고 생각했다.
　그러나 역시 그는 마음 속 어딘가에서 그 소녀들을 사랑하고 있었던 것이다. 누구 한 사람을 연애대상으로 사랑하고 있었던 것이 아니라, 그녀들의 존재 그 자체에, 그녀들이 자신에게 느끼게 해주는 공기에 강하게 이끌리며 그리워하고 있었던 것이다.
　난 정말로 바보였구나, 도오루는 순순히 인정했다.
　시노부가 밤중에 화난 듯한 얼굴로 얘기하던 것이며, 유사 미와코가 정면에서 그를 힐책하듯 했던 것도, 솔직히 말하자면 그다지 자신의 일이라고 받아들이지 못했다. 왜 그들이 진지하게 자기에게 그런 이야길 하는지 이상하게 생각했을 정도다.
　하지만 옳은 것은 그들이었다. 한눈 한 번 팔지 않고 누구보다도 빨리 달려 어른이 되려고 했던 자신이, 제일 어렸다.
　그리고 그들은 도오루보다 훨씬 관대했다. 혼자서 강한 척하는 도오루를 그들은 사랑해 주었다. 언제나 떠나지 않고 곁에 있어주었다.

도오루는 자신이 한심하고 부끄러워 견딜 수 없어졌다.

"좀더 제대로 고등학교 시절을 보내는 거였는데."

도오루는 저도 모르게 중얼거렸다.

"응? 뭐라고?"

다카코가 돌아본다.

"손해 봤어. 청춘을 즐겼어야 하는 건데."

"뭐야, 그건?"

"푸념."

진심으로 후회하고 있는 표정의 도오루를 보니, 다카코의 가라앉아 있던 마음 어딘가가 움직이는 것을 느꼈다.

시노부의 목소리가 갑자기 뇌리에 되살아난다.

뭐랄까, 청춘의 흔들림이랄까, 번뜩임이랄까, 젊음의 그림자라고나 할까.

농담처럼 말하던 시노부의 목소리와, 만사 시시한 듯한 도오루의 얼굴이 포개졌다.

혹시.

다카코는 도오루의 얼굴을 물끄러미 바라보았다. 몹시 무방비하며 어린애처럼 불만 어린 얼굴을.

이제야 느끼는 건가? 그런 것을? 이제 와서, 이 남자가?

다카코는 어이가 없어 웃고 싶어졌다.

이 남자는 침착하며 비범해 보이지만, 실은 엄청나게 서툴고 고지식한 것이다.

"제대로 청춘을 보내는 고등학생이 과연 얼마나 있을까."

다카코는 나직이 투덜거렸다.

도오루가 약간 상기된 얼굴로 다카코를 본다.

"고다는 청춘을 즐기고 있잖아. 요시오카랑 사귀고 있으니."

"아냐, 전혀. 그냥 차나 마시는 친구일 뿐."

다카코가 일축하자 "무슨." 하고 도오루는 말했다. 다카코는 쓴웃음을 짓는다.

"이봐, 요시오카는 학자님이야. 우리가 나누는 대화들은 별의 움직임에 대한 거라든가, 가족구성이며 얼굴에 관해서 같은 고상하고 수준 높은 얘기들이었다구."

"하긴, 나도 그 녀석 모르진 않지."

도오루는 납득했다. 학자 타입의 요시오카와 다카코를 보면서, 실은 연애감정의 냄새가 나지 않는 재미있는 커플이라고 생각하고 있었던 것이다. 뭐야, 역시 그랬던 건가.

"나는 동아리 활동도 안했고, 성적도 그저 그렇고, 아무 사건도 생기지 않는 재미없는 고등학생이었어."

"글쎄, 그럴까."

"대부분의 고등학생이 그런 거 아냐?"

"그럴까. 남들은 모두 청춘을 즐기는 것 같아 보이던데."

"너도 지금 즐기고 있잖아."

"뭐?"

도오루가 영문을 모르겠다는 얼굴을 하자, 다카코는 조그맣게 웃었다.

"이거 대단한 청춘 같지 않니? 고교시절 마지막 행사. 그 보행제도 다 끝날 무렵이 되어, 드디어 이제까지 한 번도 말을 나눠본 적 없는 동경했던 반 친구와 이야기를 하고 있잖아."

도오루는 기가 막혔지만 따라서 웃었다.

"그래. 그것도 이복남매라니 완전 멜로드라마다."

"청춘이지."

둘이서 자학적인 웃음을 터뜨린다.

"그럼 드라마라면 앞으로 어떻게 될 것 같아?"

도오루가 묻자 다카코는 생각에 잠긴다.

"보행제가 끝나면서 드라마도 같이 끝나. 분명히 이 세상에 단 둘뿐인 남매니까 앞으로는 서로 도우며 살아갑시다, 하고 예쁘게 서로 미소를 나누며 약속하는 걸로 끝나지 않을까?"

"과연. 두 어머니가 함께 마중 나와서는 눈물 흘리며 화해하고 그러겠네? 원래 드라마는 좋게 끝나니까."

도오루는 진지한 얼굴이 되어 먼 곳을 보았다.

"하지만 현실은 이제부터겠지."

다카코는 도오루의 시선이 가는 곳을 보았다.

세계에 빛이 쏟아진다.

줄줄이 걷고 있는 친구들. 먼지 자욱한 길. 가까워져오는 시내의 소음.

그러나 그때, 두 사람은 보이지 않는 것을 보고 있었다.

눈에는 보이지 않지만, 아주 똑같은 것을.

앞으로 두 사람을 기다리고 있는 긴 세월. 대화를 나누며 서로의 존재를 인정해 버린 지금부터, 두 사람의 새로운 관계를 기다리고 있는 시간. 이제는 도망칠 수 없다. 평생 끊을 수 없는 앞으로의 관계야말로 진짜 세계인 것이다.

그것이 결코 감미로운 것만이 아니라는 것을 두 사람은 예감하고 있다.

이 관계를 짜증스럽게 생각하고, 밉게 생각하고, 안타깝게 생각하고, 상관하고 싶지 않다고 생각하는 순간이 오리라는 것을 두 사람은 알고 있다. 그래도 또 서로의 존재에 상처받고, 동시에 위로받으면서 살아가게 되리라는 것도.

두 사람은 말없이 걷고 있다.

같은 눈, 같은 표정으로.

그들은 이제 돌아갈 수 없는 곳을 향해 걷고 있다.

"괜찮니? 다카코?"

미와코가 걱정스러운 얼굴로 말했다.

"응. 됐어. 이제 하고 싶은 얘기는 다 했으니까."

다카코는 크게 끄덕이며 웃어 보인다.

"고마워. 미와링."

그래도 미와코는 불만스러워 보인다. 기껏 둘만 있게 해주었는데, 생각보다 별로 오래 같이 있지 않았던 것이 마음에 안 드는 모양이다.

하지만 다카코는 만족했다.

도오루와 다카코는 시노부, 미와코 일행과 합류하기로 했다. 지금은 그걸로 만족했다. 둘이 느껴온 과거의 일들은 앞으로 얼마든지 천천히 이야기할 시간이 있을 거라고 생각했다. 보행제의 마지막은 역시 줄곧 같이 있어 주었던 친구와 함께 골인하고 싶다는 점에서, 둘의 의견은 일치했다.

우치보리 료코는 의외로 고이치로 일행과의 이야기에 몰두하여 즐겁게 수다를 떨고 있다. 특별히 도오루에게 집착하고 있었던 것도 아닌 모양이다.

"한마디로 남자라면 누구든 상관없었다는 얘기?"

"글쎄. 뭐, 즐거워 보이니 그걸로 됐겠지?"

다카코와 미와코는 속닥속닥 흉을 좀 보았다.

"긴장한 탓인지 몹시 피곤해졌어."

다카코는 한숨을 쉬었다.

"어땠어, 처음으로 둘이 이야기해 본 소감이?"

"첫 데이트보다도 긴장되더라."

실제로 자신은 침착하다고 생각했는데, 이렇게 미와코에게로 돌아와 보니 온몸에 식은땀이 흐르고 있고, 다리는 피로만이 아닌 다른 것으로 휘청거리고 있다. 생각보다 훨씬 긴장했었던지, 안도의 숨을 내쉬자 졸음까지 몰려왔다.

미와코는 피식하고 웃었다.

"그렇겠지. 하지만 편하게 이야기 잘 하던데?"

"응. 생각했던 것보다 고지식하고 어설픈 녀석이라는 걸 알았어."

"둘이 똑같네."

"그런가."

"닮았어. 내가 계속 그렇다고 했잖아. 하여간 내 말은 전혀 믿질 않는다니까."

미와코는 삐친 듯이 말했다.

"믿지 않는 게 아니라니까."

다카코는 당황해서 대답한다.

"그렇지만 모르겠어, 사람의 일이라는 것. 여태까지 제대로 이야기해 본 적이 없어서 분명 이런 녀석일 거라고 상상만 하고 있다가, 막상 실제로 이야기해 보니 맥이 풀렸어. 너무 평범해서."

"다행이지, 뭐. 그렇다는 것을 알았으니."

"응. 그리고 졸업하면 우리 집에 놀러오기로 약속했어."

"뭐? 다카코네 집에?"

"응."

"그거 멋지다. 정말 잘됐네."

"응. 기뻐."

"안나에게도 알려줘야겠다."

"그래."

"나, 니시와키에게 대시해 볼까? 대학생 되거든."

"좋아. 미와링이라면 허락할게. 하지만 안나는? 안나, 아직 포기하지 않은 것 같던데."

"사랑의 승부는 냉혹한 거야. 아무리 안나라도 이것만은 달라. 거리적인 이점은 나에게 있으니까."

"모르지, 안나가 누군데. 또 다른 수를 써서 바다 너머에서 끼어들지도 몰라."

"준야를 보낸다거나?"

"그래. 또 둘이 데이트하는 곳에 차로 밀고 들어올걸. 어이, 미와코, 안나가 너 때문에 못살겠다는데, 하고."

둘이서 그 장면을 상상하고는 웃음을 터뜨렸다.

"애기하고 나더니 왠지 둘 다 표정이 부드러워졌네."

미와코가 다카코의 얼굴을 물끄러미 바라보며 말했다.

"그러니?"

"응. 저 봐, 니시와키도. 보라구, 눈빛이 달라졌잖아. 저 애, 보기에는 웃는 것처럼 보이면서도 항상 눈은 웃고 있지 않아서, 애들이 접근하기 어려워했었잖아."

"그러니? 전혀 몰랐어."

다카코는 앞에서 걷는 도오루와 시노부를 눈으로 좇았다.

즐거운 듯이 이야기하고 있는 도오루의 옆얼굴이 보인다.

미와코의 말을 들은 탓인지도 모르지만, 확실히 그 눈은 온화해졌다. 긴장이 풀렸는지 마음이 활짝 개었는지, 그를 뒤덮고 있던 팽팽한 뭔가가 완전히 사라진 듯했다. 모든 것이 마음먹기에 달렸다는 것이 정말 신기하다.

"저 애, 대학 가면 앞으로 훨씬 더 인기 있어질 거야. 옆에 있을 때 확실하게 좋은 인상을 심어둬야지."

"괜찮아, 미와링이라면 벌써 충분히 인상 좋으니까."

"아직 멀었어."

다카코는 미와코의 적극성에 쓴웃음을 지으면서도, 도오루의 아내면 자신의 올케도 되는 거네, 하는 생각을 머릿속으로 하고 있었다. 바라건대 상대는 제대로 선택해 주기를.

땡땡땡, 하고 멀리서 건널목 소리가 들려온다.

"드디어 마지막 스퍼트구나."

미와코가 중얼거린다.

저 건널목을 건너면 긴 언덕이 있다. 그것이 모교로 가는 마지막 길이다.

"괜찮냐? 무릎."

건널목에서 전철이 지나가기를 기다리면서, 시노부가 귓가에 대고 소리쳤다.

"응! 그럭저럭 견딜 만해."

도오루도 큰 소리로 대답한다.

도오루와 다카코가 쫓아와서 합류하는 것을 보고, 시노부는 아무 말도 하지 않았다. 두 사람이 개운한 얼굴인 것을 보고, 만족스러웠다는 것을 알아차렸을 것이다.

"결국 저 계집애도 나름대로 도움이 되었다는 건가."

시노부는 떨떠름한 얼굴로 고이치로 일행과 같이 걷고 있는 우치보리 료코를 보았다.

"그럴지도 모르지."

도오루도 관대한 마음으로 그녀의 뒷모습을 바라보았다. 그 등이 지금은 한층 어려 보인다.

그녀는 어린아이인 것이다. 갖고 싶은 장난감이 있다가도, 대신 뭔가 재미있는 것이 눈앞에 나타나면 갖고 싶었던 것 따위 잊어버린다.

건널목이 열렸다.

길을 건너면서, 도오루는 크게 휜 선로에 시선을 고정시켰다.

낡은 선로. 3년간 다녔던 통학로의 다리 밑으로 이어져 있는 선로. 지금부터 언덕을 올라가 저 다리를 건너면 보행제가 끝난다.

무릎은 아픈 것을 넘어 이미 감각이 없어지고 있었다. 너무 혹사하여 스프링이 못쓰게 된 상태. 발목도 아픔에 익숙해져서 이제 포기한 것인지 힘이 다한 것인지, 고통을 호소하지 않는다.

용케도 끝까지 버텼구나, 하고 도오루는 자신의 다리면서도 감탄했다. 절대적으로는 아니었지만 자유보행을 끝까지 해낼 수 있을 줄은 몰랐는데, 여기까지 도착했다.

감사, 감사, 하고 딱히 누구에게랄 것도 없이 그는 마음속으로 중얼거렸다.

나는 온 세상에 감사한다.

"마지막 코스가 이 언덕이라니. 전 코스 중에서도 여기 경사가 제일 심하잖아."

시노부가 투덜거렸다.

"우릴 잡으려고 작정을 했군."

"누가 아니래."

이제는 거의 비틀비틀 하는 단계를 지나, 허우적허우적 기듯이 언덕을 올라간다. 정말 엎드려서 기어가고 싶을 정도로 경사가 심하다.

"여기서 뻗어버리면 정말 억울하겠지."

시노부가 진지한 목소리로 말했다.

"골인지점까지 고작 몇백 미터 남기고 포기."

"여기까지 와서 버스 기다리기, 정말 싫지."

마구 악담을 해가며 중력을 거슬러 아픈 몸을 일으킨다.

"졸업하면 그 녀석 집에 갈 거다."

도오루는 헉헉대면서 말했다.

시노부가 놀란 표정을 짓는다.

"고다네 집에?"

"그래. 그 녀석 엄마에게 인사하고 올래."

"흐음. 그거 괜찮은 얘기인걸."

시노부는 만족스럽게 끄덕였다.

"그렇지."

도오루도 왠지 뿌듯한 표정으로 끄덕인다.

"엄마에게 말할 거야?"

"아마도."

"괜찮을까."

"괜찮겠지."

"거꾸로도 될까?"

"거꾸로라니?"

"너희 집에 고다가 가는 거."

어깨로 숨을 쉬면서 낮은 목소리로 말하고 있었지만, 대화는 거기에서 끊어지고 도오루는 언덕 위를 보았다.

다카코가 우리 집에 간다. 문득 집 앞에 서 있는 두 사람이 눈앞에 떠오른다.

　그것은 신선한 장면이었다. 여기가 우리 집이야. 들어와. 괜찮아, 사양할 거 없어.

　자신이 사복 차림의 다카코를 집에 초대해 맞아들이는 모습을 상상한다.

　상상 속의 다카코는 어른스러웠다. 화장도 하고 있고 수트 같은 걸 입고 있다. 벌써 사회인이 되어 있을지도 모른다. 순간, 그것이 무척이나 생생하게 느껴졌다.

　"생각해 본 적도 없었구나. 어떨까. 그쪽은 아직 어렵지 않을까. 음, 아직 한참 나중의 일이야, 한참."

　도오루는 주문을 외듯이 "한참."이라고 계속 중얼거렸다.

　시노부는 발밑을 내려다보면서 그것을 듣고 있다.

　"하지만 언젠가는."

　도오루는 숨을 헉헉거리며 간신히 말했다.

　"언젠가는 반드시."

　도오루는 그 '언젠가'를 언덕 위에서 본다. 한참 나중에 있지만 반드시 올 그날을, 다 올라간 언덕 위에서 확실히 본다.

　"으, 힘들어."

　"정말 너무하네, 마지막의 마지막에 이런 언덕이라니."

　다카코와 미와코도 무릎에 손을 대고 한 걸음 한 걸음 다리를 들어올리듯이 언덕을 올라갔다.

　괴로운 호흡과 심장 소리에 자신의 목소리조차 제대로 들리지 않는다.

　이제 곧 끝난다, 하고 다카코는 가슴속으로 중얼거렸다.

　보행제가 끝난다.

　저기까지 가면 교문이 보인다.

　땀 때문에 쓰라린 눈으로 흘끗 언덕 위를 본다. 언덕 위로는 약간의 하늘밖에 보이지 않는다.

　보행제가 끝난다.

　마라톤 수업도, 커플 머리띠도, 굳은살투성이의 다리도, 바다의 일몰도, 캔커피로 하는 건배도, 쑥떡도, 리카의 연기도, 치아키의 짝사랑도, 누군가의 사촌동생도, 헤어져버린 미와코도, 시노부의 오해도, 도오루의 시선도 그 모든 것이 다 과거의 일.

　뭔가가 끝난다. 모두 끝난다.

　머리 속에서 빙글빙글 여러 가지 장면들이 잔뜩 돌고 있지만, 혼란스러워 말이 되지 않는다.

　하지만, 하고 다카코는 중얼거린다.

　뭔가의 끝은 언제나 뭔가의 시작이다.

　길가에 세워진 RV차량 안에서 올드팝이 흐르고 있다.

　운전사는 얼굴에 모자를 얹은 채, 기분 좋게 좌석에 누워 잠에 빠져 있다. 맨발의 다리를 활짝 연 창에 걸치고, 전혀 잠이 깰 기미가 없다.

　따뜻한 햇살. 상쾌한 가을날 토요일 오전.

　도로에는 인기척이 없다. 지나가는 차도 거의 없다. 조금 떨어진 곳에 고등학교 교문으로 이어진 낡은 다리가 보인다.

　다리에서부터 한 구획 앞의 왼쪽에 있는 언덕에서, 드문드문 하얀 셔츠를 입은 학생들이 걸어온다. 얼굴들이 모두 안도와 허탈감으로 가득하다.

　언덕의 경사가 심한 듯, 모두 얼굴이 새빨개져 피로에 지친 몸으로 모교로 빨려 들어간다.

　정말로 이상한 행사다.

　한 소년이 차 지붕에 걸터앉아 그것을 보고 있다.

　펼쳐놓은 담요 위에 앉아, 라디오에서 흘러나오는 음악에 맞춰 콧노래를 부르며 콜라를 마시고 있다.

　소년은 자기와 친해진 두 소녀가 나타나기를 기다리고 있다.

　벌써 열 시가 넘었다. 거기에서부터라면 이제 슬슬 나타날 때도 됐는데.

　소년은 아웃도어 스타일의 투박한 손목시계를 본다. 담요 위에 가부좌를 틀고 앉아 스트레칭을 하고는 기지개를 켠다.

　전체 일정을 따라다니기란 꽤 힘들지만, 재미있었다. 다카코도 미와코도 상당한 미인이고 이야기를 하면 즐거워서 친구가 된 게 기뻤다. 일본 여자아이들은 모두 날씬하고 귀엽다.

　누나에게 뭐라고 보고하나, 소년은 생각한다.

　미국에 있는 누나에게는 작년에 이어 올해도 이 행사에 특별참가 한다는 말을 하지 않았다.

　다카코와 미와코, 그리고 누나가 좋아했다는 남자와 이야기했다고 하면 어떤 얼굴을 할까.

그 장면을 상상하면 기대되기도 하면서, 무섭기도 했다.

그 남자 제법 멋있던걸. 누나도 꽤나 잘생긴 남자를 밝히는 편이었군.

소년은 아까 눈앞에 서 있던 남자의 얼굴을 떠올린다.

그런데 미와코가 전하라고 했던 말이 뭐였더라.

소년은 스트레칭을 멈추고 소녀의 메시지를 기억해내려고 한다.

주문이 효과가 있었다, 였나? 뭔가 의미가 있는 말인가. 뭐, 좋다, 돌아가서 누나에게 물어보자.

시끌벅적한 웃음소리와 함께, 남자 셋과 여자 하나가 언덕을 올라왔다.

체력 좋네, 저 네 사람.

소년은 감탄하며 네 사람을 주목하였다.

넷은 교문을 손가락으로 가리키며 환성을 올리고 있다. 그 중의 한 사람, 잔뜩 쉰 목소리에 비척비척 걷고 있는 남자가 손짓발짓으로 뭔가 제안하고 있었다. 다른 세 사람은 뭔가 불만을 얘기하고 있는 것 같았지만, 쉰 목소리의 남자는 양보하지 않는다.

구경하고 있자니, 네 사람은 어린애들처럼 손을 잡고 다리를 건너갔다. 다른 세 사람은 조금 부끄러워하는 듯한데, 제안을 하던 쉰 목소리의 남자만은 혼자 신나서 묘한 스텝으로 춤추며 교문 안쪽으로 사라져간다.

그 모습이 우스워서 소년은 혼자 키득키득 웃었다.

어딘가에서 새 우는 소리가 났다.

소년은 새소리가 난 쪽으로 얼굴을 들고는, 부드러운 햇살에 눈을 가늘게 떴다.

기분 좋다. 오후에는 어딘가로 드라이브나 하러 가고 싶은걸.

소년은 하늘을 향해 한껏 손을 뻗어, 몸 전체로 빛을 받는다.

밤의 피크닉은 이제 끝. 그건 그것대로 재미있었지만 나는 역시 태양 아래를 끝없이 달리고 싶다.

그런 생각을 하고 있을 때, 낯익은 두 남자의 모습이 퍼뜩 눈에 들어왔다.

아, 그 녀석이다.

소년은 등을 쭉 편다.

누나가 좋아했던 남자. 그런데 어딘가 인상이 다른 것은 기분 탓일까.

소년은 고개를 갸웃거린다.

아까 눈앞에 서 있을 때는 상당히 무뚝뚝하고 벽이 단단한 남자처럼 보였는데, 지금은 훨씬 상냥하게 싱글싱글 웃고 있지 않은가. 이상하네. 지금이 제일 힘들 텐데.

소년은 키가 큰 두 남자가 천천히 다리를 건너가는 것을 끝까지 바라보았다.

다시 도로에는 아무도 없어지고, 빈 공간이 되었다.

소년은 지루하다.

어찌나 화창한지. 졸리기 시작한다.

소년은 푹 잠들어 있는 친구를 흘끗 들여다보았다. 여전히 잠을 깰 기미가 없다. 배짱은 좋다만, 방범 면에서는 마이너스군.

작은 새가 울고 있다. 하늘이 높다.

드디어 기다리고 기다리던 두 사람이 나타났다. 소년은 담요 위에서 자세를 고쳐 앉는다.

가엾게도 마라톤의 두 배 가까운 거리를 걸어온 두 사람은, 홀쭉하니 야위어 그림자가 희미해 보였다.

소년은 두 사람의 이름을 외치며, 크게 손을 흔든다.

저쪽도 그를 알아보았다. 피곤에 지친 얼굴이 환하게 빛난다.

그는 기분이 좋아져, 차에서 뛰어내린다.

밝은 가을, 평범한 토요일의 햇살을 받으며 소년은 그녀들을 향해 부리나케 뛰어간다.

끝.

발군의 스토리텔링이 주는 그리움과 두근거림

이 책의 저자 온다 리쿠는 미스터리, 추리 분야에서 그 역량을 인정받고 있는 유명한 작가다. 저자의 작품 중 국내에 소개되는 것은 『밤의 피크닉』이 처음이다. 그러나 온다 리쿠는 국내에서도 벌써 탄탄한 마니아층을 형성해 가고 있다. 아마 한 권이라도 그녀의 작품을 읽어본 독자들이라면, 그 이유를 쉽게 납득할 것이다.

이 책은 저자가 지금까지 발표했던 것과 달리 미스터리물이 아닌 청춘소설이다. '청춘, 이는 듣기만 하여도 가슴이 설레는 말이다.'라는 청춘예찬이 시종 가슴에 쾅쾅 울려대는, 그런 소설이다.

만 스물네 시간 동안, 주인공들은 80킬로미터의 길을 걷는 고교생활 마지막 이벤트인 보행제에 참가한다. 소설은 보행제를 출발하는 것으로 시작해, 보행제를 마치는 것으로 끝난다. 꽤 되는 이 분량이 겨우 보행제 하루 동안의 이야기인 것이다.

들뜨고 떨리고 긴장된 마음으로 출발한 아침, 높아지는 해와 함께 지쳐가는 낮, 지칠 대로 지쳐 쓰러질 것 같은 저녁, 다시 생기가 도는 밤, 평소 하지 못했던 가슴속 이야기들을 스스럼없이 털어놓는 깊은 밤, 인간의 한계에 도전하며 맞이한 새벽, 친구의 뺨에 발그레하게 빛을 내리던 아침, 가슴에 맺힌 것들을 풀고, 고백하고, 화해하며 스물네 시간의 보행제를 마무리하는 청춘의 주인공들.

시간이 흐를수록 달라지는 하늘빛과, 논두렁길, 언덕길, 찻길, 건널목, 해안길, 주택가 한적한 길 등등 가는 길마다 달라지는 풍경들, 여기저기서 (특히 발이지만) 고충을 항의하는 몸에 대한 묘사. 아마도 그들과 함께 하룻밤 보행제를 다녀온 듯한 탈진감이 밀려드는 것은, 저자의 실감나는 문장에 푹 빠졌다 온 탓일 것이다.

인물들간의 은밀한 갈등을 드러내는 저자의 솜씨는 탁월하다. 여러 사람들의 내면이 제시되고 등장인물 수만큼의 줄거리가 얽혀나가면서도 전혀 혼란스럽지 않다. 잔잔한 듯하나 결코 지루하거나 가볍지 않게 펼쳐지던 이야기는 이윽고 도오루와 다카코를 둘러싼 본래의 테마를 만나 긴장감을 띠며 마지막 장면으로 이어진다. 그 힘 있는 스토리텔링과 다채로운 인물 묘사라니!

무엇보다 훌륭한 것은 다양한 에피소드 하나하나에서 인간이 가진 따뜻함과 관대함, 그리고 우정의 본질을 찾아내는 과정이다. "그저 걷기만 할 뿐인, 아무것도 아닌 행사가 이렇게 특별한 것인 줄 몰랐어." 하고 누군가도 되뇌지만, 정말로 만 스물네 시간 동안 그저 걷기만 하는 단순한 행사를 소재로 한 소설이, 이렇게 온 가슴을 적실 줄 몰랐다.

멋진 소설을 만난 올 여름, 참으로 행복하다. 아직은 청춘보다 사춘기에 가까운 딸 정하야, 사랑한다.

권남희